DATE DUE			

Frauen vor Flußlandschaft

Heinrich Böll

Frauen vor Flußlandschaft

Roman in Dialogen und Selbstgesprächen

Kiepenheuer & Witsch

Umschlag Hannes Jähn, Köln
Satz Froitzheim, Bonn
Druck und Bindearbeiten May & Co., Darmstadt
ISBN 3 462 01715 2

Wanderers Gemütsruhe

Übers Niederträchtige
Niemand sich beklage;
Denn es ist das Mächtige,
Was man dir auch sage.

In dem Schlechten waltet es
Sich zu Hochgewinne,
Und mit Rechtem schaltet es
Ganz nach seinem Sinne.

Goethe, *West-östlicher Divan*

Den Meinen an allen Orten,
wo immer sie sein mögen

Da *alles* in diesem Roman fiktiv ist, nur nicht der Ort, an den die Fiktion gestellt ist, bedarf es keiner der üblichen Schutzformeln. Der Ort ist unschuldig, kann sich nicht betroffen fühlen.

H.B.

Vorbemerkung

Die *innere* Beschaffenheit der auftretenden Personen, ihre Gedanken, Lebensläufe, Aktionen ergeben sich aus den Gesprächen und Selbstgesprächen, die sie führen. Über ihre *äußere* Beschaffenheit könnten irrige Vorstellungen entstehen; es erscheint notwendig, einige Details darüber vorweg mitzuteilen. Die beiden in ihrer inneren Beschaffenheit so verschiedenen Personen wie Paul Chundt und Graf Heinrich von Kreyl sind gleichaltrig, beide 70, sind auch gleich groß, etwa 1,73–1,74 m. Beide sind weißhaarig ohne auch nur den Ansatz einer Glatze; beide sind exklusiv herrenausgestattet, mit Weste etc.; beide sind das, was man »gepflegte Erscheinungen« nennt. Sähe man sie beide zusammen, von weitem oder gar von hinten, wären sie zum Verwechseln ähnlich, fast austauschbar. Wenn man dagegen beide näher betrachtet, wäre man erstaunt, wie wenig sie sich gleichen: Kreyl ist hager, leidend, aber nicht krank nach irgendwelchen medizinischen Kategorien, auch nicht nach psychiatrischen. Chundt dagegen hat ein volles Gesicht, ein Typ, den man gewöhnlich »vital« nennt; er strotzt sozusagen von Gesundheit, und doch entdeckt man bei ihm bei näherem Zusehen eine überraschende Sensibilität.

Eine Erscheinung wie der »Schwamm«, der nur einmal kurz in Erscheinung tritt, im übrigen im Hintergrund wirkt, hat seinen Spitznamen nicht etwa, weil er schwammig wäre. Er ist groß, etwas über 1,80, ausgestattet wie Chundt und Kreyl, nicht einmal »korpulent«, trotz seines Alters (68) fast noch sportlich. Seine Herkunft ist unklar; noch nie hat irgend jemand so etwas wie seine »Papiere« gesehen. Er kann Schweizer, Deutscher, Österreicher oder ein deutschsprachiger Ungar oder Böhme sein. Den Namen »Schwamm« verdankt er der Tatsache, daß er Geld auf- und ansaugt. Beharrlich streut er das Gerücht aus, er sei von hohem Adel. Das Alter des Ehepaars Wubler ergibt sich aus ihrem Lebenslauf. Die um sie und Chundt gruppierten Männer: Halberkamm, Blaukrämer, Bingerle, sind zwischen 54 und 59 Jahre alt. Der Literaturwissenschaftler Tucheler, der nur indirekt auftritt, ist 57. Gekleidet sind sie alle ordentlich, mit Weste, Krawatte etc., doch nicht *ganz* so herrenmäßig wie Chundt, Kreyl und der Schwamm. Gewisse Ansätze von »Unkorrektheiten« – Sitz der Krawatte, Schuhe usw. – zeigen sich bei Wubler und Bingerle. Auf eine gänzlich unauffällige Weise elegant ist der 66jährige Bankier Krengel, seine Eleganz ist selbstverständlicher als die von Chundt, dem Schwamm und sogar Kreyl, deren Ausstattung eine *Spur* zu demonstrativ ist. Bei Krengel wirkt alles wie »angegossen«, noch besser wäre zu sagen: wie angeboren. Er ist der einzige, der wie ein »Adeliger« wirkt, obwohl er keiner ist. Zwischen dieser Altersgruppe der Mittfünfziger bis Siebziger steht Ernst Grobsch, er ist 44, trägt Konfektion mittlerer Qualität, ist nicht gerade ungepflegt, aber man sieht, daß Kleidung ihm gleichgültig ist. Karl Kreyl ist 38, von ganz anderer Art als Grobsch. Die sechs Jahre Altersunterschied zwischen

den beiden wirken fast wie ein Generationsunterschied. Auch für Karl v. Kreyl ist Kleidung sekundär, aber auf eine saloppere, souveränere Weise. Auf Partys, wenn er nicht mit Pullover und Cordhose auftritt, ist er lässig-konventionell angezogen, wirkt irgendwie »verkleidet«. Der jüngste der Herren, der Animateur Eberhard Kolde, ist 30; er versucht, sich einen ärztlichen Habitus zu geben, was ihm nicht gelingt. Er ist ein hübscher sympathischer Kerl, der vergebens versucht, seriös zu wirken.
Über die Kleidung der Damen Wubler und Kreyl-Plint wird im Text ausreichend informiert. Erika Wubler ist 62, Eva Kreyl-Plint 36, Elisabeth Blaukrämer (»Blaukrämers erste« genannt) ist 55; sie ist ziemlich groß, blond, wirkt nicht ungepflegt, aber irgendwie nicht »ganz angezogen«, mehr als nur lässig, sie vergißt immer, den einen oder anderen Knopf zuzuknöpfen oder den einen oder anderen Reißverschluß ganz zuzuziehen. Sie ist korpulenter als ihr Auftritt vermuten läßt, es kann vorkommen, daß sie verschiedene Schuhe anzieht, den linken von dem einen, den rechten von dem anderen Paar. Die Ärztin Dr. Dumpler ist Ende 30, eine unauffällige Erscheinung. Adelheid Kapspeter, so alt wie Eva Kreyl-Plint, ist betont bieder gekleidet. Katharina Richter ist 30, arbeitet im Haushalt ohne Schürze, hat einen undefinierbaren Schick, der ihr Ähnlichkeit mit Eva Kreyl-Plint verleiht. Beide könnten Fernsehansagerinnen sein. Trude, »Blaukrämers zweite«, gehört zu den Frauen, die sich über ihre Jugendlichkeit täuschen (oder von ihren Beratern täuschen lassen): Sie ist 42, kleidet sich aber wie eine Frau von knapp 30, die jedem, aber auch jedem Trend

erliegt, und wirkt so auf eine unechte Weise vulgär. Sie hat den Unterschied zwischen Dekolleté und »oben ohne« nicht begriffen, und so tritt sie, vollbusig, wie sie ist, auf eine Weise auf, die mit deplaziert richtig bezeichnet ist. Die jüngste der Damen, Lore Schmitz, ist 20, keineswegs punkisch, sondern adrett-modisch, auch in ihrer Haartracht. Sie könnte eine Studentin, eine Bankangestellte, eine Verkäuferin sein. In keiner gesellschaftlichen oder beruflichen Umgebung würde sie deplaziert wirken, nicht einmal bei Empfängen kirchlicher Würdenträger.

Kapitel 1

Geräumige, überdachte Terrasse einer großbürgerlichen Villa aus der Zeit der Jahrhundertwende zwischen Bonn und Bad Godesberg, früh an einem Spätsommermorgen, Blick aufs gegenüberliegende Rheinufer, wo man hinter Auwäldchen und Gebüsch größere Villen sieht. Der Frühstückstisch ist für zwei Personen gedeckt, Erika Wubler sitzt im Morgenrock am Frühstückstisch, neben sich die Zeitung, in der Hand ein Manuskript, in dem sie liest, als Katharina mit dem Kaffee kommt. Katharina stellt die Kaffeekanne hin.

ERIKA WUBLER *blickt auf:* Danke. Kein Ei für mich. Was macht mein Mann? Ist er auf?

KATHARINA RICHTER Er sitzt in der Badewanne und trinkt Kaffee. Herr... Ihr Mann meint, ich sollte für Sie das graue Jackenkleid aus dem Schrank nehmen, es noch einmal aufbügeln... Er meint, Sie könnten dazu Korallen tragen.

ERIKA WUBLER *lacht:* Geschmack hat er und etwas mehr. Wenn Sie je Rat brauchen, ich meine, in Kleiderfragen... *Da Katharina gehen will.* Warten Sie bitte einen Augenblick. Lassen Sie das Kleid im Schrank; ich brauche heute kein Kleid.

KATHARINA RICHTER *zögernd:* Das Hochamt im Münster. Ich meine, die Feier zu Erftler-Blums Todestag...

ERIKA *faltet das Manuskript zusammen:* Ich gehe nicht ins Hochamt. Sagen Sie's meinem Mann nicht.

Legt das Manuskript hin. Ich habe gerade Ihren Lebenslauf gelesen, Ihr Dossier – es gehört nicht in meine Hände, ich weiß, aber ich hab's mir besorgt... Ich will wissen, wer um mich ist. Sie verstehen, daß Sie sicherheitsüberprüft werden müssen, wenn Sie bei uns arbeiten?

KATHARINA Natürlich – in diesem Haus, wo ... *Stockt*

ERIKA Wo so viele Leute verkehren und wo so vieles besprochen wird. Sie wissen wohl auch, daß die Sicherheitsleute uns von Ihnen abgeraten haben?

KATHARINA Ja. Kann ich mir denken. Ich – *Zögert* – ich möchte mich bei Ihnen bedanken, daß Sie mich trotzdem genommen haben. Auch in Karls Namen. Ihm verdanke ich's wohl? Oder?

ERIKA *blickt sie genau an:* Ja, ihm auch. Aber auch anderen – meinem Mann.

KATHARINA Und Ihnen?

ERIKA *nickt:* Ja, ein wenig. Ich kann mir nicht denken, daß Karl schon jahrelang mit jemandem zusammenlebt, dem ich nicht trauen könnte. Im übrigen *Nimmt das Manuskript auf und legt es wieder hin* finde ich nichts in Ihrem Dossier, das *mich* mißtrauisch machen könnte. Sie sind gelernte Kellnerin, haben auch als Zimmermädchen in Hotels gearbeitet... in Abendkursen Abitur gemacht, studiert, haben ein Kind – von Karl?

KATHARINA Ja, von Karl. Er ist vier Jahre, wir haben ihn nach Karls Vater Heinrich genannt.

ERIKA *lacht:* Ja, das habe ich hier gelesen – altmodisch, wer nennt schon einen Jungen noch Heinrich. *Schnippt an dem Manuskript herum.* Die paar Demonstrationen, an denen Sie teilgenommen haben.

KATHARINA Und der Diebstahl, den ich begangen habe.
ERIKA *lässig:* Ja, habe ich gelesen. Es war Geld, von dem Sie glaubten, daß es Ihnen zustünde. Vielleicht stand es Ihnen wirklich zu.
KATHARINA Es stand mir zu. Überstunden. Gepfuschte Abrechnungen.
ERIKA Gestohlen habe ich früher auch. Im Krieg, wo immer ich konnte. Als gelernte Schuhverkäuferin war ich später dienstverpflichtet bei der Wehrmacht. Schuhe, Stiefel, Lederzeug – erwischt worden bin ich nie, es hätte schief gehen können: Sabotage, Diebstahl von Heeresgut. Ich hatte Hunger, und mein Mann auch, wenn er in Urlaub war. Gestohlen hat er auch. *Leise, lächelnd.* Sagen Sie's nur nicht weiter. Auch nach dem Krieg habe ich gestohlen, bei den Amis im Kasino. Ich fand auch, daß mir das zustand – Zigaretten und Schokolade – für meinen Mann, der studierte und hungrig war – und süchtig nach Zigaretten. Nein, etwas anderes ist wichtig. Lauschen Sie?
KATHARINA Nein, aber ich habe Ohren, mit denen ich höre.
ERIKA Und plaudern?
KATHARINA *zögert, sehr verlegen:* Ich habe vor Karl keine Geheimnisse... *Katharina schüttelt den Kopf. Erika sieht sie erschrocken an.* Nein, nichts – nichts Politisches. Nur, er hängt sehr an Ihnen und Herrn Wubler, er will nur wissen, wie es Ihnen ergeht.
ERIKA *seufzt:* Und wie ergeht es uns?
KATHARINA *lächelt:* Gut, denke ich – und *Zeigt auf die Zeitung* was in der Zeitung steht, liest er natürlich, und wir sprechen über das, was in der Zeitung steht.

ERIKA In der Zeitung steht, daß meinem Mann in dieser Bingerle-Sache nichts vorzuwerfen ist. Es steht aber auch etwas drin, was Karl betreffen könnte. *Da Katharina schweigt.* Sie verstehen nicht, was ich meine.

KATHARINA Nein.

ERIKA Zum dritten Mal ist in dieser Nacht ein kostbarer Flügel, auf dem Beethoven gespielt haben soll, säuberlich zerlegt und wie Brennholz vor dem Kamin gestapelt worden. Diesmal bei Kapspeter. Sie wissen...

KATHARINA Ja, ich hab's gelesen – bei Kapspeter hab' ich oft serviert. Gestern noch.

ERIKA *faßt sich an den Kopf:* Ja – daher müssen Sie mir so bekannt vorgekommen sein. Auch bei Kilian, nicht wahr?

KATHARINA Auch bei Heulbuck hab' ich schon bedient – und hab' Sie gesehen.

ERIKA Und Sie wissen, daß Karl ein Spezialist im Zerhacken von Flügeln ist?

KATHARINA Ja, er hat's mir erzählt, vor sieben Jahren hat er seinen eigenen Flügel zerhackt und im Kamin verbrannt. Seine Frau ging von ihm weg – und Sie verkehrten nicht mehr mit ihm.

ERIKA Er verlor nicht nur einige Freundschaften, auch viel Sympathien. Ich bekam Angst vor ihm – er machte das so kalt, vollkommen kalt: exakt, konsequent – und es roch nach verbranntem Lack. Nur die Rädchen hat er merkwürdigerweise behalten.

KATHARINA Sie haben immer noch Angst vor ihm?

ERIKA Nein, nicht vor ihm – Angst um ihn immer. Ich liebe ihn wie den Sohn, den ich nie gehabt habe.

Bewegt. Ich vertraue ihm sogar – dann aber wurde vor fünf Jahren Bransens Flügel zerlegt, vor vier Jahren Florians Flügel, jetzt Kapspeters.

KATHARINA Ich weiß, jedesmal geriet er in den Verdacht, und jedesmal erwies er sich als unschuldig.

ERIKA Hat er Ihnen von dieser Sache in Rio erzählt?

KATHARINA Ja, er hat mir alles erzählt, und ich weiß auch, daß er es Ihnen verdankt, wenn seine Strafe so gering ausfiel und zur Bewährung ausgesetzt wurde. Mit *Deutet auf die Zeitung* damit hat er nichts zu tun, auch nicht mit der Sache bei Bransens.

ERIKA Ich hoffe es für ihn. Ich liebe ihn immer noch, auch wenn *Schüttelt den Kopf* ... nicht einmal seine Frau hat ihn damals verstanden. Wissen Sie denn, was er so alles tut, womit er sein bißchen Geld verdient?

KATHARINA Nein, manchmal ist er länger unterwegs, dann hat er Geld, und ich weiß nicht, womit er's verdient hat. Er sagt immer, es ist geheim – und lächerlich. Lächerlich geheim. Wir leben sehr sparsam.

ERIKA *deutet auf das Dossier:* Und Sie wollen weg von hier?

KATHARINA Ja, ich schon, er nicht. *Blickt ins Ungewisse.* Ja, weg hier, wenn ich nur wüßte, wohin. Aber ohne ihn – nein, vielleicht kann ich ihn rumkriegen. *Horcht ins Haus.* Ihr Mann kommt, ich hole sein Ei. *Geht ab.*

Wubler tritt auf. Er ist festlich gekleidet, schwarzer Anzug und so. Er umarmt seine Frau, küßt sie auf die Wange, hängt seinen Rock über den Stuhl, setzt sich.

WUBLER Wohl schlecht geschlafen?

ERIKA Wie du – kein Auge hab' ich zugetan.

Katharina bringt das Ei, setzt es vor Wubler hin, geht wieder ab.

WUBLER Du hast wohl wieder gelauscht, Angst, Ärger, Wut haben dich aufgewühlt. Lausch nicht mehr, Erika...

ERIKA Natürlich hab' ich gelauscht, wie immer, wenn ihr euch bei uns trefft, und du weißt, daß ich immer gelauscht habe – seit sechsunddreißig Jahren. In Dirwangen hab' ich gelauscht, da ging das Ofenrohr noch von der Küche aus ins kleine Wohnzimmer, und ich brauchte nur die kleine Rußklappe aufzumachen; in Huhlsbolzenheim stand ich auf dem Balkon wie hier. *Deutet wieder nach oben.* Du weißt es und willst auch, daß ich weiß – heute nacht saß hier *Deutet auf ihren Stuhl* jemand...

WUBLER *ängstlich:* Keine Namen, keine Namen, Erika.

ERIKA *lacht:* Jetzt sind's schon drei, deren Namen nicht genannt werden dürfen. Wollen wir sie nicht besser numerieren? Nummer 1 – das ist der, du weißt schon – Nummer 2 – das ist der, du weißt schon – und der hier saß: Nummer 3.

WUBLER Du hast gelernt, daß Politik ein schmutziges Geschäft ist.

ERIKA Was nicht bedeutet, daß Schmutz schon Politik ist.

WUBLER *blickt sie überrascht an:* Bisher warst du klug genug, nicht zu plaudern, nicht zu klatschen, schon gar nicht vor Journalisten – wie Elisabeth Blaukrämer es getan hat – und bist auch nicht durch alle Cafés und Restaurants gezogen und hast Unruhe gestiftet, wie sie es gemacht hat.

ERIKA Die hat nicht nur gelauscht, die hat Akten und Notizbücher gelesen und sich Notizen gemacht. Und der, der diese Nacht hier war, den hat auch sie gesehen – Nummer 3 –. Gesehen habe ich ihn nur verschwommen, erkannt hab' ich ihn an der Stimme. Es war die Stimme, vor der wir alle zitterten – die Stimme, die euch alle, euch Soldaten, in den Tod treiben wollte – und uns alle. Auf meiner Terrasse diese Stimme – und sein Lachen ...

WUBLER *läßt sein eben geköpftes Ei stehen, steht auf, geht zu Erika hinüber, umfaßt sie, spricht leise:* Ich flehe dich an, hör auf, du hast dich geirrt.

ERIKA *befreit sich von seinen Armen:* Eine mörderische Stimme. Die Stimme eines Mörders – seine Schergen hätten dich baumeln lassen, wenn ich nicht in der Besenkammer rasch einen Sack über dich geworfen hätte, als sie dich suchten.

WUBLER *noch ängstlicher:* Leise, nicht so laut. *Unsicher.* Du täuschst dich. *Mit drohendem Unterton.* Es ist derselbe, den Elisabeth Blaukrämer auch gesehen und gehört haben will, und sie konnte nichts beweisen, hat nur Unruhe gestiftet.

ERIKA Bis er sie in die Klapsmühle gesteckt hat. Nein, beweisen konnte sie nichts – und hatte doch recht. Du weißt doch besser als ich: Nicht alles, was man nicht beweisen kann, ist unwahr. Auch Plottgers Frau konnte nichts beweisen, bis sie an der Wahrheit, die sie nicht beweisen konnte, verrückt wurde, sich umbrachte. Keine Sorge, ich werde nicht verrückt, ich werde auch nicht plaudern, eben weil ich nichts beweisen kann. Man weiß doch zu genau, was hysterische Weiber sich so alles einbilden, unbefriedigt, wie sie sind, frustriert, trinken ein bißchen, haben dann Halluzinationen. Nein, plaudern werde ich nicht, aber ich weiß, was ich weiß, habe gehört, was ich gehört habe. Und du weißt genau, daß Elisabeth Blaukrämer *nicht* gelogen hat.

WUBLER Sie hat keinen Funken Phantasie, sonst wäre sie nicht dauernd mit ihren Wahrheiten gekommen. Und du, du konntest nicht schlafen, nachdem du gehört hast?

ERIKA Ich weiß genau, daß meine Ohren keine Beweiskraft haben. *In hartem Ton.* Du solltest deine Finger davon lassen, Hermann. *Sehr hart.* Es ist genug, Hermann, genug. Was habt ihr mit dem Bingerle vor? Den Namen darf ich ja wohl aussprechen, der steht ja sogar in der Zeitung, oder soll ich sagen Nummer 4 – nein, Nummer 4, das bewahr' ich mir für den lieben Gott auf, von dem ihr so gern sprecht: Nummer 4, das ist der liebe Herrgott – daß der auch noch ein paar andere Namen hat, habt ihr vergessen.

WUBLER So habe ich dich noch nie gehört, Erika, in vierzig Jahren nicht.

ERIKA Doch, einmal schon, Hermann, vor fast vierzig Jahren, als du von der großdeutschen Wehrmacht desertiert warst und in der Besenkammer gehockt hast und ich einen leeren Kartoffelsack über dich warf – da hast du doch gehört –, wie ich mit den Kettenhunden sprach, drei Tage nach Hitlers Selbstmord. Die Kettenhunde waren die Abgesandten von Nummer 3 – den sie den Bluthund nannten. Und du hast mich gehört, wenn ich mit Chundt sprach, Blaukrämer ohrfeigte und Halberkamm aus dem Haus warf – so neu kann dir meine Stimme nicht sein. Auch als ich dem Schwamm eine langte, hast du diese neue Stimme gehört.

WUBLER Das ist lange her, und ich hoffe, du erzählst es nicht, meine Desertion, meine ich.
ERIKA *lacht:* Nein, ich erzähle das nicht dem Verteidigungsausschuß und auch nicht den Generälen, zu denen wir manchmal eingeladen sind – aber dir, dir sag' ich's. Und es gibt auch noch andere Gelegenheiten, wo du diese, meine Stimme gehört haben mußt – als – oder besser: wenn ich dich bat, in der Gegenwart meines Vaters Chundt nicht zu erwähnen – erinnerst du dich?
WUBLER Dein Vater war ein Fanatiker – er...
ERIKA Ja, er war fanatisch – er haßte Chundt, und wenn ich ihn zum Kaffee einlud, mußte ich ihm schwören, daß Kaffee und Kuchen nicht von Chundts Geld bezahlt waren, sondern von deinen Anwaltshonoraren – er wäre lieber verhungert, als aus Chundts Hand ein Stück Brot anzunehmen – und gehungert hat er wahrscheinlich genug. Und jetzt wiederhole ich: genug, Hermann, es ist genug.
WUBLER Seit wann diese Sympathie für den Bingerle oder, wie wir sagen: das Bingerle?
ERIKA Ich mag ihn nicht, habe ihn nie gemocht, und ich wie jeder einzelne von euch hätte voraussehen können, daß er versuchen würde, euch reinzulegen. Nein, keine Sympathie für Blaukrämers Lachen, als er von ihm sprach – und das, das Lachen von – du weißt schon, Nummer 3. Ich habe einen Schüttelfrost gekriegt, wie immer, wenn Blaukrämer lacht – und dann noch der andere...
WUBLER *erregt und flehend:* Lausch nicht mehr, Erika, ich bitte dich – nie mehr, denk an Elisabeth Blaukrämer.

ERIKA *legt den Arm um ihn:* Fröstelnd habe ich dagestanden, bis sie weggingen – Halberkamm, Blaukrämer, Chundt und – Nummer 3 – besoffen, torkelnd, lachend zogen sie ab. Und du hast allein da gesessen, still, hast in dich reingetrunken.
WUBLER Du hättest zu mir kommen sollen, ich dachte, du schliefst, und ich wollte dich nicht wecken.
ERIKA Wecken! Ich habe wach gelegen, bis ich Katharina ins Haus kommen hörte – und von der Küche aus der Kaffeegeruch nach oben stieg: endlich eine, die Kaffee machen kann – meinetwegen könnte sie eine veritable Kommunistin sein: Kaffee kann sie machen.
WUBLER Eine Kommunistin ist sie wohl nicht – aber auch nicht ganz geheuer ... immerhin hat sie eine Zeitlang versucht, nach Kuba auszuwandern. Das hat Karl verhindert.
ERIKA Sie ist Karls Frau – und das genügt mir. Du sprichst mir zu oft von Elisabeth Blaukrämer. Die habe ich zweimal besucht, ein drittes Mal geh' ich nicht. Diese Sorte Klapsmühle ist mir ein bißchen zu fein – diese elegante Mischung aus Luxushotel und Sanatorium. Und nur Frauen dort, sehr reiche Frauen mit Klunkern und Kinkerlitzchen. Dort werden einem, wie sagt man doch – die Erinnerungen korrigiert. Damit also drohst du mir – willst du mich dort hinbringen?
WUBLER *sehr in Angst:* Nie werde ich dich dort hinbringen – nie – ich nicht...
ERIKA Du nicht? Vielleicht ein anderer? Chundt vielleicht, oder Blaukrämer oder der andere? Gesehen hab' ich ihn kaum, nur mal 'nen Schimmer, als er sich

die Pfeife ansteckte: weißhaarig, edel, mit altem Charme, wie die meisten überlebenden Mörder. Ich kann nun mal hören, kann auch sehen, und ich sitze oben auf meinem Balkon in einer lauen Sommernacht, trinke ein bißchen Wein und schau' auf den Rhein, der manchmal wirklich silbern glänzt. Warum kommt ihr denn her? Warum geht ihr nicht in eins eurer Heime oder in eine eurer Akademien. Ins Johanneshaus oder ins Edelweiß? Ich weiß, Hermann, was du nicht weißt: Chundt, Blaukrämer und Halberkamm *wollen*, daß ich lausche. Es ist eine versuchte Vergewaltigung – ich *soll* den Dreck fressen, über den ich dann nicht sprechen darf. Immerhin bin ich die einzige Frau, die Chundt nicht bekommen konnte, die Blaukrämer ihm – wie sagt man doch – ihm nicht zuführen konnte, und ich bin nicht einmal eine Bankierstochter, bin nicht einmal eine Adelige, nur die Tochter eines fanatischen Dorfkrämers, der als Lebensmittelhändler selbst von der Zuteilung lebte, nicht ein Gramm Butter mehr nahm, als ihm zustand; wie nennt man das doch – Halberkamm würde sich vor Lachen schütteln: einen Gerechtigkeitsfanatiker, der auch noch das Pech hatte, ein frommer Katholik zu sein. Weißt du, warum mein Bruder freiwillig zum Kommiß ging? Weil er hoffte, dort satt zu essen zu bekommen ... ein Kind noch, ein Junge, den der Vater ein paarmal beim Stehlen erwischte, wenn er sich Wurst abschnitt, Butter nahm und Brot – den er praktisch aus dem Haus ekelte – und dann schossen sie ihn tot, da in der Normandie. Ich denke jeden Tag an ihn, habe diese Nacht viel an ihn gedacht, als der Bluthund hier unten saß: silberhaarig, edel, alt mit hoher Pension und lachte wie zwei

Dutzend Messer, wenn ihr von Bingerle spracht. *Wubler blickt sie gequält an.* Du hast doch gewußt, daß Chundt hinter mir her war, von Anfang an, noch in Dirwangen? Hast du's gewußt?

WUBLER *nickt und seufzt:* Ja, aber ich hatte immer Vertrauen zu dir – sonst – ich hätte ...

ERIKA Was?

WUBLER Ich hätte ihn erwürgt.

ERIKA Vielleicht hättest du das früh genug tun sollen. Nicht meinetwegen. Er hat's immer wieder versucht. Zuletzt vor fünfzehn Jahren, da unten im Johanneshaus am See – da war ich wohl noch eine, mit der er mal schlafen wollte. *Leiser.* Es war neblig. Ende September, kühl, sehr früh am Morgen, ich wurde wach, als du aufstandest, ging in die Küche, hab' mir Kaffee gemacht und mich wieder ins Bett gelegt, hab' bei offenem Fenster da gelegen und nachgedacht, auch gedacht an meinen Vater, meinen Bruder, die Nonnen, bei denen ich auf der Schule war und die ich liebte und immer noch liebe, an meine Mutter, ach, an uns beide natürlich – und dann habe ich euch *gesehen.* Ich hab' ja auch Augen, Hermann, nicht nur Ohren. Gesehen habe ich, wie ihr rausgefahren seid, um die Klossow-Akten zu versenken. *Wubler starrt sie an.* Du wußtest also nicht, daß ich's wußte? Gesehen habe ich, wie ihr rausgefahren seid, wie zum Angeln, mit viel Angelzeug – aber auch Taucherkram, viele Bleigürtel, und ich dachte: wollen die in dieser kühlen Morgenfrühe tauchen? Aber dann sah ich zwei Seesäcke, darin waren wohl die Klossow-Akten, denn seitdem sind sie spurlos verschwunden, und sogar die Polizei hat vergebens danach gesucht. Ihr seid zurückgekommen ohne Seesäcke, ohne Bleigürtel, und geangelt hattet ihr nichts. Nicht einen einzigen Fisch. Nur die Akten, die lagen 280 Meter tief. Ein schöner Morgen, Nebel über dem See, die Vögel im Schilf. Langsam lichtete sich der Nebel, ein schöner Tag brach an – die Sonne kam durch –, und im Kasino hab' ich gehört, wie ihr gelacht habt, getrunken und gelacht. Und der große Herr Chundt, zu dessen Vorteil die große Versenkung stattfand, der war für diese Versenkungsarbeit zu schade, die war für ihn zu schmutzig, er blieb im Bett liegen und versuchte, bevor ihr zurück wart, zu mir ins Bett zu kommen. Beruhige dich, Hermann, beruhige dich über deinen besten Freund, bevor du ihn erwürgst. Ich habe ihn nicht reingelassen, hab' nie einen reingelassen, Hermann. Übrigens hab' ich den Charme, den er haben soll, nie gespürt, hab's nicht begriffen, fand ihn immer plump. Blaukrämer und Halberkamm haben ihm ja ihre Frauen immer frei zur Verfügung gestellt – Elisabeth hat's mir erzählt, im Johanneshaus oder im Petrusheim. Du hast wohl gewußt, daß er von Anfang an hinter mir her war, schon in Dirwangen, als ihr gerade anfingt und du dich für ihn halbtot gearbeitet hast – Bingerle war ja auch von Anfang an dabei – jung, eifrig wie ein Ministrant – und hungrig, mein Gott, wart ihr alle, waren wir alle – hungrig.

WUBLER *verstört, schüttelt den Kopf:* Gedacht hab' ich's mir manchmal – aber gewußt – nein. Warum hast du mir nie erzählt – von Chundt?

ERIKA *konsterniert:* Ja, warum nicht? Warum? Es wäre wohl alles anders gekommen. Beweisen hätte ich nichts können – und du weißt, was man von Frauen denkt, die sowas erzählen, aber nicht beweisen können. Er hätte mich als hysterisch hingestellt, und du hättest vielleicht gezweifelt – merkwürdig, daß Frauen solche Dinge fast nie erzählen. Es gibt noch einen anderen Grund *Leiser* – schwer auszusprechen, aber es ist wahr: du mußt nicht lachen, wenn ich sage, aber es trifft zu: deine Unschuld – es gibt nichts Rührenderes als unschuldige Männer, und du bist einer...

WUBLER Trotz der Sache mit der Golpen?

ERIKA Die Sache mit der Golpen ist ja gerade ein Beweis für deine Unschuld. Fünf Tage Klausur in der Akademie – und dann eine Frau mit diesem Busen – die haben sie dir auf die Bude geschickt, um dich in Konflikt zu bringen, und sie, sie wollte durch dich Karriere machen – ach, Hermann, das ist ja ein Beweis für deine Unschuld. Die hat Halberkamm präpariert und dir auf die Bude geschickt.

WUBLER Und Karl, der kleine Graf, der mit unserer neuen Stütze zusammenlebt? Wie ist es mit ihm?

ERIKA Er ist mir wie ein Sohn, den ich nie gehabt habe, oder wie ein jüngerer Bruder, den ich hatte und den sie erschossen haben. Als wir Karl kennenlernten, war ich achtundvierzig und er vierundzwanzig – im übrigen ist er alles mögliche, nur kein Weiberheld. Aber Charme hat er, und er, er – ach, Hermann, heimlich – das hätte ich nie getan.

WUBLER Dem Alter nach ist er wohl eher Bruder als Sohn.

ERIKA Als er geboren wurde, war ich vierundzwanzig. Das Merkwürdige ist: du liebst seine erste Frau nicht wie eine Tochter oder Schwester.

WUBLER Ich liebe sie, wie ein Mann eine Frau liebt.

ERIKA Du hast heute abend ein Rendezvous mit ihr.

Hat sie den Flügelschock überwunden und will wieder vierhändig mit dir spielen? Die Chopin-Bearbeitungen?

WUBLER Sie hat seitdem keinen Flügel mehr berührt – nein, ich muß sie warnen, sie ist dabei, eine große Dummheit zu begehen ...

ERIKA Will sie weg von ihrem Grobsch? Zu dir? Mit dir?

WUBLER Ach, Erika, weißt du: ich weiß gar nicht, ob ich sie liebe, *weil* ich keine Chance bei ihr habe oder ob ich Angst habe, ich *könnte* eine Chance bei ihr haben. Sie ist dreißig Jahre jünger als ich. Nein, sie hat sich in einen Kubaner verliebt und will mit ihm weggehen – nach Kuba.

ERIKA Eva Plint nach Kuba! Merkwürdig: auch Katharina wollte nach Kuba – was wollen sie dort?

WUBLER Sie wollen weg von hier und wissen nicht, wohin. Bei Katharina kann ich's verstehen: sie hat zehn Jahre hier gekellnert, in allen Häusern, bei allen Gelegenheiten. So zu leben ist zum Kotzen. Willst du nicht auch weg von hier?

ERIKA *nickt, müde:* Ja, aber ich weiß, daß es kein Wohin gibt – also muß ich wohl bleiben. Es ist nicht meine Heimat, aber mein Zuhause. Es gibt viele hier, die ich mag und nicht missen möchte: Ich könnte anderswo nicht leben und möchte doch hier weg – und bei dir möchte ich auch bleiben – du hast noch so viel von dem netten, schüchternen Jungen, den ich damals mit auf mein Zimmer nahm. Aber um Karl, um Karl mache ich mir zu meiner eigenen Überraschung keine Sorgen: ob ich in seiner Nähe bin oder nicht, ist nicht wichtig.

WUBLER *nimmt die Zeitung auf:* Du hast gelesen, was heute nacht bei Kapspeter passiert ist?
ERIKA Ja. Hab' ich gelesen. *Schweigt kurze Zeit.* Seltsam: ich kann's heute so schlimm nicht mehr finden, was er damals mit seinem Flügel gemacht hat. Ist Karl im Fall Kapspeter in Verdacht?
WUBLER Der Verdacht fällt automatisch auf ihn. Ich hoffe, er hat ein Alibi.
ERIKA *lacht:* Das hat er bestimmt. Ich mach' mir keine Sorgen. Vor zehn Minuten hab' ich ihn noch durchs Fernglas gesehen: er saß auf den Stufen seines Wohnwagens, mit dem Kaffeebecher in der Hand, und las Zeitung. Er schien ganz munter zu sein. *Leise.* Den kriegt ihr nicht, auch wenn ihr ihn habt, ihr habt ihn auch nicht gekriegt, als ihr ihn hattet und er ins Gefängnis sollte.
WUBLER Chundt haßt ihn, ohne ihn zu kennen – und Chundt kennst du ja. Übrigens täuschst du dich, wenn du meinst, Chundt wäre so hungrig gewesen wie wir. Er hat nie Hunger gelitten, und das war sein Vorteil uns allen gegenüber – uns lief das Wasser im Mund zusammen, ihm nie. Er hat den Unterschied zwischen Appetit und Hunger nie gekannt. Bis heute weiß niemand genau, wie und wo er durch den Krieg gekommen ist. Nur ein paar Andeutungen – Italien.
ERIKA Ja, ich kenne ihn, und nicht nur von der Seite, die ich dir geschildert habe. Unvergessen der Augenblick, als er zum ersten Mal in unsere Mansardenwohnung in Dirwangen kam, nach dieser Diskussion im Pfarrheim. Er sagte dir, das einzig Wahre sei jetzt die Politik, besser als Juristerei und besser als jede Art von Geschäft. Die alten Nazis zitterten vor Angst, ihr wärt

völlig unbelastet und jung. Die Macht liege auf der Straße, die Politik wäre wie eine verlassene, aber völlig intakte Fabrik, der die Chefs davongelaufen seien. Nun müsse die Produktion wieder aufgenommen werden. Er sagte auch, die Angst der alten Nazis sei Gold wert. Du hast ›ja‹ gesagt, und von da an lief's, besonders, als dieser Amerikaner dazukam, Bradley. Es gab Eier zum Frühstück, echten Kaffee, eine größere, dann eine große Wohnung, es ging rasch mit deinem Examen, noch rascher mit deinem Doktor, es gab ein Haus und ein Landratsamt in Huhlsbolzenheim – noch ein Haus, die Fabrik Politik lief und produzierte, produzierte. Ja, und dann tauchte Blaukrämer auf, der war ein Nazi gewesen, und Halberkamm, der war kein Nazi gewesen – das hat Chundt geschickt gemacht. Und das Bingerle, wie ihr ihn jetzt nennt, der war weder das eine noch das andere, nur ein gieriger junger Hund. Und jetzt Hermann, ist's *genug*. Hab' ich recht gehört heut' nacht? Blaukrämer soll Minister werden? Blaukrämer?

WUBLER Plukanski ist nicht mehr tragbar – es laufen Enthüllungen über ihn, die nicht mehr zu verheimlichen sind. Aus dem Polenkrieg. Er ist nicht mehr zu halten.

ERIKA Wieviel Juden und Polen hat er umgebracht?

WUBLER Umgebracht hat er keinen. Er hat ziemlich finstere Geschäfte mit den Partisanen gemacht. Nicht wir wollen ihn stürzen, die Polen – es ist eine abenteuerliche Geschichte.

ERIKA Und da müßt ihr Blaukrämer zum Minister machen? Blaukrämer?

WUBLER Es ist beschlossen, Plukanski ist nicht mehr zu halten.

ERIKA Aber Blaukrämer, das könnt ihr doch nicht machen. Es gibt doch Dinge, die einfach nicht gehen. Ihr wißt doch, was er mit seiner ersten, mit Elisabeth, gemacht hat – was er mit seiner zweiten, dieser Trude, macht – er ist doch, er gehört in die Kategorie der Triebtäter – für mich jedenfalls.

WUBLER Hat er versucht – bei dir ...?

ERIKA Nein, hat er nicht. Angeschaut hat er mich manchmal, als wolle er – aber ein Blick von mir, wirklich nur ein Blick – da zitterten ihm die Hände. Das war noch in Huhlsbolzenheim – seitdem – nein, er gehört zu der Sorte, die *ich* erwürgen würde. Mein Gott, Hermann – warum muß der Minister werden?

WUBLER Chundt nennt das: die Grenzen der Zumutbarkeit erweitern – immer weiter ausdehnen. Wenn Blaukrämer Minister wird und die Öffentlichkeit das hinnimmt, dann ...

ERIKA Dann kann man der Öffentlichkeit eines Tages auch Chundt zumuten, meinst du. Und du?

WUBLER Keine Angst, ich bin nicht der Typ – ich will's auch nicht werden. Ich bin die Spinne, die das Netz spinnt – ich bin nicht das Netz. Und Plukanski ist wirklich nicht mehr zu halten. Wir nannten ihn immer Apfelwange – der Apfel ist durch und durch faul ...

ERIKA Ja, Apfelwange ist also fällig – dann also einen Apfel wie Blaukrämer, von dem jeder weiß, daß er faul ist. Das hat Chundt mal wieder gut gesagt: die Grenzen der Zumutbarkeit erweitern.

WUBLER *müde:* Ich konnte nichts dagegen tun, nichts ...

wird Punkt 14 Uhr vor dem Gefängnis stehen, er bringt ihn nur zu einem Flugzeug. Aber sag mir, warum hast du mir das nie erzählt, das mit Chundt und dir, nie von Chundts Verhältnis mit Elisabeth Blaukrämer und Gertrud Halberkamm?

ERIKA *leise:* Wußtest du wirklich nicht, weißt du nicht, wie Männer sind, die sich für unwiderstehlich halten? *Steht auf, geht zu ihm rüber, nimmt sein Gesicht in ihre Hände.* Männer, die außerdem glauben, daß alles, alles zu haben ist. *Zögert.* Elisabeth hat mir Details erzählt, sie hat's aus Haß getan, aus Haß gegen Blaukrämer und Chundt. Sie hat Chundt wohl – ich weiß nicht, wie – gedemütigt, ihn lächerlich gemacht. Und dann, lieber Hermann: Ich wollte deine Unschuld nicht zerstören, es gibt nichts Bewegenderes als unschuldige Männer. Ich hab' mich immer gewundert, wie unschuldig einer bleiben kann, der mit Chundt, Halberkamm, Blaukrämer und Bingerle zusammenarbeitet. Die Unschuld eines Mannes ist etwas Kostbares. Der Unwiderstehliche bist du – es war dunkel, vor vierundvierzig Jahren, als du mich ansprachst. Verdunkelung, Bombenalarm, und deine Rekrutenuniform saß schlecht, und als ich dich mit auf mein Zimmer nahm, war's nicht Mitleid, auch noch nicht Liebe, ich wollte dich haben, wollte wissen, wie das mit Männern ist. Neugierde war's. Ich, ein fromm erzogenes Mädchen, achtzehn, ärmliche Schuhverkäuferin – und als ich dich in vollem Licht sah, war ich erschrocken über deine Häßlichkeit. Ja, deine Uniform saß irgendwie schief, die Stiefel waren dir zu groß, und du, du warst erschrocken darüber, wie hübsch ich war – hattest mich ja auch nicht richtig gesehen – und meine Angst davor, daß du nicht zugreifen würdest. Einer von uns mußte ja wohl handgreiflich werden, und ich hatte Angst, ich müßte es sein. Aber du hast dann zugegriffen – dann sah ich deine Augen, deine Hände, später deine Füße – vor allem deine Krötenaugen, asphaltfarben, sanft, traurig, klug. Du glaubst gar nicht, wie lächerlich die Beaus waren, die einer Verkäuferin nachzusteigen versuchen – was für plumpe Hände und dumme Augen sie hatten – auch die Kerle, die ich bei meiner Mansardennachbarin Hilde traf. Sie wollten mich immer verkuppeln. Ach, Hermann, es ist mir nie schwergefallen, zu bleiben, was ich damals versprochen habe: treu. Und dir, dir sollte ich erzählen, was Elisabeth mit Chundt angestellt hat, um ihn in seiner Unwiderstehlichkeit zu demütigen – dir? Dir mit deiner kindlichen Haut?

WUBLER *blickt sie erstaunt an, spricht leise:* Du müßtest dich jetzt langsam umziehen. Paßt es dir mit dem grauen Kostüm? Vorne die zartrosa Korallenbrosche. In zwanzig Minuten kommt Blaukrämer – das kannst du noch schaffen. Heute mußt du besonders gut aussehen. *Lacht.* Fernsehen – live – das ganze Hochamt.

ERIKA Ich zieh' mich nicht um, Hermann, ich werde im Morgenrock und ungekämmt auf meinem Balkon sitzen, Kaffee trinken, mit dem Fernglas drüben in Karls Garten gucken, ob er noch da ist, wie es ihm geht. Ich werde die Schiffe auf dem Rhein beobachten, wie die Schiffersfrau ihrem Mann Kaffee ins Steuerhaus bringt, ihm den Arm um die Schultern legt. Wenn's intim zu werden droht, schau' ich weg, dreh' mein Fernglas ab.

WUBLER *erschrocken, ernst:* Du willst wirklich nicht

mitgehen? Erika, mach keine Scherze. Das kannst du doch nicht machen, kannst mich nicht allein lassen. Es ist das erste Mal, daß du neben Heulbuck sitzen sollst, sitzen darfst. Das feierliche Hochamt zum Gedächtnis von Erftler-Blum, von einem Kardinal zelebriert, dem von drei Bischöfen assistiert wird – lateinisch voll ausgesungen – es wäre ein Skandal, wenn du nicht mitkämst.

ERIKA Ach, Hermann, du bist wirklich ein Kind geblieben. Es wird eine ganz kleine Aufregung geben, Ärger mit Chundt und Blaukrämer – keine Spur von einem Skandal. Ja, neben Heulbuck darf ich sitzen! Soll mich das von den Socken reißen? Neben Heulbuck – vielleicht zwischen Heulbuck und Kapspeter, dem sie diese Nacht den Flügel gestutzt haben. Dann Blaukrämers zweite, die unbezahlbare Trude, Heulbucks erste, Halberkamms dritte – Plukanski, noch nicht gestürzt. Ach, Hermann, bleib du auch hier, telefoniere mit Stützling oder dem Grafen Erle zu Berben. Ich will nicht neben Heulbuck sitzen, will überhaupt nicht mehr in feierliche Hochämter gehen, auch nicht zum zwanzigsten Todestag von Erftler-Blum. Nein, Hermann, nicht mehr mit Prominenz und Putten, die wenig später Chundt in die Arme sinken. Und wahrscheinlich ist auch dieser Schwamm da, der Heaven-Hint-Aktien anbietet. Was ist das eigentlich für ein Zeug: Heaven Hint?

WUBLER *(mürrisch)*: Das hat irgendwas mit Weltraumrüstung zu tun. Erika, was ist nur plötzlich mit dir geschehen?

ERIKA So plötzlich gar nicht. Du weißt, daß mir nie wohl dabei war, nicht beim zehnten, nicht beim fünfzehnten Todestag von Erftler – immer mit Funk und Fernsehen, und immer noch Grüff als Reporter und Bleiler als Kommentator: »Und da sehen wir die wie immer mit makellosem Geschmack gekleidete Frau Wubler mit ihrem Mann, der grauen Eminenz« ... Ich habe diese Nacht an meinen Bruder gedacht, den sie, neunzehn Jahre alt, in der Normandie erschossen haben – an meinen Vater hab' ich gedacht, der verbittert geboren und verbittert gestorben ist – an meine Mutter, die vor Erschöpfung gestorben ist, müde, müde, immer müde und ermüdet vom Fanatismus ihres Mannes. Ach, Hermann, Ruhe – und der Kardinal preist mal wieder Erftlers Verdienst und die christlichen Werte, Heulbuck genießt in seiner gewohnten, dummen, rheinischen Fröhlichkeit sein altes Ministrantenlatein.

WUBLER Chundt wird böse sein, er wird einen Zusammenhang konstruieren zwischen der vergangenen Nacht und deinem Wegbleiben.

ERIKA Da braucht er gar nichts zu konstruieren. Den Zusammenhang gibt's – er hätte recht.

WUBLER Du bist also krank geworden?

ERIKA Ich bin *nicht* krank geworden. Ich bin zwar müde, aber das Hochamt würde ich überstehen.

WUBLER Kapspeter verehrt dich wirklich, Heulbuck auch – sie mögen dich, Erftler hat dich geradezu geliebt.

ERIKA Ich ihn aber nicht. Er war wirklich immer nett zu mir, ich mochte ihn aber nie. Ich weiß; ich war für ihn die verkörperte Demokratie: Krämerstochter, Verkäuferin, zweiter Bildungsweg, fast noch Pianistin geworden. Ich weiß auch, daß Kapspeter der größte, weiseste und frömmste aller Bankiers ist, richtig feinsinnig, gebildet, sensibel, exquisit in seinem Geschmack – und doch *Düster* und doch nehme ich an, daß er *irgendwie* noch an der Kugel oder der Granate verdient hat, die meinen Bruder getötet hat. Und – Hermann, das Schlimme ist, daß ich nicht nur kein Bedauern über seinen zerlegten Flügel empfinden kann – schlimmer, daß ich anfange, Karl zu *verstehen*. Es ist mir unheimlich dabei, es war etwas *Weihevolles* daran, als er seinen eigenen Flügel zerstörte. Es war ernst – und wir haben ihn nicht verstanden, auch Eva nicht, die ihn doch liebte. Ich weiß auch, daß es bei Bingerle nicht um ein paar Akten geht. Akten über Chundt gibt es wahrscheinlich genug – es geht um...

WUBLER *total verängstigt, erschrocken*: Sprich den Namen nicht aus, bitte...

ERIKA Nein, Namen nicht. Bleiben wir bei Nummer 1, den ihr hättet retten können und nicht gerettet habt. Ihr wolltet beides: Härte zeigen und ein Opfer haben. Ich weiß, Hermann, ich habe neben dir am Telefon gesessen. Du mochtest ihn doch...

WUBLER Ja, ich mochte ihn, mochte seine Frau, seine Kinder. Es ging gar nicht um Chundts krumme Dinger, um Klossow und Plottger und ums Bingerle. Es ging und geht um etwas, was du nicht verstehen *willst*, den Staat.

ERIKA Und bei seiner Beerdigung hättet ihr am liebsten den Papst gehabt, aber ein Erzbischof tat's dann auch. Und Heulbuck hielt eine wirklich anrührende Rede, Kapspeter saß vorne und heulte regelrecht, heulte echt. Sogar Chundts Augen wurden feucht...

die Tränen konnte man im Fernsehen glitzern sehen. War vielleicht Glyzerin im Spiel?

WUBLER Werd nicht zynisch, Erika, er ist tot, ist ermordet worden.

ERIKA Und wie routiniert Chundt das Meßbuch schwenkte und seine Kniebeugen machte. Ach, Hermann, ich sag's noch einmal: es ist genug, und mir ist es ernst, Hermann, keine Laune, keine Stimmung. Bleib bei mir und schau mit mir auf den Rhein: da flattert die blitzsaubere Wäsche auf den Leinen, die Hunde laufen an der Reling entlang, und die Kinder spielen in ihrem Ställchen.

WUBLER *seufzend*: Ich kann nicht, Erika, ich muß hin – vielleicht ein letztes Mal. Spaß macht es mir schon lange nicht mehr.

ERIKA Mir hat's Spaß gemacht, lange Zeit, oder besser gesagt: eine Zeitlang – sogar noch bei dem feierlichen Amt für den, dessen Namen man nicht aussprechen darf. Ich mochte ihn auch – ich mochte das ganze *Theater*. Er war ein Schurke mit Charme – sogar das Gruseln habe ich noch genossen, als Heulbuck seinen rheinischen Trauerschleim abließ. Lange Zeit hat mir auch das andere Spaß gemacht, die Partys mit ihrem Geschwätz und Geflüster, Getue, Intrigen, Konspirationen auf niederer Ebene, das leere Lallen und die harten Interessen. Ich fühlte mich wohl in meinen hübschen Kleidern und dem Schmuck, den du mir geschenkt hast, konnte mich auf deinen unfehlbaren Geschmack verlassen. Es hat mir Spaß gemacht, die Häppchen und die Drinks – Klavierspiel mit dir und Karl – Theater, Empfänge, Bälle. Aber dann spedierten sie Elisabeth nach Kuhlbollen, und ich besuchte sie

Blick auf den Rhein. Immerhin kostete ein Ei damals einen Groschen, und ich verdiente als Schuhverkäuferin knapp 85 Mark. Davon gingen zwanzig auf die Miete, dann Strom, Heizung, Wäsche. *Sie steckt die ausgelöffelte Eierschale in den Eierbecher zurück. In diesem Augenblick betreten Wubler und Blaukrämer die Terrasse.*

BLAUKRÄMER *bleibt an der Tür stehen*: Zu schmecken scheint's dir ja noch. So krank scheinst du ja gar nicht zu sein.

ERIKA Ich bin nicht krank – nicht einmal dein Anblick macht mich krank. Am liebsten würde ich, so wie ich bin, mitfahren, im Morgenmantel und ungekämmt um das Münster herumgehen und die Allerheiligenlitanei singen, während ihr euer Hochamt feiert.

BLAUKRÄMER *lacht*: Gar keine schlechte Idee: öffentliches Ärgernis, Ruhestörung, vielleicht sogar Gotteslästerung, Blasphemie. *Blickt Wubler an.* – Und vor dem Gesetz sind ja bekanntlich alle gleich. *Ernst zu Erika.* Ich würde dir noch zehn Minuten zum Umziehen zubilligen, wir sind heute großzügig gestimmt.

ERIKA Ja, dann könntet ihr mich gleich zu Elisabeth und der kleinen Bebber stecken – und wie sie alle heißen...

BLAUKRÄMER Wenn du hierbleibst, ohne krank zu sein, gibt's einen Skandal. Hermann, was sagst du dazu?

WUBLER Skandale gibt's reichlich, schlimmere als diesen, und alle sind sie nach drei Tagen vergessen. *Geht auf Erika zu, küßt sie.* Bleib du nur hier. Es wird nicht einmal einen Skandal geben – nur ein bißchen Ärger.

BLAUKRÄMER Du ermutigst sie?

WUBLER Nein, ich ermutige sie nicht, sie hat selbst Mut genug – wenn dazu überhaupt Mut gehört.

BLAUKRÄMER Das wird Folgen haben.

ERIKA Es hat lediglich die Folge, daß ich hiermit aus dem öffentlichen Dienst ausscheide, aus meinem Dienst als Bilderbuchdemokratin. *Müde.* Es wird Zeit für euch, wenn ihr also ...

Wubler küßt sie noch einmal, dann mit dem wütenden Blaukrämer ab.

KATHARINA *die alles mit angehört hat, tritt näher, freundlich*: Soll ich abräumen?

ERIKA Werden Sie das Karl erzählen?

KATHARINA Ich glaube nicht *Lächelt* – das war doch politisch – und: es würde ihm wehtun. Sie als Opfer von Herrn Blaukrämer ...

ERIKA Er hat ja auch ein Fernglas und blickt manchmal rüber. *Nimmt das Fernglas von der Balustrade, blickt rüber.* Nichts zu sehen. Bringen Sie mir den Kaffee, Milch und Zucker auf den Balkon rauf, und – ein für allemal liebe Katharina: nichts verkommen lassen – nehmen Sie mit, was immer Sie wollen. Brot, Milch, Wurst. Ich hoffe, dieses Angebot kränkt Sie nicht.

KATHARINA Nicht im geringsten, ich bitte Sie nur, den Sicherheitsbeamten draußen zu informieren. Immerhin bin ich nicht nur politisch unzuverlässig, auch wegen Diebstahls vorbestraft.

ERIKA Sie studieren noch? Wollen Sie promovieren?

KATHARINA Ja, wenn mein Dossier es zuläßt. Ein Thema aus dem Bankwesen. Als Volkswirtin bin ich arbeitslos, als Kellnerin nicht. *Lacht.* Drei Jahre habe ich in Kapspeters Bank gearbeitet, sie haben mich entlassen. Fragen Sie nicht, warum, ich weiß es nicht. Da bin ich wieder als Kellnerin gegangen. Als Karl aus dem Dienst flog, hatte er nur seinen Wohnwagen und keinen Pfennig, und niemand wollte etwas mit ihm zu tun haben. Ich habe in den vulgärsten Freßbuden gearbeitet und in den feinsten Hotels, vor allem auf Partys – da habe ich auch Karl kennengelernt. Nach einer langen Party bei den Kilians, wo er eingeladen war, stand ich vor der Tür, ich konnte mich nicht entscheiden, ein Taxi zu nehmen – da hielt er an und brachte mich nach Hause.

ERIKA Und blieb bei Ihnen?

KATHARINA Ja, seitdem sind wir zusammen, bald werden wir zusammen wohnen. *Leise.* Er spricht von Ihnen und Herrn Wubler, auch von seiner Frau – nur Gutes. Mir fällt jetzt gar keiner ein, über den er schlecht spricht.

ERIKA Und Sie – sprechen Sie schlecht über Leute?

KATHARINA Ja, über Kapspeter, wo ich als Volkswirtin gescheitert bin, als Kellnerin aber arbeiten darf. Ich mag ihn nicht, fast alle mögen ihn nicht. Ich kann mir vorstellen, wie sie kichern, wenn sie das in der Zeitung über den Flügel lesen. Ich lausche nicht, und in unserem Beruf darf man nicht geschwätzig sein, sich auf Klatsch nicht einlassen. Was kann ich schon hören? – Was über Herrn Chundt manchmal in den Zeitungen steht, ist schlimmer als alles, was ich hier hören könnte. Und Herr Blaukrämer... ich bitte Sie, liebe Frau Wubler, was könnte ich hier schon erlauschen? Etwa über Herrn Halberkamm – jeder weiß doch, daß es sein Hobby ist, Soßen zu erfinden, und jeder weiß, daß sie nicht schmecken.

ERIKA Wenn Sie nicht gelauscht haben, was haben Sie dann gehört?
KATHARINA Ich habe oben die Zimmer gemacht und das Bad, Staub gesaugt und gewischt, dann die Küche – was soll ich da viel hören? – Manchmal einen Namen: Chundt, Halberkamm, Bingerle, Blaukrämer – die stehen doch alle in den Zeitungen. Und das einzig Interessante, das haben Sie mir selbst gesagt: daß Sie nicht ins Hochamt gehen. Und das weiß, ohne daß ich etwas sagen müßte, inzwischen die ganze Stadt. Wir brauchen das Geld, das ich hier verdiene. Jedes Brötchen und jedes Stück Wurst, das ich mitnehmen darf, ist willkommen – selbst wenn ich wäre, was ich nicht bin: neugierig, und mit dem Ohr an der Tür stünde, ich werde doch diese gute Stelle nicht durch Indiskretion aufs Spiel setzen. Ich höre, lese, kombiniere – ich habe gar keine Zeit für Klatsch, arbeite abends an meiner Dissertation, bei der Karl mir hilft. Ein Thema, das Kapspeter keine Freude machen würde. Gewinnmaximierung in der Dritten Welt. Und ich stand nun mal in der Tür, als Herr Blaukrämer – nun, ich meine, sehr unfreundlich zu Ihnen war. Das Hochamt wird übrigens im Radio übertragen, auch im Fernsehen. Soll ich Ihnen das Radio auf den Balkon bringen?
ERIKA Nein, danke, aber wenn Sie es hören möchten, können Sie das Radio mit in die Küche nehmen.
KATHARINA Danke, ich bin nicht scharf auf kirchliche Feiern und so Sachen. *Leise.* Das ist das einzige, wo ich bei Karl nicht mitkomme. Da wird er für mich zum Poeten, wenn er davon spricht, und Poesie ist ja ganz schön. Aber Sie müssen wissen, daß ich unehelich

bin und auch meine Mutter unehelich war. Und damals liefen sie noch nicht mit sämtlichen Weihwasserwedeln hinter jeder unverheirateten Schwangeren her. Damals, als meine Mutter geboren wurde, auch von einer Kellnerin, da war das ungeborene Leben, das da zu erwarten war, noch eine Schande – und auch ich war für meine Mutter noch eine Schande: meine Mutter war ein Leben, ich war auch ein Leben. Und ersparen Sie mir zu erzählen, was Sie vielleicht ohnehin wissen: wie das so war mit unehelichen Müttern und Kindern, da ist man nicht so scharf auf schöne Bischofsworte. Verzeihen Sie, wenn das alles Sie verletzt – es tut mir leid, und wenn Sie meinen, daß ich zu freimütig war ...

ERIKA Nein – ist schon gut. Ich nehme die Zeitung mit rauf und, bitte, werfen Sie hin und wieder ein Auge auf meinen Flügel, wer weiß, ob der Kerl nicht auch tagsüber zuschlägt – er braucht nur auf die Balustrade zu klettern.

KATHARINA Sie brauchen keine Angst um Ihren Flügel zu haben.

ERIKA *mißtrauisch*: Wieso sind Sie da so sicher?

KATHARINA *in akademisch-soziologischem, fast dozierendem Tonfall*: Die Analyse der bisherigen Flügeldemontagen ergibt eindeutig, daß es sich in allen drei Fällen um Bankiersflügel gehandelt hat: Florian, Bransen, Kapspeter. Der Täter muß damit eine bestimmte Absicht verbinden. Herr Wubler ist kein Bankier, und Sie sind keine Bankière. Ich würde allerdings für alle Bankiershaushalte verstärkte Flügelsicherungstruppen für angebracht halten. Für Sie sehe ich keine Gefahr. Übrigens hat Kapspeter schon einen neuen Flügel bestellt. Das habe ich heute morgen erfahren – ich kenne ja noch ein paar Leute dort.

ERIKA Das scheint Ihnen doch ein bißchen zu viel Spaß zu machen, Katharina. Und Ihre Dissertation über Gewinnmaximierung in der Dritten Welt scheint mir doch einen Zusammenhang zu haben mit der Wonne, mit der Sie die Flügeldemontagen aufzählen. Ich liebe meinen Flügel. Ich war zwar nicht Kellnerin, aber Schuhverkäuferin, was fast noch weniger, noch niedriger ist: immer vor den Kunden knien, geduldig sein, und wenn die Zicken kommen, die sich drei Dutzend Paar anprobieren lassen und vorher wissen, daß sie keins kaufen, und sie selber wissen's auch, sehen's den Weibern schon an, wenn sie reinkommen – und müssen doch geduldig und höflich drei Dutzend Kartons aus dem Lager holen, auspacken, anprobieren, wieder einpacken. Und nicht immer haben sich die Leute, die da kommen, die Füße gewaschen. Was mich hätte demütigen können, hat mich stolz gemacht, und manche, die ich da so auf Partys sehe – da denke ich: Wie wäre die zu dir gewesen, wenn sie vor vierzig Jahren bei dir sich hätte Schuhe anprobieren lassen. Ich habe erst mit fünfundzwanzig Klavierspielen gelernt, bekam den Flügel, da war ich über vierzig – es gab Tage, Wochen, an denen er mein einziger Trost war. Ich habe bisher wenig Verständnis dafür gehabt, wenn einer ein so kostbares Instrument zerhackt, auseinandernimmt oder zerlegt – und sogar, wie Karl es getan hat, verbrennt. Ihre Wut auf Kapspeter in allen Ehren...

KATHARINA Ich bin auch dagegen, Sie irren sich. Ich denke an das Geld, das so ein Ding kostet, und was

man dafür bekommen könnte... ich habe Karl nicht verstanden. Und doch – beim Studium habe ich so manches erfahren, auch, als ich in der Bank arbeitete – wo das Geld so hingeht und von wo es zurückkommt, verdreifacht, verzehnfacht, verhundertfacht: Öl, Waffen, Teppiche und Mädchen, die sich besaufen oder betäuben müssen, um nicht ständig zu kotzen, und die dann kotzen, weil sie sich besoffen haben, um *nicht* zu kotzen – und überall trifft man auf den, den sie den Schwamm nennen.
ERIKA *geht zu ihr*: Ich bitte Sie nur, in Ihrem eigenen Interesse, Katharina, *Schüttelt den Kopf* das klingt doch sehr nach Klassenkampf. Den Schwamm kenne ich auch, habe ihn sogar mal geohrfeigt.
KATHARINA *sehr leise*: Was sonst ist es denn als Klassenkampf? Und auf den Partys sehen sie dann die besoffen und kotzend, die die Mädchen zum Kotzen zwingen – es ist ein Kotzklassenkampf. Ich habe mich erregt, bin sonst nicht so. Aber ich habe Sie ja gehört, nicht, was Sie gesagt haben, aber Ihre Stimme – klang die nicht auch nach Klassenkampf? Klang da nicht auch die Schuhverkäuferin durch, die sich zu oft hat hinknien und die Zähne zusammenbeißen müssen? Und jetzt riskiere ich meine Stelle, weil ich mir erlaube, zu interpretieren, warum Sie nicht ins Hochamt gehen – oder nicht mehr: weil Sie die Rolle nicht mehr spielen wollen, die sie vielleicht nie spielen wollten: das Mädchen aus dem Volk, das es so weit gebracht hat. Verzeihen Sie, ich sag's, weil ich Sie gern habe, und wenn ich dann gehen muß, habe ich eine Bitte, die Sie mir vielleicht erfüllen können.
ERIKA *zerschlagen, sehr müde*: Ja?

KATHARINA Sie können den Partygästen einen Tip geben, den Tip, daß wir Mädchen und Jungen, die da bedienen und servieren, Trinkgelder annehmen, oder vornehmer ausgedrückt: weder verschmähen noch ablehnen. Wissen Sie, wenn wir da servieren, sehen wir manchmal so fein aus, als wären wir Töchter des Hauses oder hilfreiche Partygäste, und keiner riskiert es, einem Trinkgeld zu geben. Man kann uns das Geld in die Schürzen- oder Rocktasche stecken.

ERIKA Den Tip will ich gern weitergeben. Nur schade, liebes Kind, daß ich wahrscheinlich nicht mehr viel auf Partys gehen werde. Sie brauchen wohl Geld?

KATHARINA Ja, ich will weg hier. *Sehr leise.* Manchmal liege ich abends mit dem Jungen auf dem Bett, erzähl' ihm was, sing' ihm was vor, und dann drehen wir den Globus hin und her, den Karl uns geschenkt hat, halten ihn an, tippen auf ein Land, in das wir gehen könnten – wir haben noch keins gefunden.

ERIKA Es gefällt Ihnen also hier nicht mehr?

KATHARINA Nein, Ihnen denn?

ERIKA Sie haben also doch gelauscht?

KATHARINA *energisch*: Nein, ich lausche nicht, aber ich habe Ihre Stimme gehört. Lange und laut haben Sie gesprochen – wüßten Sie denn, wohin?

ERIKA Nein, ich weiß auch, daß es keinen Sinn hat, zu suchen. Und: Seien Sie vorsichtig. Sie machen mir Angst mit Ihren Gedanken. Was man im Kopf hat, eines Tages kommt's raus – das habe ich heute an mir erfahren. Geben Sie acht. Und, wissen Sie, Trinkgelder hätte ich auch genommen, aber eine Schuhverkäuferin kriegt kein Trinkgeld angeboten.

Katharina nimmt das Tablett, geht zur Tür.

ERIKA *weiter*: Eins müssen Sie mir noch erklären, da Sie so ein kluges, analytisch begabtes Kind sind. Warum ist Wubler nie Minister geworden? Wissen Sie's?

KATHARINA *bleibt mit dem Tablett in der Tür stehen*: Wissen Sie es nicht, wissen es wirklich nicht – ehrlich? *Erika schüttelt den Kopf.* Dann will ich es Ihnen sagen: Er ist zu schade dazu – ja, das ist er. Zu schade! Er ist ein genialer Planer, ein Gedankenakrobat, er hat Chundt die gesamte Organisation aufgebaut. Am Schreibtisch, am Telefon, bei Konferenzen, Geheimgesprächen – da ist sein Platz. Öffentlich gibt er nichts her, er ist zu schüchtern, kann nur schlecht frei sprechen; er kann Politik planen und machen, verkaufen kann er sie nicht. Er ist der geborene Sekretär, das ist sein Platz, und trösten Sie sich, Sekretär ist ein sehr hoher Titel: die DDR, die Sowjetunion werden von Sekretären geleitet, geführt – sogar der Vatikan hat seine Sekretäre. Und der Sekretär von Chundt zu sein – soll ich Ihnen nicht doch einen frischen Kaffee machen und nach oben bringen?

ERIKA Nein, aber ein Honigbrötchen können Sie mir machen.

KATHARINA Kein Ei?

ERIKA Nein, eins ist in meinem Alter genug. Und damit Sie's wissen: Sie werden mir langsam unheimlich. Ich werde mich oben auch ein bißchen mit Nummer 4 beschäftigen und unterhalten. *Katharina blickt sie fragend an.* Nummer 4 ist der, den sie immer Gott nennen, genannt haben. Darf ich Ihnen ein kleines Lied vorsingen? *Katharina blickt sie erstaunt, verwirrt an. Erika singt:* Tauet, Himmel, den Gerechten,

Wolken, regnet ihn herab – sagt Ihnen das was, rührt sich da was in Ihnen?
KATHARINA *immer noch mit dem Tablett in der Hand, verwirrt*: Klingt ganz schön, wie ein altmodisches Gedicht – klingt auch ein bißchen nach Karl. *Lächelt.* Aber rühren, rühren tut sich in mir nichts... Es tut mir leid... nichts.
ERIKA *lächelt*: Ich glaube, Sie sind lernfähig – und nun an die Arbeit.
Beide ab.

Kapitel 2

ERIKA WUBLER *auf dem Balkon über der Terrasse. Kaffeekanne und Tasse neben sich. Blick auf den Rhein.* Heute morgen hatte ich zum ersten Mal seit Kriegsende Angst, ganz fremd überkam sie mich, eine andere Art Angst als die Angst bei Kriegsende. Vierzig Jahre ohne Angst? Nein. Oft bin ich bange gewesen, wenn Hermann zu hoch in die Politik geriet, und Chundt hat mir immer Angst gemacht: er will zu hoch hinaus, und er will beides, den Himmel und die Erde. Ja, den Himmel will er auch. Vielleicht habe ich zuviel Zeit nachzudenken. Zu tun habe ich ja nicht viel: repräsentieren auf Partys und bei Abendessen, die die manchmal Dinner nennen. Bei Banketten sitze ich immer neben dem Zweithöchsten, manchmal neben dem oder der Höchsten, wo ich dann feststellen kann, daß auch Königinnen wirklich Menschen sind, manchmal sogar dumm. Ich langweile mich nie dabei, frage sie ungeniert nach ihren Männern oder Frauen, Kindern, Lieblingsspeisen, und offenbar ist das genau das, was die Frau eines Dritthöchsten tun soll: nett sein, privat, und ich darf nicht nur, ich soll sogar erzählen, daß ich früher einmal Schuhverkäuferin war; das ist doch Demokratie. Manche ziehen dann sogar ihre Füße unterm Tisch hervor, und ich muß ihre Schuhe begutachten.
Die Morgensonne wärmt schon, der Rhein ist an diesem Wochenende ruhig, noch sind keine Ausflugsschiffe unterwegs. Drüben ist es schon ein bißchen

herbstlich, rotgelb das Laub der Kirschbäume. Die Flaggen der ankernden Schiffe drüben schlaff. Inzwischen bin ich gern hier, anfangs habe ich mich fremd gefühlt, aber schlimmer war's doch, als Hermann die Woche über hier war und ich da unten allein, bei Bällen, Partys, auf Empfängen immer die Höchste, Landrat, Bezirksrat, Kreisrat, Schützenvereine, Pfarrfeste. Ich sehne mich nicht nach dem Gedudel, das ich nie gemocht habe, sehne mich nicht nach den verschwitzten Händen fetter Bürgermeister, die mich pflichtgemäß zum Tanz aufforderten und mir zuflüsterten: »Der Hermann, das ist schon ein Hund.«
Auch Hermann hatte Angst heute morgen, hat sie noch: Seine Hände zitterten so heftig, daß er gar nicht versuchte, einen zweiten Löffel Ei zu nehmen. Nahm auch die Hand zurück, die schon unterwegs zur Kaffeetasse war, und seine Zigarette zündete er an der Kerze unter dem Kaffeestövchen an, Feuerzeug oder Zündhölzer hätten wohl in seinen Händen zu sehr gezittert. Ich weiß doch, daß es die Blaukrämer ist, die ihm Angst macht, und die anderen Frauen da oben. Als ich den Namen von Plietsch aussprechen wollte, blickte er mich derart flehend, ängstlich und erschrokken an, daß ich's mir verkniff. *Setzt das Fernglas mit zitternden Händen an.* Keine Spur von dem Jungen, den ich so gern als Sohn gehabt hätte. Ein Holländer und ein Schweizer liegen da nebeneinander, ein Stück rheinabwärts sitzen drei Belgier auf ihrer Terrasse und frühstücken, ein junger Bengel schüttet sich gerade Milch über seine Cornflakes. *Setzt das Glas mit zitternden Händen ab.* Gezittert habe ich zuletzt, als die

Bomben fielen und als sie von ihren kleinen flinken Flugzeugen aus in die Häuser hineinschossen. Ich sah einen jungen Soldaten, den sie auf dem Fahrrad erwischten, er war fast noch ein Kind, hatte sein Kochgeschirr am Lenkrad, stürzte, verblutete auf der Straße, und sein Blut mischte sich mit der verschütteten Erbsensuppe. Gezittert habe ich auch, als sie kamen und nach Hermann suchten, die Kettenhunde, die Plietschs Befehle befolgten. Damals wußte ich, wovor ich Angst hatte, wußte, warum ich zitterte – aber heute: wovor habe ich Angst? Wovor hat Hermann Angst, den ich noch nie habe zittern sehen? Angst um das Bingerle ist es nicht. Angst um mich? Blaukrämers erste, Elisabeth, hatte wirklich keine Phantasie, aber sie hat phantastische Dinge erzählt. Ich hab' nie was erzählt, nie, und hätte auch gar keine Phantasie gebraucht, um phantastische Dinge zu erzählen. *Setzt noch einmal das Fernglas an die Augen.* Manchmal beneide ich die Schifferfrauen; es sieht so gemütlich in ihren Stuben aus, schöne Blumen haben sie an ihren Fenstern und auf ihren Balkonen, ihre Männer sind immer bei ihnen, und das Auto haben sie vor ihrer Tür auf Deck stehen. Ein holländischer Diplomat hat mir mal erzählt, daß sie alle ein bißchen, viele sogar viel schmuggeln. *Setzt das Glas wieder ab.* Gut die Schlagzeile heute morgen: Wublers Weste offenbar weiß. Wovor hat er Angst? Meine Angst sinkt für Augenblicke, kommt wieder hoch, und der Blick in das schöne Rheintal da unten macht mir keine Freude. Ich denke an einen Vers, den ich in der Schule gelernt habe: »Wo immer die Welt am schönsten war, da war sie öd und leer.« Ihr Lachen in der Nacht, Plietschs

Stimme, das Gegröle – und Hermann so stumm dabei; und plötzlich alles so freudlos – schwer, ernst, Angst. Bisher hatte ich alles so leicht genommen, es leicht gehabt, flott ging's über die Jahrzehnte hin, und wie erstaunt ich war, als ich plötzlich – ja plötzlich – sechzig wurde. Ich lachte sogar mit, als Halberkamm damals sagte: »Die Amis sind doch naiv, daß sie so eine Sache wie Watergate überhaupt hochkommen lassen«, aber als er sagte: »Vietnam, mein Gott, die haben doch die Atombomben« – da lachte nicht einmal Chundt. Ein kluges Kind da unten, diese Katharina; hat recht, Hermann ist zu schüchtern für einen potentiellen Minister, kann öffentlich nicht, was Chundt kann: reden, wobei er dröhnt und seine blonde Mähne schüttelt. Wie haben wir gelacht, als er sich von einem Schauspieler zeigen ließ, wie man seine Mähne schüttelt – und dröhnen, dröhnen, das brauchte ihm keiner beizubringen. Vor kleinem Kreis reden, kann Blaukrämer auch. Und wie sie alle Gruppen und Medien erfaßten! Das war nun wieder Hermanns Parole: »Erst erfassen – dann zufassen – nichts auslassen, nichts liegen lassen«, wie Blaukrämer es nannte, und Chundt war's, der die Parole »Zufassen« in »Zugreifen« abänderte.
Diese junge Frau da unten beruhigt und erfrischt mich: Sie hat Herz und eine kühle Sprache, und ich beneide sie um ihre Unbekümmertheit in dieser Sache, die man Geschlechtlichkeit nennt. Für mich war's sehr schwer damit. Natürlich hatte Schwester Huberta uns erzählt, daß es das »Begehren des Mannes« gab, und sie hatte ganz leise, und doch so deutlich, daß wir's alle hören konnten, hinzugefügt: »Und es gibt auch das Begehren

der Frau.« Das eine kannte ich von den Dummheiten der Jungen aus dem Dorf, wenn sie versuchten, einen anzupacken. Das andere lernte ich erst in der Stadt kennen, oben in meiner schäbigen Mansarde, wo neben mir Hilde wohnte, Verkäuferin wie ich, in einem Textilgeschäft. Sie war nett, lustig, leichtfertig, nahm manchmal nette Jungen, die sie vom Tanzen her kannte, mit aufs Zimmer, fuhr auch zum Wochenende mit Männern weg, Wassersport, Paddelboot und, wie sie es nannte, »herrliche Schmusereien« im Zelt am Flußufer. Ich wurde immer rot, wenn sie Details erzählte, und sie ließ es dann, weil sie wirklich nett war. Manchmal brachte sie mir verbilligte Sachen mit: Wäsche, auch Büstenhalter, und wenn ich die bei ihr anprobierte, sagte sie mit einer merkwürdig neidlosen Atemlosigkeit: »Mensch, mit deinen Brüsten könntest du Karriere machen.« Das machte mich stolz, auch bang. Ich hatte Angst vor Hildes Frivolitäten und mochte sie doch. Wir neckten uns, und ich sagte manchmal zu ihr: »Gib nur acht, daß du nicht auf der Straße landest«, und sie sagte dann: »Du kannst ja ins Kloster gehen und mit deinem Jesus schmusen.« Die Dorfjungen hatten uns keinen Zweifel über ihre Geschlechtlichkeit gelassen, manche machten, sogar während des Ministrierens obszöne Gesten. Ich hatte Angst vor ihren Grobheiten und wußte doch, daß eines Tages einer grob zu mir werden mußte, und wenn es der netteste und stillste Junge wäre.
Schwester Huberta sagte uns, als wir sechzehn waren: »Ich habe euch viel von Keuschheit erzählt, aber wenn ihr jetzt hinausgeht, ins Leben, arbeitet, einen Beruf erlernt, heiratet und Kinder haben wollt, müßt ihr

wissen, daß ihr nicht auf keusche Weise Kinder bekommen könnt – ein Mann muß euch begehren und ihr ihn.« Was mich an den Nonnen begeisterte, waren zwei Dinge: ihr Gesang und ihre Wäsche. Ihr gesungenes Gebet hatte so was Lullendes, spann einen ein, es war viel von Liebesgesängen darin, wie ich sie aus Volksliedern kannte. Und ihre Wäsche, die roch so gut und war so sauber, und später einmal sagte Hermann zu mir, in mir stecke eine Wäschefetischistin.
Hilde ließ dann ihre Frivolitäten, sie sagte immer: »Ich will dich gar nicht verführen, auch nicht verderben, ich will nur, daß du ein bißchen lustig bist und Spaß hast, und ich sage dir, es macht Spaß mit den Jungens. Ich hoffe, du findest einen, der dich wirklich liebt.« Und den fand ich ja auch am Abend des nämlichen Tages, ich war auf die Straße gegangen, um einen zu finden: den ersten besten, und der erste erwies sich als der beste. Ich zog mich bewußt ein bißchen nonnig an: grauer Mantel, graue Wollmütze und die biedersten Schuhe, die ich hatte. Und als dieser kleine Soldat mich schüchtern am Arm faßte und sagte: »Fräulein, vielleicht wär's was mit uns beiden«, die dümmste Art, in der man ein Mädchen anreden kann, sagte ich genauso dumm: »Ja, vielleicht wär's was«, und nahm ihn mit.
Ja, ich war erschrocken über seine Häßlichkeit, nicht nur, daß er ziemlich klein war, er hatte so was Verschrumpeltes, und seine Uniform saß so schlecht, daß ich fürchtete, er könnte einen Buckel haben. Er hatte keinen, und später war ich erstaunt über den Unterschied zwischen der Haut seines Körpers und der seines Gesichts: Seine Körperhaut war kindlichweiß, zart, wie seine Hände, und seine Augen baten nicht um

Mitleid. Der sollte nun mein Mann werden, ich hatte mir vorgenommen, den wollte ich heiraten, der mich ansprach und den ich mitnahm. Auf der Treppe im Dunkeln noch hatte er an meinen Beinen hochgetastet, vorsichtig, zärtlich fast, und ich empfand das nicht als obszön. Es war, als wollte er mit den Händen ertasten, was seine Augen nicht hatten sehen können: Wir waren ja beide fast blind aneinandergeraten. Nun sah ich ihn voll an, und er mich, seine Häßlichkeit tröstete mich über die Schäbigkeit meiner Bude: das alte Nußbaumbett, der Dreifuß mit der Waschschüssel, das Tischchen, das kaum mehr Fläche hatte als der Stuhl. Ich schämte mich nicht des Kruzifixes an der Wand und des billigen Madonnendrucks, vor dem in einem wackeligen Messingständer eine Kerze stand, die ich manchmal anzündete, um davor zu beten. Meine paar Kleider an Nägeln an der Wand, ich hatte sogar einen Morgenrock, rot-weiß gestreift, auf den ich stolz war. Auf dem Tischchen der Kocher, unter dem Bett der Koffer, im Kocher die brüchige Heizspirale, die manchmal zersprang und die ich dann erkalten ließ, um sie wieder ineinanderzuwürgen, lose, so daß sie wieder mal lang genug glühte, um eine Tasse Bouillon oder Kamillentee heiß zu machen. Die Spirale war durch die dauernden Verkürzungen zu eng geworden, so daß sie manchmal an der Rille heraussprang. Das einzig hübsche in meiner Bude war die kleine Truhe aus Kirschbaumholz, die mein Vater mir zum Schulabschluß geschenkt hatte: weißlackiert mit Rosen und Margeriten bemalt. Darin bewahrte ich Bouillonwürfel, Salz Brot, Kamillenteee und auch mein bißchen Schmuck auf: eine Bernsteinkette, die ich zur

Erstkommunion bekommen hatte, und ein Armband aus Glasperlen.
Er stand da und sah sich das alles an, dann sahen wir einander an: lange, sehr lange – nicht abschätzend, es war schon eine Art Versenken ineinander; er wußte genau, daß ich kein Flittchen war, und ich wußte, daß ich mein ganzes Leben mit ihm verbringen würde. Es war still, und wir hörten die Treppen ein paarmal knarren, das wippende Geräusch des trocknen Holzbodens in der Diele, Türen auf, Türen zu – das war Hilde, die mal wieder einen mit aufs Zimmer nahm. In dem größeren Zimmer zum Hof hin wohnte ein Invalide, der mit seinem Krückstock und dem Gewicht seines Körpers den Dielenboden regelrecht in Schwingung versetzte.
Während ich Hermann ansah, schwand seine Häßlichkeit, das faltige, ältlich wirkende Gesicht wurde glatt vor Freude. Ich sah, daß er kaum mehr als zwanzig sein konnte. Sein Haar war dicht, blond, glatt. Ich hatte keine Angst vor seinem Blick. Hilde hatte mir immer wieder gesagt: »Du bist ein erfreulicher Anblick, fast eine Augenweide.« Ich hatte nur Angst, daß er sich ungeschickt anstellen würde, wenn kam, was kommen mußte. Seine Schuhe waren bessere Preisklasse, teurer als alles, was wir im Laden hatten. Unter der schäbigen Uniformhose sahen sie fast elegant aus. Ich war so erregt, daß ich mich fast zu schämen begann. Ich wünschte, er würde anfangen, bevor ich die Geduld verlor. Ich hatte zu oft an die unvermeidlichen Handgreiflichkeiten gedacht, wenn die letzte, allerletzte Scham abgelegt werden muß – und ich hatte sie abgelegt. Sein Gesicht war jetzt ganz

glatt vor Freude, er nickte, kam auf mich zu, griff nicht, wie ich gefürchtet hatte, nach unten, sondern nach oben, legte mir die Hände auf die Schulter, zog meinen Kopf zu sich und küßte mich – und ich seufzte auf vor Freude, als die Angst wie ein Gift aus mir entwich. Die Freude blieb, und er ist der Beste geblieben, und Hilde, die habe ich später mal wieder getroffen, da waren wir beide schon über vierzig, und Hermann war schon lange in der Politik und mußte mal wieder das Faß anzapfen. Da kam Hilde aus der Menge auf mich zu, ich brauchte eine Weile, sie wiederzuerkennen. Sie war rundlich geworden, eine fröhliche Brünette, und flüsterte mir zu: »Deine Angst, ich würde auf der Straße enden, war unbegründet, wie du siehst. Mein Mann ist Bauunternehmer, und wir haben vier Kinder – er war auch einer von denen, die ich mit raufnahm.«
An Hilde muß ich immer denken, wenn sie von den zwanziger Jahren sprechen, obwohl's Ende der dreißiger war, als wir da in unserem Dachkämmerchen hausten. So verschieden voneinander und doch vereint durch die gemeinsame Situation – sie mit ihren Paddeltouren und ihrem Liebemachen im Ufergebüsch stiller Flüßchen. Und ich mit meiner Angst vor »der Geschlechtlichkeit des Menschen« und meiner Freude darauf. Ich mit meinen Träumen von Nonnengelulle und Nonnenwäsche, ich aufgewühlt von Hildes Erzählungen ging dorthin, wo sie nie hingegangen ist: auf die Straße.
Ja, wir mußten lachen, Hermann und ich, als wir uns mit unseren Knöpfen beschäftigen mußten. Es geht eben nicht, ohne die Knöpfe aufzumachen. Wir waren

doch beide schüchtern, und das kann fürchterlich ausgehen, wie bei Küblers, die nebenan wohnen. Sie hatten beide – unabhängig voneinander – in Büchern nachgelesen, wie man's in der Hochzeitsnacht machen muß, in diesem entscheidenden Augenblick, wo auch die zarteste, die romantischste Liebe handgreiflich werden muß. Bei Küblers war's schief gegangen – er war so plump gewesen, grob – und sie hatte ihm nie verziehen.
Morgens ging ich dann ins Geschäft zu Klogmeyers, ließ mir frei geben. Es war ein kümmerlicher Laden, alles knapp. Vorne nahm ich die Reparaturen an, im Wohnzimmer waren die Schuhkartons gestapelt. Hinten saß Klogmeyer an seinem Schustertisch, traurig alles, kümmerlich, und die ewig kränkelnde Frau Klogmeyer in der Küche. Gelernt hatte ich in einem schicken Laden, wo die Weiber aus Langeweile hinkamen und sich dutzendweise Schuhkartons vorsetzen ließen.
Spricht leiser. Das alles kann ich nur mir selbst erzählen, wie mein Begehren mich auf die Straße trieb und daß Hermann der erstbeste war. Liebe? Es war mehr. Und mehr als Liebe ist es, was ich für den empfinde, der da drüben in seinem Wohnwagen hockt: Er ist der Sohn, den ich gern gehabt hätte, ein Sohn, den seine Mutter verließ; der mich in Schrecken versetzte, wie nur ein Sohn einen in Schrecken versetzen kann. Er ist es, der einen Bann über meinen Flügel gelegt hat, an dem ich sonst an einem Tag wie diesem sitzen würde. Wie ein Fluch liegt es über meinem geliebten Instrument. Ich bin sicher, daß er es war, diese Nacht bei Kapspeter, auch wenn man's ihm nie wird beweisen

können. Er war's, und wenn er's nicht gewesen sein sollte: Es ist sein Geist, der da umgeht. Ich freue mich, daß er die da unten hat, und ein Kind mit ihr. Seine erste, in die Hermann so verliebt ist, war zu sehr von seiner Art, zu fromm, zu poetisch und verwöhnt. Sie hätte in das »Tauet, Himmel« mit voller Stimme und mit Wonne eingestimmt. Wovor kann ich Angst haben? Ich habe Angst und weiß nicht, wovor. Es wird was passieren. Nicht einmal mit dem Bingerle, ich muß, bevor ich's vergesse, Stützling anrufen, daß er ihn ein paar Stunden früher entläßt. *Legt das Fernglas hin und geht nach unten.*

Kapitel 3

Inneres eines sehr geräumigen, leicht verkommenen Wohnwagens. Aus dem großen Frontfenster blickt man über den Rhein hinweg auf das linke Rheinufer. Karl von Kreyl sitzt am Tisch und bastelt mit Latten, Brettchen, entsprechendem Werkzeug an einem Wägelchen. Er versucht, Rädchen, wie man sie unter Klavieren und Flügeln benutzt, unter einem Brett anzubringen. Er ist mit Hemd, Hose und Pullover bekleidet, raucht Pfeife, hat einen Becher Kaffee neben sich stehen, summt irgend etwas vor sich hin, bis nach kurzem Anklopfen sein Vater eintritt, Heinrich von Kreyl. Der ist korrekt gekleidet, Krawatte, Weste etc. Karl steht auf, umarmt seinen Vater, rückt ihm einen Stuhl hin. Der alte Kreyl setzt sich, zündet eine Zigarette an.

HEINRICH V. KREYL *nachdem er eine Weile dem bastelnden Sohn zugeschaut hat*: Findest du es nicht doch ein bißchen makaber – du hantierst hier mit Rädern herum, wie man sie für Klaviere und Flügel benutzt. *Karl blickt ihn erstaunt an.* Du hast also offenbar die Zeitung noch nicht gelesen?

KARL V. KREYL Doch, habe ich, ausgiebig sogar – als Arbeitsloser habe ich ja Zeit genug. Sollte ich nach der Zeitungslektüre das Basteln an diesem Wägelchen für meinen Sohn einstellen?

HEINRICH V. KREYL Hast du auch gelesen, was bei Kapspeter passiert ist?

KARL V. KREYL Ja, hab' ich gelesen, ich habe sogar

gelesen, daß der Täter offenbar die Rädchen mitgenommen hat. Dies sind die Rädchen von meinem, unserem Flügel, den ich vor sieben Jahren zerhackt und verbrannt habe. Ich habe sie aufbewahrt, weil mir damals schien, sie wären noch das einzig Brauchbare – für den Rest des Flügels hatte ich keine Verwendung mehr...

HEINRICH V. KREYL Es war der Flügel, den meine Mutter liebte und auf dem nachweislich Beethoven gespielt hat. Über die Folgen dieser Barbarei brauchen wir wohl nicht noch einmal zu sprechen – damit fing das ganze Elend an.

KARL V. KREYL So elend war das Elend gar nicht – es hat meine Frau, Eva, von mir befreit. Übrigens fürchte ich Mutters Urteil gar nicht, auch Beethovens Urteil nicht. Außerdem war der Flügel mein Eigentum. Eigentum verpflichtet. Vor sieben Jahren war ich verpflichtet, ihn zu zerstören. Die Rädchen habe ich aufgehoben, und nun bastele ich für meinen kleinen Sohn ein Wägelchen. Kinder lieben Spielzeug, das ihre Eltern ihnen selbst machen. Ich sehe nichts Verwerfliches, nichts Makabres, schon gar nichts Strafbares in meinem harmlosen, morgendlichen Tun.

HEINRICH V. KREYL Kapspeters Flügel war Kapspeters Eigentum. Du wirst doch einsehen, daß man das Hantieren mit diesen Rädchen zumindest als provokativ empfinden könnte. Vor sieben Jahren hast du deinen Flügel zerstört, vor fünf Jahren ist Bransens, vor vier Jahren Florians Flügel zerstört worden – heute nacht Kapspeters – und du sitzt hier und hantierst mit diesen Rädchen herum.

KARL V. KREYL Ich war gestern abend selbst bei

Kapspeters Hauskonzert, seltsamerweise stehe ich bei vielen Leuten noch auf der Einladungsliste. Kapspeters Tochter spielte Beethoven – übrigens nicht gut, aber sie ist ein liebes, sehr bemühtes Mädchen. Katharina war als Serviererin da, es war schon lustig, fast heiter, wenn sie mit dem Tablett zu mir kam und mich fragte: Wollen Herr Graf noch ein Gläschen Sherry? *Lacht.* Ich gab ihr Trinkgeld, ostentativ. Weißt du, daß die Mädchen fast gar kein Trinkgeld bekommen? Man muß was dagegen tun! Ich fordere dich hiermit auf, ostentativ Trinkgeld zu geben. *Stockt, blickt seinen Vater an.* Warum siehst du mich so besorgt, fast böse an – verdächtigt man mich etwa? Dann hätte man wohl kaum Katharina ihren Dienst bei Wublers heute antreten lassen. *Deutet auf das Fernglas, das auf der Fensterbank liegt.* Ich habe sie beobachtet, wie sie Wublers Frühstückstisch gedeckt hat. Übrigens, gehst du nicht zu Erftler-Blums Gedächtnisrequiem? *Geht zum Fenster, nimmt das Fernglas auf und blickt hinüber.* Erika sitzt da noch im Morgenrock, Wubler ist noch nicht aufgetaucht.

HEINRICH V. KREYL *steht auf, geht Karl entgegen, legt ihm die Hände auf die Schultern*: Habe ich je dein Vertrauen mißbraucht?

KARL V. KREYL Nein. Nie. Ich deins wohl auch nicht.

HEINRICH V. KREYL Nein – dann sag mir also: Bist du's oder bist du's nicht – warst du's oder warst du's nicht?

KARL V. KREYL *lächelt*: Ich bin's nicht und ich war's nicht. *Beide setzen sich wieder.* Es muß ein – wie soll ich sagen – einer von meinem Geist sein, vielleicht sogar mein Geist. Ihr habt damals zuviel Aufhebens um meinen Flügel gemacht, fast einen Skandal, wo ich doch nur mit meinem Eigentum – sagen wir – etwas ungewöhnlich umgegangen bin. Welch ein Theater ist daraus gemacht worden: Sitzungen, Betriebsratsversammlungen – und dann die Presse. Dabei war's doch nur eine Art privater, stiller Gottesdienst, ja, eine Weihehandlung, eine Opferhandlung, ein Ritual. Und dann dieser Rummel: das steckt an, Vater – hat eine demagogische Wirkung, die nicht mehr kontrollierbar ist. Ich bin Jurist, Vater, leidenschaftlicher Jurist. Mein Lehrer Konkes wollte mich sogar zur Habilitation überreden. Ich achte die Gesetze.

HEINRICH V. KREYL Nur in Rio damals hast du sie nicht so genau geachtet.

KARL V. KREYL Ja, das war fahrlässig – nicht vorsätzlich. Ja. Ich hatte vertretungsweise die Dispositionskasse und hab' dem Mädchen Geld gegeben, um nach Kuba zu fliegen. Ja. Die Strafbarkeit war strittig, aber bestraft worden bin ich. Schweigen wir darüber, was sonst so alles aus diesen Dispositionsfonds bezahlt wird. Mich haben sie erwischt, ich bin geflogen, hab' sogar ein paar Monate auf Bewährung bekommen. Es war nur ihre Wut über den verbrannten Flügel. Übrigens hat das Mädchen, um mir beizustehen, das Geld zurücküberwiesen. Mit Zinsen. Revolutionäre sind manchmal sehr korrekt und loyal. Kein Spitzel, der Geld aus der Kasse bekam, hat je eine Mark zurücküberwiesen.

HEINRICH V. KREYL Und außerdem hattest du ein Verhältnis mit ihr – oder?

KARL V. KREYL Ja, so nennt man es. Zwei, drei Tage

lang haben wir uns geliebt. Und ich denke, dieser kurzen Liebe wegen hat sie das Geld zurückgeschickt. Nichts davon in der Presse. *Seufzt.* Und jetzt soll ich nicht mal mehr für meinen kleinen Sohn ein Spielzeug basteln dürfen, weil...

HEINRICH V. KREYL Auf Kapspeters Flügel hat nachweislich Mozart gespielt.

KARL V. KREYL Auf Bransens Flügel soll Wagner geklimpert haben, auf Florians Flügel Brahms. Und Krengel hat ein Klavier, auf dem Bach gespielt haben soll. *Greift wieder zu den Rädchen, legt sie sofort wieder aus der Hand, steht auf, geht unruhig hin und her.*

HEINRICH V. KREYL Es hat dich doch traurig gemacht, als damals Eva von dir wegging, als du alle deine Freunde verlorst.

KARL V. KREYL Ja, es hat mich traurig gemacht – vor allem, daß Eva ging. Aber dann hatte ich ja in Rio für ein paar Tage Assunta. Die Trauer um Eva ist vorüber, ich habe Katharina. Was mich damals traurig gemacht hat, war die Tatsache, daß keiner von euch, Eva nicht, du nicht, Wublers nicht – daß keiner meiner Freunde bemerkt hat, an welchem Tag ich's gemacht habe. *Heinrich K. blickt ihn fragend an.* Ja, ich sag's dir jetzt: Es war der Tag, an dem Konrad Fluh irrtümlich erschossen wurde, als er bei einer Polizeikontrolle mit der Hand in die Hosentasche fuhr. Und dir sag' ich, was sie nie erfahren haben und jetzt erst *Deutet auf mögliche Abhörgeräte* erfahren werden, daß Konrad tatsächlich Kontakt mit ihnen hatte. Er war auf dem Weg, um den zu retten, dessen Name man nicht aussprechen darf – und dessen Dossier verschwunden ist...

HEINRICH V. KREYL *blickt ängstlich in die Runde*: Kontakt mit denen, in seiner Eigenschaft als Priester?

KARL V. KREYL *zuckt mit den Schultern*: Sie waren so erschrocken über seinen Tod, daß sie nicht einmal auf die Idee kamen, seine Wohnung zu durchsuchen. Sie nahmen's für einen unglücklichen Zufall, und der Polizist bekam einen fürchterlichen Schock. Ich habe damals seine Frau besucht und sie zu beruhigen versucht. Ich habe dann Konrads Wohnung durchsucht, als sein alter Freund und Testamentsvollstrecker, und es wurde mir klar, daß Konrad unterwegs gewesen war, um den zu retten, der gar nicht gerettet werden sollte, aber gerettet werden wollte. Und so gesehen hat der arme Polizist, ohne daß sie es ahnen konnten, innerhalb dieser fürchterlichen Logik sogar eine Funktion gehabt, denn es hätte ja sein können, daß Konrad ihn gerettet *hätte*. Ich habe alle Unterlagen vernichtet, Adressen, Telefonnummern, verschlüsselte Notizen. Ahnung, Vater, Zufall, Schicksal, Fügung. *Sehr still, sehr ernst.* Als ich aus Konrads Wohnung kam, saß Eva da und spielte mit Wubler eine vierhändige Bearbeitung von Chopin, und Erika saß andächtig dabei. Ich habe kein Wort gesagt, war nicht einmal wütend – hab' die beiden höflich gebeten, aufzustehen, das Beil aus der Kammer geholt, den Flügel zerhackt, ruhig, fast höflich, kalt nannten sie es – und auf der Terrasse brannte das Kaminfeuer. Das war natürlich ein Schock, weil es so still geschah, fast selbstverständlich – sie sind alle geflohen wie vor einem Wahnsinnigen. An Konrad Fluh hat keiner gedacht. Keiner, auch Eva nicht, keiner hat den Zusammenhang auch nur geahnt und sich Gedanken darüber gemacht, was es sein könnte, was es war: ein Opfer. Meinetwegen ein Brandopfer. Und als sie alle weg waren, habe ich mich vor den Kamin gesetzt und eine Pfeife geraucht, dachte an meinen besten Freund, Konrad Fluh, an diesen armen Polizisten, der nicht ahnen konnte, daß Zufall nicht Zufall ist – ich war allein, hab' nie mehr musiziert – und hier *Zeigt auf den Tisch,* hier sind die Rädchen, die sind *mein* Eigentum.

HEINRICH V. KREYL Hat Eva denn Konrad nicht gekannt?

KARL V. KREYL Natürlich, sie hat ihn geliebt, sie hat auch geweint, als er erschossen wurde, sie war tief in Trauer, echt, wie man sagt, sie hat ihn vermißt, wie oft haben sie sich über theologische Probleme gestritten. Auch Wublers mochten ihn, und sie hätten sich nicht gewundert, wenn ich aus Zorn irgendwas kaputtgeschlagen hätte: ein altes Klavier vielleicht, aber einen intakten, wertvollen Flügel – da kam ihnen der Gedanke gar nicht, sahen sie den Zusammenhang nicht.

HEINRICH V. KREYL Und deine Karriere war beendet – sie schoben dich nach Rio ab, Plukanski zog an dir vorüber...

KARL V. KREYL Und immer höher – und Klunsch, mein Chef, verlangte eine Erklärung, die ich nicht geben konnte – und es war doch *mein* Eigentum gewesen. Es war, als hätte ich eigenhändig mein Auto in Brand gesteckt. Sogar den Betriebsrat beriefen sie ein, und alle waren gegen mich, auch die, bei denen ich so viel Sympathie hatte, die Fahrer, die Bürodiener. Die psychiatrische Untersuchung habe ich verweigert –

erklär du einem Psychiater, warum du deinem verstorbenen Freund ein Brandopfer bringst, ein so kostbares – ein Opferfeuer. Entlassen konnten sie mich nicht, und ich habe weiterhin korrekt und pflichtbewußt meinen Dienst getan.

HEINRICH V. KREYL Bis auf Rio.

KARL V. KREYL Ja, da hatten sie mich, weil es um Geld ging. Geld ist eine realistische Größe, sogar Psychiatern verständlich, rational. Ich habe diesem Mädchen Geld gegeben, und sie ist damit nach Kuba abgehauen, und dann hatte ich auch noch ein Verhältnis mit ihr – das war doch eindeutig. Geld der Bundesrepublik Deutschland für eine Kommunistin! Da hatten sie mich natürlich. Geld aus den geheiligten Kassen des Amtes, aus denen so manches finanziert wird. Natürlich manchmal auch die eine oder andere Weibergeschichte. Sie hat zurückgezahlt, manchmal schreibt sie mir – Assunta de la Torre. Lehrerin ist sie geworden, und wenn ich mal Asyl brauche, schreibt sie, in Kuba bin ich immer willkommen. Aber ich brauche kein Asyl und will auch nicht nach Kuba. Arbeit möchte ich haben, als Jurist.

HEINRICH V. KREYL Von Eva wird geflüstert, daß sie mit einem Kubaner abhauen will.

KARL V. KREYL Eva in Kuba? Warum nicht? Sie könnte die Beziehungen zur Kirche klären, vielleicht verbessern. Sie ist so lieb, so klug und so sensibel, und stärker, als man denken würde.

HEINRICH V. KREYL Warum laßt ihr euch nicht scheiden und du heiratest Katharina, die Mutter deines Sohnes?

KARL V. KREYL Du sprichst von Scheidung, Vater?

Da ist Eva konservativer als du. Sie betrachtet sich immer noch als meine Frau – bis daß der Tod uns scheidet. Sie lebt mit Grobsch, aber scheiden lassen will sie sich nicht, obwohl sie mich verlassen hat und nicht ich sie. Übrigens würde Katharina mich nicht heiraten wollen...

HEINRICH V. KREYL Warum nicht – mein Gott – warum nicht – warum? Was ist denn das schon wieder?

KARL V. KREYL *setzt sich wieder, fängt an zu basteln, während Heinrich K. vor ihm steht. Karl sehr verlegen*: Ich möchte lieber nicht sagen, warum. Es könnte dir wehtun – verstehen würdest du's vielleicht, und das könnte noch schmerzlicher sein.

HEINRICH V. KREYL Sag's mir trotzdem – vielleicht tut's gar nicht so weh. Wenn ich dir sage, daß ich die Welt ohnehin nicht mehr verstehe, wird es dir vielleicht leichter, mir zu sagen, wieso es *mir* wehtun könnte, wenn Katharina *dich* nicht heiraten würde.

KARL V. KREYL *sehr verlegen*: Wie soll ich anfangen? Ich meine eben, was auch Katharina meint, daß *Druckst* – daß es zu viele Grafen gibt. Sie ist übrigens sozusagen eine halbe Gräfin, ihr unehelicher Vater war ein netter, junger Graf, der ihre Mutter – eine Kellnerin – sogar geheiratet hätte. Aber schon die wollte nicht Grafen und Gräfinnen in die Welt setzen, und Katharina will bei dieser Tradition bleiben. *Blickt auf.* Sieh mal, du bist ein Graf, daran ist nichts zu ändern und auch nichts zu bemängeln. Ich bin einer – dabei ist mir schon komisch. Irgendwie löst die Anrede Graf einen Respekt aus, der nur selten gerechtfertigt ist. Und wenn wir nun unseren kleinen Heinrich wieder zum Grafen machen, dann zeugt der eines Tages wieder Grafen und Gräfinnen. Katharina will aber, daß er Heinrich Richter heißt. Ich würde sie gern heiraten, wenn Eva in die Scheidung einwilligte, aber ich bin nun einmal ein Graf, werde den Titel, der zu meinem Namen gehört, nicht los. Und wenn du dir ansiehst, wieviel Grafen um Chundt herumwimmeln: Immer wenn's brenzlig wird, taucht bei ihm ein Graf auf: Und nur, weil ich ein Graf bin, bin ich doch in diese verfluchte Mottabakhani-Geschichte verwickelt worden, haben sie mich reingeschleust. Erinnerst du dich?

HEINRICH V. KREYL Das war was mit Öl, oder?

KARL V. KREYL Ja, mit viel Öl. Da wollte Klunsch mal ganz allein und völlig legal ein kleines Geschäft machen, Ölagent spielen, legal, aber peinlich. Da mußte ich zu diesem Mottabakhani in die Botschaft gehen, weil Karl Graf Kreyl doch ziemlich seriös klingt. Das war in meiner Brüsseler Zeit. Brüssel, Vater, drei Jahre Brüssel – da würdest sogar du auf die Idee kommen, Flügel zu zerhacken, auf denen vielleicht Offenbach gespielt hat. Brüssel, Öl – da war der Grafentitel klangvoll und nützlich, und wenn ich nur der Karl Kreyl gewesen wäre, wäre keiner auf die Idee gekommen, mich da reinzuwürgen. Das Geschäft kam nicht zustande, ich weiß nicht einmal mehr, warum. Ich glaube, da war Chundt mit *seinem* Grafen früher da und geschickter gewesen, er schickte den Grafen Erle zu Berben, der war klüger als ich. Ich hab' Klunsch sogar verstanden: er wollte auch einmal und ganz legal ans große Geld, der Junge aus der kleinen Kate da im Norden. Bist du nun böse oder traurig, weil wir unseren kleinen Heinrich nicht auch wieder zum Grafen machen wollen?

HEINRICH V. KREYL Verstehen tu ich's, und doch tut's weh. Einen Namen hat man doch und alles, was hinter dem Namen steht, auch wenn man Richter heißt. Es ist nicht gut, seinen Namen zu verleugnen. Ja, es tut weh. Immerhin ist ja Eva noch eine Gräfin Kreyl, und wenn sie mit Grobsch ein Kind hätte...

KARL V. KREYL Das hieße nach Evas Mädchennamen Plint, wenn ich nicht die Vaterschaft anerkenne.

HEINRICH V. KREYL Und würdest du's anerkennen?

KARL V. KREYL Wenn Eva mich darum bäte und es dir Freude machen würde, ja. Dann hättest du vielleicht einen gräflichen Enkel, in dem kein Tropfen gräfliches Blut flösse – Grobsch ist ein Prolet.

HEINRICH V. KREYL Und euer kleiner Heinrich wäre dann ein Dreiviertelgraf und hieße Richter. Ach ja, vielleicht könnte ich ihn adoptieren.

KARL V. KREYL Nicht gegen den Willen seiner Mutter. Die mag dich übrigens...

HEINRICH V. KREYL Ich sie auch. Ich hab' was dagegen, wenn man Namen erlöschen läßt. Überrascht hat mich, was du über Brüssel sagtest. War's so schlimm?

KARL V. KREYL Eva hat's erträglich gemacht – und sie hat ganz schön mit ihrem Gräfinnentitel gespielt. Natürlich haben wir auch Partys gegeben, mit NATO- und EG-Leuten, Bälle veranstaltet, Exkursionen, haben gelacht, gespottet und getanzt – und geschossen, auf der Jagd, versteht sich, aber nichts bleibt dann doch nichts, und ich habe verstehen gelernt, daß Menschen aus dem Nichts heraus in die wüstesten Dummheiten verfallen – oder sich erschießen, abhauen. Und da triffst du sie ja dann auch, in den Lobbys und auf der Jagd, die Flügelbesitzer Florian und Bransen, Kapspeter und Krengel. Und das klingt dann nicht nach Chopin. Krengel habe ich auch da getroffen, er ist sehr charmant... und sie haben ja auch alle geweint, als er – der – dann tot war.

HEINRICH V. KREYL Du glaubst wirklich, daß er hätte gerettet werden können?

KARL V. KREYL Was glaubst du denn, welcher Notizen, Akten, Unterlagen wegen sie das miese kleine Bingerle eingesperrt haben?

HEINRICH V. KREYL Er soll heute entlassen werden.

KARL V. KREYL Gott sei ihm gnädig!

HEINRICH V. KREYL Du glaubst wirklich – oder bist du sicher?

KARL V. KREYL Ich glaube, daß ich sicher sein kann. Es steht ja mal wieder der Staat auf dem Spiel – mit den Interessen von Chundt. Seine animalische Genialität besteht ja darin, seine und die Interessen des Staates immer so zu vermischen, daß der Staat Chundt und Chundt der Staat ist.

HEINRICH V. KREYL Mit all den Vermutungen und Gerüchten ist nichts bewiesen.

KARL V. KREYL Nein, nichts ist bewiesen, nichts davon hat Beweiskraft. Ich bin wirklich Jurist, Vater. Beweise kann man aber auch verschwinden lassen und vernichten. Auch das weiß jeder Jurist.

HEINRICH V. KREYL Du vergißt, daß ich auch Jurist bin. Kein Urteil darf auf Grund möglicherweise verschwundener oder vernichteter Unterlagen gefällt werden.

KARL V. KREYL Richtig. Und es wird ja auch keins

gefällt werden. Nur unterschätzt du die *Sickerwirkung* *Heinrich K. sieht ihn fragend an* – es bleiben Nebel, es bleiben Unklarheiten, es bleibt Ungeklärtes, nichts wird wirklich *gelichtet*. Es bleibt Gift übrig, und das sickert nach unten, sickert sozusagen in die Seelen des Volkes. Tief sickert das ein, und es ist Gift.

HEINRICH V. KREYL Ich kann's nicht glauben.

KARL V. KREYL *hält die Kaffeekanne hoch*: Doch einen Kaffee, Vater?

HEINRICH V. KREYL Nein. Ich kann's nicht glauben, nicht einmal von Blaukrämer kann ich's glauben – auch nicht von Halberkamm ...

KARL V. KREYL Und Elisabeth da in ihrer Luxusklapsmühle?

HEINRICH V. KREYL Sie ist wirklich verrückt.

KARL V. KREYL Er hat sie verrückt *gemacht*.

HEINRICH V. KREYL Nichts von dem Gerede konnte sie beweisen.

KARL V. KREYL Kann ich auch nicht.

HEINRICH V. KREYL Ich hoffe nur, du hast für letzte Nacht ein Alibi!

KARL V. KREYL Das beste, das einer haben kann: ich lag in den Armen meiner geliebten Frau. Ihr Klassenbewußtsein ist so stark, daß sie mir nicht einmal das Trinkgeld zurückgegeben hat, das ich ihr doch nur symbolisch gegeben habe. Nein, Vater, es muß ein Engel des Herrn gewesen sein, der da bei Kapspeter hereingeschwebt ist, und der Engel des Herrn hat immer ein Alibi. Spuren hinterläßt er, aber die finden sie nicht. Ein wenig Silberstaub von seinen himmlischen Flügeln.

HEINRICH V. KREYL Nun machst du mich wieder

unsicher mit deinen metaphysischen Rätseln, redest wie deine Mutter, die du kaum gekannt hast.

KARL V. KREYL Du irrst dich, ich hab' sie ganz gut gekannt. Ich war fünf, als sie da oben in den Rhein ging, ungefähr bei Kleve, da, wo Lohengrin den Schwan bestieg. Schwan im Blauband hieß ja dann auch eine berühmte Margarine von da oben – und vielleicht hat der Schwan für meine Mutter *unter* Wasser gewartet – und sie fährt mit ihrem Schwan rheinab und rheinauf *Deutet nach drüben* – vielleicht parkt sie ihren Schwan gerade hier. Sie hat mir viel erzählt von ihrem und unserem Geschlecht, die beide so viele Generäle hervorgebracht haben. Sie hat mir die vielen langweiligen Ahnenporträts gezeigt: kaum ein Krieg, in dem nicht ein Kreyl oder ein Skogerage General war, der niederste Rang war Oberst. Bis hinab zur Schlacht bei Worringen, wo ein Skogerage auf seiten des Erzbischofs war und ein Kreyl bei dessen Gegner. Mal waren sie auf spanischer Seite, mal gegen die Spanier, mal mit den Preußen, gegen die Preußen, gegen den Zaren, mit ihm, und noch bei Napoleon wechselten sie die Seiten. Erst 70/71 entdeckten sie ihren wahren vaterländischen Sinn, ihren edlen Patriotismus, bei Weißenburg oder Sedan war wieder einer dabei, nein, zwei, ein Skogerage als General und ein Kreyl als Oberst, und dein Vater fiel bei Langemarck und war nur Major. Schließlich bist du ganz aus der Reihe geraten, warst nur Hauptmann und nur Reservist. Ach, Vater, willst du nicht endlich diese Porträts der vielen Langweiler mit ihren Ordenssternen um den Hals und auf der Brust abhängen? Übrigens müssen die alten Knaben ja auch ganz schön kassiert haben –

die Trinkgelder für Generäle waren ja ziemlich hoch. Erleichtere dein Gepäck, Vater.

HEINRICH V. KREYL Ich habe ja versucht, die Porträts loszuwerden. Vergeblich. Sie sind offenbar von elender Qualität. Vielleicht weißt du jemand, der auf der Nostalgiewelle eine Ahnengalerie sucht?

KARL V. KREYL Plukanski sammelt solches Zeug – aber Öl auf Leinwand, das brennt auch gut. Die Rahmen sind wertvoller als die Bilder. Verkauf Plukanski die Bilder und behalte die Rahmen. Sei nicht traurig, daß unser Blut *Lacht* nur in dem kleinen Heinrich Richter weiterlebt.

HEINRICH V. KREYL Wir hätten noch mehr Kinder haben können, aber ich konnte deine Mutter nicht halten, lange habe ich sie regelrecht festgehalten. *Macht eine entsprechende Armbewegung.* Schlimm wurde es, als Erftler-Blum bei uns mit seinen Leuten auftauchte, der machte mich zum Landrat und dann zum Regierungspräsidenten, und wir gaben mal wieder auf dem Schloß einen Empfang. Und sie sah die Gesichter von Schirrmacher, Rickler und Hochlehner, sie waren gerade aus dem Gefängnis in Urlaub gekommen – für immer.

KARL V. KREYL Ja, jetzt verstehe ich auch, daß sie mir als Fünfjährigem den Schwur abnahm, nie eine Uniform anzuziehen. Ich denke oft an sie. Eine schöne Frau war sie den Fotos nach nicht...

HEINRICH V. KREYL Nein, schön war sie nicht, nicht zum Fotografieren. Trotz all der hochhonorierten Generäle waren wir verarmt, auch die Skogerages. Viel Geld war in den Amsterdamer Bordellen verschwunden und auch in Paris. Mühsam wurde ein

Minimum an Etikette gewahrt: Jagden, weißt du, sogar im Dreß und der ganze Blödsinn mit Jagdhörnern und kaltem Buffet und Sekt. Wir lauerten darauf, daß die Gäste nicht zuviel aßen, und teilten uns den Rest mit den Dienern. Am meisten, das fiel uns immer wieder auf, aßen die Pfaffen, denen es viel besser ging als uns. Uns machte dieses krampfhafte Adelsgetue krank, ja, ich entdecke dich in deiner Mutter und mir. Aber wir dachten auch, als die Nazipest vorüber war, jetzt könne der Jesus kommen. Wir hatten immer noch diesen Jesus, diesen Christus in den Knochen, verfluchten ihn und wurden ihn doch nicht los – regelrecht in den Knochen saß er uns.
Unsere Hochzeitsfeier war ein einziger Krampf: Hochamt, Jagdhörner, Empfang in der Halle. Ich kannte deine Mutter kaum, sie mich auch nicht, und als wir dann endlich beide voller Angst wegfuhren, an die holländische Küste, im Hotelzimmer zum ersten Mal allein, da brachen wir gemeinsam in Lachen aus, da war sie da: unsere Liebe, und das hat uns gerettet. Wir liebten uns. Scheveningen, der Strand, das Hotel, der Pier – das war schön, und wir liebten uns. Irgendein spanischer Skogerage stiftete uns Peseten, ein holländischer Kreyl stiftete uns Gulden. So konnten wir uns lieben und amüsieren. Adel, mein Junge, ist die einzig wahre Internationale. Die andere wahre Internationale ist der Geldadel, oft genug fallen beide zusammen. Deren Großfürst ist der Schwamm – mich schaudert, wenn ich ihn sehe – wie vor dem Großinquisitor.
KARL V. KREYL Und wir gehören zu beiden? Zum Adel und zum Geldadel?
HEINRICH V. KREYL Nein, natürlich, als Adel sind

wir alt, aber als Reiche sind wir neureich, gehören nicht zum Geldadel. Alter Adel, aber neureich. Grundstücke, Karl, das weißt du doch – Bauwut, Bauangst, Bauwahn. Land, Erde – sie wurden zu Grundstücken, und das Geld purzelte vom Himmel.

KARL V. KREYL Willst du nicht doch ins Hochamt gehen, Vater, soll ich dir ein Taxi bestellen?

HEINRICH V. KREYL *blickt auf seine Uhr:* Es ist zu spät geworden, und ich will noch etwas mit dir besprechen.

KARL V. KREYL *geht ans Fenster, blickt hinaus:* Erika ist auch nicht hingegangen, sie sitzt im Morgenrock auf ihrem Balkon. Katharina kann ich nicht sehen, sie ist wohl in der Küche.

HEINRICH V. KREYL Wenn Erika Wubler fehlt, das könnte Ärger geben – mich wird man nicht vermissen. Du weißt, daß Plukanski gestürzt und Blaukrämer sein Nachfolger werden soll?

KARL V. KREYL Blaukrämer, Vater? Blaukrämer?

HEINRICH V. KREYL Ja, es ist unfaßbar – ich hoffe nur, daß Chundt diesmal zu weit geht. Plukanski war nicht zu halten – eine alte Geschichte aus dem Krieg ist jetzt herausgekommen. Nein, nicht was man vermuten könnte – nein, es ging nur um Geld. Er war Transportoffizier und hat ein paar Weichen gestellt, buchstäblich, nicht symbolisch, nachts und eigenhändig, nicht, um den Partisanen zu helfen, sondern aus Gewinnsucht, Nachschubzüge mit Waffen und Lebensmitteln verschwanden auf Nebengleisen weit ins Dunkel der polnischen Nächte hinein. Polnische Offiziere, verwandt mit halb Europa – Adel, mein lieber Junge, Adel – zahlten auf spanische Konten über schottische

Banken. Ehrenhafte Leute. Auch der polnische Adel hat Verwandte in allen europäischen Ländern – das ist der Vorteil, wenn deine Vorfahren Generäle, Oberste oder auch nur Hauptleute in fremden Heeren waren. Sie erobern in fremden Ländern auch fremde Frauen oder Schwäger für ihre Schwestern. Auf diese Weise bist du verwandt über die Kreyls und die Skogerages mit den Heredias in Spanien, den McCullen in Schottland, und wenn du mal Asyl brauchst, geh nicht nach Kuba, sondern nach Schottland, Spanien oder Italien, wo wir mit den Vanzettis verwandt sind.

KARL V. KREYL So hast du noch nie mit mir gesprochen, Vater. Wie hältst du das aus? Die Gesichter, die meine Mutter in den Rhein getrieben haben.

HEINRICH V. KREYL Wie hast du Brüssel ausgehalten, wo du aus Nichts nichts machen konntest? Und ich habe nicht einmal eine Frau, konnte keine mehr nehmen, keine mehr haben, seit Martha in den Rhein ging. Und immer noch habe ich's in den Knochen, immer noch – und ich habe dich. *Seufzt.* Ich fange an zu verstehen, warum einer, den ich weder nennen noch kennen will, Flügel auseinandernimmt und nur ein bißchen Silberstaub zurückläßt. Als ich aus dem Krieg nach Hause kam, war Erftler-Blum geradezu verrückt auf mich. Ich hätte sofort Minister bei ihm werden können: katholischer Adel vom Niederrhein und kein Nazi – das war ideal. Dann kam er mit seinen alten, gereinigten Nazis an, ich mochte ihn nie. Es gab ja nun nicht nur Erftler-Blum und nicht nur die alten Nazis.

KARL V. KREYL Es gibt also wieder einmal eine Enthüllung. Diesmal Plukanski.

HEINRICH V. KREYL Diesmal eine internationale

Enthüllung. Ein polnischer Historiker hat's ausgegraben – übrigens gegen den Wunsch seiner Regierung. In zehn oder zwanzig Jahren werden die vietnamesischen Partisanen auspacken, über Panzer, Waffen, Flugzeuge, die sie von der amerikanischen Armee gekauft haben. Gib mir doch einen Kaffee. Und in fünfzig Jahren, wenn es zu spät ist, kommen sie mit Enthüllungen über Chundt.

Karl v. Kreyl gießt ihm aus der Thermoskanne Kaffee in einen Becher, schiebt ihm Milch und Zucker hin. In diesem Augenblick fällt ein Gegenstand aufs Dach des Wohnwagens, dann noch einer, zwei dumpfe Laute.

HEINRICH V. KREYL *erregt und ängstlich:* Was ist das denn?

KARL V. KREYL Keine Aufregung, Vater, das sind zwei von deinen Birnen oder Äpfeln, vielleicht auch eine Birne und ein Apfel. Ich habe noch nicht gelernt, sie am Geräusch des Falls voneinander zu unterscheiden. Es wird Herbst, Vater, Erntezeit. Manchmal fallen sie nachts, das hab' ich gern, es klingt heimelig, fast vertraut.

HEINRICH V. KREYL Willst du nicht doch ins Haus ziehen? Wirst du auch gut versorgt?

KARL V. KREYL Ich werde ausgezeichnet versorgt. Morgens bringt mir Schnidhubel mein Frühstück, Toast, Eier, Kaffee, schön warmgehalten, Marmelade, gegen elf krieg' ich eine zweite Kanne Kaffee, mittags esse ich bei Katharina, und wenn sie abends arbeiten muß, bleibe ich bei dem Jungen, spiele mit ihm, erzähle ihm was, bis er einschläft. Seit ich sogar Telefon habe, fehlt mir nichts mehr. Nein, ins Haus zurück möchte ich nicht. Wir suchen eine Wohnung, und wenn wir eine gefunden haben, ziehen wir endgültig zusammen, schon wegen des Jungen.

HEINRICH V. KREYL Und wovon lebst du? Du hast doch keine Einnahmen. Frühstück und der Wagen hier, das kann doch nicht langen, und soviel kann Katharina doch nicht verdienen.

KARL V. KREYL Ich habe noch immer Freunde im Amt, es gibt viel mehr, die mich mögen, als solche, die etwa Blaukrämer mögen – nun, das wären nicht viele, den mag nämlich keiner. Ich könnte dir mehr als ein Dutzend nennen, die mich mögen, sie waren geschockt, aber böse waren sie eigentlich nie. Manche hielten es für eine besondere Art von Adelssnobismus, den sie bei mir nicht vermutet hatten. Inzwischen ist ihnen klar, daß es *ernst* war, wenn sie auch die Motive nicht durchschauen. Immerhin wissen auch die Leute im Betriebsrat, daß es kein Snobismus war, höchstens eine merkwürdige Art Verrücktheit. Auf Konrad Fluh ist immer noch keiner gekommen, obwohl sie doch wußten, daß er seit langem mein Freund war – und mir in den *Knochen* sitzt, was auch dir in den Knochen sitzt.

HEINRICH V. KREYL Und du verdienst Geld – durchs Amt? Aufträge vom Amt?

KARL V. KREYL Merkwürdige und geheime Aufträge von denen da oben. *Zeigt in verschiedene Ecken, wo Abhörgeräte sein könnten.* Nimm das hier schon mal. *Greift einen dicken braunen Briefumschlag aus dem Regal.* Schau's dir an und sag nichts, bevor ich telefoniert habe. Schließlich bin ich immer gesetzestreu und korrekt gewesen, sogar in Rio, denn es heißt in den Vorschriften: In Ausnahmefällen darf ausländischen Staatsangehörigen geholfen werden. *Inzwischen hat Heinrich K. den Umschlag geöffnet und ihm einen Mercedesstern entnommen, sieht Karl K. erstaunt an, der ihm sanft den Mund zuhält und sagt:* Warte, bevor du sprichst. *Karl K. wählt eine Telefonnummer, meldet sich nach kurzem Warten.* Karl hier, hör mal, ich bin in einer peinlichen Situation: Mein Vater will wissen, womit ich mein Geld verdiene – nein, seine Verschwiegenheit, dafür kann ich garantieren – und nicht einmal Katharina hab' ich's bisher erzählt – du meinst, das glaubt ohnehin keiner – und Beweise habe ich auch keine – stimmt, also – danke. *Legt den Hörer auf, zu Heinrich:* Ich klaue Mercedessterne. Dieser hier wird für eine Weile der letzte sein, ich muß mich eine Zeitlang zurückhalten. An den hier war besonders schwer ranzukommen. Er ist vom Auto eines gewissen Dr. Wehrli, hohes Banktier in der Schweiz. Ich setze voraus, daß die Familientradition Verschwiegenheit auch in diesem Fall gewahrt bleibt.

HEINRICH V. KREYL *hält den Mercedesstern kopfschüttelnd in der Hand:* Du spielst mir doch hier nichts vor? Fürs Amt machst du das?

KARL V. KREYL *sachlich:* Schon seit einigen Jahren. Ich bekomme pro Stern im Inland 500 Mark plus Spesen, im Ausland 1500 Mark plus Spesen, weil ich im Ausland sozusagen auf eigenes Risiko arbeiten muß, hier aber gegebenenfalls gedeckt werden könnte. Im Ausland können sie mir nur schwer helfen, wenn ich geschnappt werde. Ich muß Honorar und Spesen sogar quittieren, korrekt, alles korrekt.

HEINRICH V. KREYL *immer noch verblüfft, auch zweifelnd:* Etwa als Mutprobe – vielleicht eine Art Ausbildung mit Mutprobe?

KARL V. KREYL Nein, es ist, wenn du die Hintergründe kennst, wie manches scheinbar Verrückte, ganz logisch. Sie haben offenbar einen Russen an der Angel, der krankhaft geil auf diese Dinger ist. Er will kein Geld, will keine Weiber, keine Jungen, sondern Mercedessterne. Sie müssen aber von hochgestellten Persönlichkeiten sein. Offenbar flüstert er ihnen dann als Gegenleistung was zu.
HEINRICH V. KREYL Aber die Sterne wären doch leichter zu beschaffen als so?
KARL V. KREYL Sie haben ihm ganze Kartons nagelneuer Sterne angeboten, aber er will geklaute haben, garantiert geklaut, das heißt: er oder sie rufen anonym an oder geben sich als Polizisten aus, etwa jetzt bei diesem Dr. Wehrli, seit wann und ob er seinen Stern vermißt. Das merkt der Betroffene schnell, weil er beim Blick über den Kühler plötzlich dieses Fadenkreuz vermißt. Wehrli ist schon bestätigt, und morgen kann ich kassieren. *Nimmt Heinrich den Stern ab und steckt ihn in den Umschlag zurück:* Der hier wird sie ziemlich teuer zu stehen kommen: ich mußte mich ganz neu einkleiden, tagelang in einem teuren Züricher Hotel hocken, wo die Autos scharf bewacht wurden und ich nichts riskieren konnte, bis dieser Biedermann endlich mit seiner Geliebten in ein kleines Nest abzog, in ein kleines Hotel, wo er sein Auto in einer Scheune abstellte. Während er sich am Fleisch, möglicherweise auch am Geist dieser netten Person erfreute, holte ich mir das Ding. Es war sehr einfach. In Zürich war's mir zu riskant, die Schweizer Polizei kann sehr unangenehm sein. Sogar die Zeitungen sind nicht mehr geheuer: »Zwielichtiger deutscher Graf als Autowege-

lagerer.« Das hätte unserem Namen keine Ehre gemacht. Dieser Russe muß inzwischen an die zwei Dutzend Sterne haben, offensichtlich ein Kranker mit schwerem Kapitalismustrauma. Ich habe alles korrekt notiert, Buch geführt. *Lacht.* Was am schwersten schien, war am leichtesten: Heulbucks Stern. Diese rheinische Frohnatur, die so schnell sauer wird und so rasch ans Kotzen kommt – leider ist Katharina so verschwiegen, sonst wüßte ich mehr darüber – er war bei meinem Freund Walter Mesod eingeladen, ich auch. Mesod, weißt du, läßt nichts auf mich kommen. Da stand also Heulbucks Auto vor der Tür, mit Chauffeur drin. Ich mimte den Angesäuselten, ließ mich über den Kühler fallen, hatte das Ding in der Tasche, während der Chauffeur mir zu Hilfe eilte. Es ist übrigens gar nicht so einfach, diese Dinger aus ihrer Verankerung herauszubrechen – du mußt ziemlich heftig mit der Faust dagegenschlagen, dann drehen. Ich benutze immer Handschuhe. Das habe ich auf einem Autofriedhof bei einem Gebrauchtwagenhändler an alten Mercedessen geübt. Mit dessen Erlaubnis natürlich, gegen Erstattung der Unkosten und gegen ein kleines Gefälligkeitshonorar.

HEINRICH V. KREYL Du hast das geübt – geübt, sagst du?

KARL V. KREYL *ruhig:* Natürlich, man muß doch sein Handwerk lernen und beherrschen – und es wird ja auch ordentlich bezahlt – dafür will ich ordentliche Arbeit leisten. Das ist gegenwärtig mein Beruf. Was ich mache, mache ich ordentlich, wenn es auch nicht immer ordnungsgemäß ist. Katharina weiß nichts davon. Übrigens schicken sie vom Amt anonym dem

jeweils Beraubten einen neuen Stern zu. Alles korrekt.
HEINRICH V. KREYL Heulbuck hätte bestimmt ad majorem patriae gloriam seinen Stern freiwillig herausgerückt.
KARL V. KREYL Zwecklos. Der Russe besteht darauf, daß sie geklaut werden. Bei Heulbuck übrigens kaum Spesen. Nur Taxi hin und zurück, und zu Mesod ist ja nicht weit. Auch darin bin ich korrekt. Ich bin wirklich Jurist und habe eine rechtliche Gesinnung.
HEINRICH V. KREYL *deutet auf mögliche Abhörecken:* Und du machst das in deren Auftrag?
KARL V. KREYL Ich werde von ihnen gleichzeitig beobachtet und bezahlt. Ich lebe ganz gut damit. Minister ist übrigens das mindeste. Drunter tut's der Russe nicht.
HEINRICH V. KREYL Dann wirst du bald Blaukrämers Stern klauen müssen.
KARL V. KREYL Ich werde mich eine Weile zurückhalten. Sie verlangen immer eine eidesstattliche Versicherung und die Quittung. Sie sichern sich doppelt, weißt du.
HEINRICH V. KREYL Und wie bist du gesichert?
KARL V. KREYL Durch die Quittung. Ich versteuere das Geld sogar.
HEINRICH V. KREYL Aber die Quittung haben sie, nicht du – hast du was schriftlich von ihnen? Offenbar nein. Und du definierst dich als hervorragenden Juristen! Sie haben zwei Dutzend Beweise gegen dich und du keinen einzigen gegen sie – zwei Dutzend Geständnisse von Diebstählen! Wer, wenn's hart auf hart kommt, wird dir schon glauben, daß du in ihrem

Auftrag gehandelt hast? Sie könnten dich damit reinlegen. Die ganze Geschichte ist zu irre, als daß sie einer glauben würde: ein Sowjetmensch, der Mercedessterne sammelt!

KARL V. KREYL Offenbar giert er geradezu nach diesem Symbol deutscher Tüchtigkeit und des Kapitalismus.

HEINRICH V. KREYL Das mag ja sein, aber könntest du beweisen, daß es ihn gibt?

KARL V. KREYL Beweisen kann ich gar nichts.

HEINRICH V. KREYL Bist du deines Auftraggebers sicher?

KARL V. KREYL Er ist ein alter Freund von mir.

HEINRICH V. KREYL In hoher Stellung?

KARL V. KREYL Ziemlich. Jedenfalls in verantwortlicher. Er wird mich nicht reinlegen.

HEINRICH V. KREYL Aber vielleicht gibt es andere, die ihn reinlegen wollen.

KARL V. KREYL Den Namen kann ich dir nun wirklich nicht nennen. Es ist nicht nur einer, und sie wollen mir wohl. Einmal habe ich sogar unter seinem Pseudonym mich selbst bespitzelt – mit viel Spesen. Eine Fiktion, um mir was zukommen zu lassen. *Heinrich v. Kreyl blickt ihn ungläubig an.* Ja, ich schrieb genau auf, wer mich besuchte, wer mich anrief, wohin ich fuhr, mit dem Taxi oder mit dem Fahrrad. Korrekt.

HEINRICH V. KREYL Es ist doch nicht Hermann Wubler?

KARL V. KREYL Nein. Für den mache ich gelegentlich Übersetzungen, die ich gut bezahlt bekomme. Und er hat Katharina angestellt, obwohl die *Zeigt wieder nach oben* dagegen waren. Und immer noch, immer mehr ist er in Eva verliebt, aber die bekommt er nicht. Ich treffe sie ja oft auf Partys. Besuch' sie auch schon mal.

HEINRICH V. KREYL Wenn Grobsch bei ihr ist?

KARL V. KREYL Natürlich. Ich mag Grobsch – er traut mir nicht so ganz, aber ich mag ihn. Korrekt, scharf, zynisch, aber nicht korrupt. Der neue Adel, Vater, proletarisch – wie Katharina. Der neue Adel heißt Richter, Schmitz, Schneider – oder Grobsch – und mancher davon sitzt gegenwärtig im Gefängnis. *Heinrich v. Kreyl blickt ihn erstaunt an.* Ja, warum nicht? Immer wieder haben auch Adelige im Kerker gesessen – aus politischen Gründen. Grobsch ist einer von denen, die mich hindern, in den Rhein zu gehen.

HEINRICH V. KREYL Mir wird bang, wenn ich mir klar darüber werde, daß ich das Zerhacken oder Zerlegen von Flügeln zu verstehen beginne...

KARL V. KREYL Damit wird's vorläufig zu Ende sein. Krengels Klavier wird ja nun wahrscheinlich auf eine Weise gesichert, daß sogar der Silberstaub von Engelsflügeln Alarm auslösen würde. Möglich, daß es bald eine Flügelversicherung geben wird – genauer müßte es heißen: Bankiersflügelversicherung. *Leiser.* Es ist etwas sehr Trauriges daran, Vater, fast etwas Tragisches, das sogar mich berühren oder rühren könnte: sie lieben die Kunst, wirklich, sie verehren sie. Kapspeters Tochter, die könnte ich gern haben, und sie hat schon einen neuen, gesicherten und versicherten Flügel bekommen, vielleicht einen, auf dem Wagner geklimpert haben soll. Aber es liegt ein merkwürdiger Bann über ihnen, und der, der ihnen die Flügel auseinandernimmt, dieser Engel möchte den Bann brechen, nehme ich an. Sie aber ärgern sich nur über den Vermögensverlust, um den es gar nicht geht ... Ich gönne Adelheid Kapspeter den neuen Flügel. Und ich wüßte gern, was man Chundt wünschen sollte.

HEINRICH V. KREYL Ich wünsche Chundt den Tod. Er macht uns die Republik kaputt.

KARL V. KREYL Über ihm liegt auch ein Bann – ich weiß nicht, welcher Art, immer wieder muß er und muß er ...

HEINRICH V. KREYL Den Bann würde ich gern brechen, Karl. Ich verstehe Hermann Wubler nicht mehr.

KARL V. KREYL Wubler hat eine furchtbare, eine fürchterliche Eigenschaft: er ist treu. Katharina übrigens auch wie Erika Wubler. Wubler ist Chundt treu und Chundt sogar Wubler – ja, ja, und wenn dann einer wie Wubler noch staatstreu ist, dann entsteht so etwas wie das, was man früher einmal Gottesgnadentum genannt hat. Es darf weder dem Staat noch ihm Schaden entstehen – er steht über dem Gesetz. Das weißt du doch. Ich weiß nicht, was das Bingerle weiß und welche Beweise er hat, aber wenn er den Staat gefährdet, dann werden die Korrektesten und die Unkorrektesten gegen ihn sein, die Reinen gemeinsam mit den Korrupten, Heulbuck und Wubler, alle Reinen und Unbestechlichen, die du aufzählen kannst, sie werden auf Chundts Seite sein, weil mit ihm der Staat gefährdet ist. Die Gläubigen und die Ungläubigen, die Staats-, die Mafia-, die Kirchentreuen – alle werden auf seiner Seite sein. Deshalb werden Skandale hierzulande nie bis ins letzte aufgeklärt. Tief drinnen sitzt er, der vergötzte Gott, dem geopfert werden muß – dem auch geopfert worden ist. Und weil der vergötzte Gott da hockt, tief drinnen, darum landen so viele Reine in der Klapsmühle, schreiben verbitterte Briefe, lassen Appelle los, schreiben Flugschriften, die von Beleidigungen strotzen und doch nie geahndet werden. Sie werden kleinlich, werden zu Denunzianten, wittern Korruption auch da, wo keine ist. Es gibt Hunderte von diesen Reinen, vielleicht Tausende, die dann nur noch *wittern*, die zerknittern und bösartig werden, dumm und unerträglich – und so möchte ich nicht enden, Vater. Auch Wubler wird nicht so enden. Es gibt nur einen möglichen Konflikt für ihn: wenn seine Treue zu Erika in Konflikt mit seiner Treue zu Chundt gerät. Ich kenne sie beide, Vater, wir waren zu lange befreundet. Um Chundt brauchst du dir keine Gedanken zu machen, auch keine Mordgedanken. Nicht du würdest oder könntest ihn umbringen – gefährlich werden kann ihm auch nicht das Bingerle – nur Wubler. *Ergreift wieder das Fernglas und blickt hinüber.* Sie ist tatsächlich zu Hause geblieben – das kann gefährlich werden. Willst du nicht doch noch hingehen, Vater, zum Hochamt?

HEINRICH V. KREYL Ich werde mich während der Predigt noch reinschleichen – aber sag mir, glaubst du wirklich, daß er hätte gerettet werden können.

KARL V. KREYL Sie brauchten ein Opfer – und es sollte nicht ihr, sondern deren Opfer sein.

HEINRICH V. KREYL *im Abgehen:* Wenn du mal den Auftrag bekommst, meinen Stern zu klauen, laß es mich wissen – das Problem können wir friedlich lösen, ohne Gewalt.

KARL V. KREYL *umarmt ihn:* Sei nicht böse oder

traurig, wenn ich dir sage – ich glaube, du kommst nie mehr in eine Kategorie, die deinen Stern begehrt machen könnte.

HEINRICH V. KREYL Wer weiß, wer weiß. *Lächelnd ab.*

Kapitel 4

Rheinpromenade zwischen Bonn und Bad Godesberg in dichtem Nebel. Im Hintergrund eine hohe massive Mauer, ein eisernes Pförtchen. Etwa drei Meter vor der Mauer eine Bank am Rheinufer. Eine alte Frau mit einem alten Hund kommt von links, schimpft leise mit dem Hund: »Du Böserle« *und verschwindet in einer Mauerlücke, aus der Eva herauskommt.*
Eva ist weiß gekleidet, trägt eine weiße Handtasche, weißen Dufflecoat mit Kapuze, geht auf die Bank zu, stützt sich auf die Lehne.
EVA PLINT Der Nebel ist mir willkommen, er mildert meine Angst, mildert das Licht der Bürstenlaternen, die kubischen Formen der Nachbarbungalows; er dämpft den Lärm, ist dicht genug, den Autoverkehr fast zum Erliegen zu bringen. Langsam, eingeschüchtert kommt da hin und wieder eins um die Ecke aus der Allee, und als Ernst mir aus der Haustür nachrief: »Paß auf, erzählt ihm nicht zuviel«, klang es wie über breites Wasser hingesprochen. *Sie deutet vor sich auf den Rhein.* Nichts zu hören von dort, keine Schiffsmotoren, kein wummerndes Brummen der Schubschiffe, nicht einmal Nebelsignale – still, stiller noch als sonst die übliche Stille zur stillsten Stunde des Tages: Tagesschauzeit, Nachrichtenzeit, die Zeit, in der ich jeden Abend das Haus verlasse, informationsüberdrüssig, wenn Ernst den Apparat einschaltet, sich noch eine Werbeminute beleiern läßt, bevor die Signale der

Wichtigkeiten ertönen: Freiheit, Flaute, Flankenschutz für die Nato, Frohsinn, Feindseligkeiten, Moskaus natürlich, Förderungen, Fußballerwaden, Fürstenhochzeiten. Zum Schluß dann die Feine, die Törichte, die Kultur, oder als lyrisches Finale ein tiefbesorgter Bankier, der um sein Frühstücksei zu bangen scheint. Nur das eine verkünden sie nicht: daß wir sterblich sind, vergänglich und zu Höherem bestimmt.

Nun bangen alle Bankiers um ihre kostbaren Flügel, seitdem ein Unbekannter, noch Unbekannter, ihnen nachts ihre Instrumente auseinandernimmt und säuberlich vor die Kamine stapelt. Neuerdings legt er ihnen, wie ich vernommen habe, Zündhölzer und Anzünder aus Paraffin gleich daneben, lädt sie zu einem eigenhändigen Feuerchen ein. Nun, ich weiß, wie verbrannte Flügel riechen – ich weiß, wie es sich anhört, wenn einer einen Flügel zerhackt: kalt entschlossen, mit Verbissenheit, systematisch. – Ich war mit ihm verheiratet, bin's noch, bin's noch, denn nur der Tod kann uns scheiden. Ich bekam Angst, als er's tat, und bin von ihm weggelaufen und treff' ihn doch manchmal, wenn er mit der Fähre von drüben herüberkommt und hier auf der Bank sitzt, mir von der erzählt, mit der er jetzt zusammen ist und ein Kind hat, und ich erzähle von dem, mit dem ich jetzt zusammen bin und der keine Kinder will: Er hat eine schlimme Kindheit gehabt, ich nicht. Ich nicht. Ich liebe sie beide, den ersten und den zweiten – und nun einen drittten. Und wenn der, der da mit Ehebrecherinnen sprach, hier auf der Bank säße und mich fragte: Wie viele Männer hast du gehabt, dann müßte ich antworten: zwei. Ich wünschte, er säße hier und könnte mir sagen, was ich tun soll. Der, der keine Kinder will, ist Politiker, ernst, nimmt's ernst, und das ist gut, auch wenn ich nicht alles ernst nehme. Vielleicht nehmen nur die die Politik ernst, die eine schlimme Kindheit gehabt haben – für die anderen ist's ein Spiel, ein Beruf, ein Geschäft.

Mit meinem Ernst habe ich keinerlei Kommunikationsschwierigkeiten, außer beim Abendessen – er will während der Tagesschau essen, hat wenig Zeit, das verstehe ich, muß zu Sitzungen, in Ausschüsse, muß Reden halten und schreiben, für sich und diesen Plukanski. Nur: mein Appetit kommt schon um sieben, das ist ihm zu früh, und mein Appetit geht abends auf Suppe – und meine Suppen sind berühmt. Er kann aber vorm Fernseher keine Suppe essen, da beschlägt ihm die Brille, und eine Suppe, die nicht dampft, ist nun mal keine Suppe. So esse ich gegen halb acht meine Suppe, mache ihm kurz vor acht Brote und einen Salat. Das ist die einzige Komplikation in unserem Leben. Auch wenn wir auf Partys gehen, muß ich vorher meine Suppe haben, ich werde auf Partys nicht satt, obwohl's da meistens genug zu essen gibt. Also gut: ich muß zwischen sieben und acht meine Suppe haben, er ißt gern gegen acht, wenn er ohnehin die Nachrichten sehen muß. So sitzt er da allein, läßt sich informieren, und weil anschließend heute eine politische Diskussion ist, die ich ebenfalls nicht sehen will, hockt er da bis halb zehn – und ich habe eineinhalb Stunden frei. Er will nicht begreifen, daß diese Diskussionen sinnlos sind, Kirmesschaum, heute über die Jugend, von der Gröbentöckler und Kromlach behaupten, daß

sie den Sinn für Werte verloren habe, während Breithuber und Ansbucher behaupten, daß die Jugend die wahren Werte gerade entdeckte. Und dieses selbstgefällige Geleier des Moderators – im Normalfall Hussper – und wenn einer wirklich mal was zur Sache sagt, wird er unterbrochen, und wenn er es trotzdem sagt, wird ihm vorgeworfen, er sei aus der Rolle gefallen. Ich nehme also an, sie haben alle eine Rolle und dürfen nicht aus ihr fallen.
Steckt sich eine Zigarette an. Bei normalem Abendlicht oder Abendbeleuchtung könnte ich das nicht riskieren, was ich mir im Nebel erlauben darf: eine Zigarette rauchen. Hierzulande gelten Frauen, die auf der Straße rauchen, immer noch als halbe Huren, und ich bin keine, wirklich nicht, wenn ich auch eine Ehebrecherin bin und hier ein Rendezvous mit einem Politiker habe, der mich – mich – ja man kann sagen: verehrt. Aber Ernst weiß ja, daß ich ihn treffe. *Setzt sich auf die Bank.* Nun ist das Hurige ganz von mir genommen: auf einer Bank sitzend, darf die deutsche Frau rauchen, nur im Gehen und im Stehen, das sehen sie nicht gern. Kein Licht auf dem Wasser, keins drüben am anderen Ufer, wallender Nebel von dort drüben, wo mein lieber Karl bei seinem lieben Vater wohnt; keine roten, keine grünen Schiffslaternen, Ankerverbot. Vielleicht wäre hier irgendwo der Nibelungenschatz zu finden – rheinabwärts gespült, verkrüppelte Kronen, das bißchen Gold vom Rheinwasser und Geröll längst abgewaschen, von rollenden Kieseln zerbeult, zu etwas wie Karnevalsorden herabgeschunden, nicht einmal mehr aufputzbar zu Schützenkönigslametta. Oh, Kriemhild und Brunhild, eure Armreife, von Rolling Stones zer-

diskret und legal. Wenn sie's indiskret oder gar dumm anstellen und nicht so ganz legal, dann nennt man sie Spione und weist sie aus. Er wird Sie bestimmt nicht direkt ausfragen.

EVA PLINT Ich hab' nur zweimal mit ihm getanzt, und tanzen kann er, o Gott – und immer hilft er mir in den Mantel, bevor Sie es versuchen; er legt mir die Hände auf die Schultern und schaut mich an. Was könnte ich ihm schon erzählen? Von Ernst erfahre ich nichts über Politik. Ich weiß nicht mehr, als in der Zeitung steht und ich im Radio höre.

HERMANN WUBLER Jede Information ist erwünscht, über Karl, Ihren Schwiegervater, über Grobsch und vor allem Plukanski, für den Grobsch ja arbeitet. Plukanski ist eine sehr ergiebige Figur – man weiß, daß er bestechlich war und erpreßbar sein könnte ...

EVA PLINT Ja, ich weiß. Öl, Waffen, Teppiche – Bauchtänzerinnen, aber handeln mit diesen Bauchtänzerinnen tut er ja noch nicht, oder *Da Hermann Wubler schweigt* – oder etwa doch – vielleicht vermittelt er sie nur, es sind ja Künstlerinnen, und ein bißchen Agent zu spielen ... Sie sagen nichts dazu.

HERMANN WUBLER *seufzt:* Ich sage nichts dazu.

EVA PLINT Das nennt man weder bestätigt noch dementiert – das heißt doch wohl eher: bestätigt.

HERMANN WUBLER *heftig:* Nein, es heißt eher dementiert. Stört es Sie, wenn ich rauche?

EVA PLINT Nein. Immer noch Pfeife?

HERMANN WUBLER *nickt, nimmt seine Pfeife aus der Tasche, stopft sie, zündet sie an, hält das erlöschende Zündholz vor Evas Gesicht:* Ja, morgens Zigaretten, abends Pfeife. Ihre Suppen, Eva, waren die besten, die ich je gegessen habe. Ihr Flügel, die Gespräche mit Ihnen, Karl und Erika – schade, daß wir uns nur noch auf Partys sehen: So ist die Verliebtheit eines alten Mannes in Gefahr, zur Lüsternheit zu werden. Ich würde sogar auf die Nachrichten verzichten oder meine Brillengläser, wenn ich welche tragen müßte, beschlagen lassen – und Diskussionen wie die heute abend kann man auf Video aufnehmen und sie später in Ruhe studieren.

EVA PLINT Sie haben mich wohl belauscht?

HERMANN WUBLER Ja, hab' sogar auf die Nachrichten verzichtet.

EVA PLINT *leise:* Sagen Sie nichts über Ernst Grobsch, bitte, und über Karl brauchen wir nicht zu sprechen, und Jesus, dieser Kubaner, merkwürdig, er fängt schon an zu verblassen. Und ich habe Angst, seitdem ich anfange, Karl zu verstehen.

HERMANN WUBLER *leise:* Verstanden habe ich ihn immer – verstehen bedeutet nicht viel. Als ich mit fünfundzwanzig aus dem Krieg nach Hause kam, nach Hause flüchtete, hätte ich am liebsten alle unzerstörten Städte und Kirchen zerstört – und Flügel erst recht. Ich verstehe sogar die, die Autos in Brand stecken. Seien Sie vorsichtig, sprechen Sie auf Empfängen nicht über Bingerle, Plukanski, Blaukrämer – tuscheln Sie nicht über Blaukrämers erste. Kannten Sie sie?

EVA PLINT Nur flüchtig, ich erinnere mich nicht genau. Ich kenn' nur seine zweite, ja, die kenn' ich – und was ich plaudere, ist nicht mehr als das, was in der Zeitung steht.

HERMANN WUBLER Wenn die Frau eines Politikers

über das plaudert, was auch in der Zeitung steht, ist es mehr, als was in der Zeitung steht. Sie wird sozusagen zur Quelle, und jeder nimmt an, sie weiß mehr, als in der Zeitung steht.

EVA PLINT Da ist doch was mit Akten – und Bingerle. Die Zeitungen schreiben: brisant.

HERMANN WUBLER Brisanz heißt Sprengkraft, Explosivität – Minen sind brisant, auch Blindgänger – und wenn man drauftritt oder zufällig draufschlägt, kann man in die Luft fliegen. Die Presse kann viel über Brisanz schreiben, aber Sie, Sie sind die Frau eines Politikers, der in wichtigen Ausschüssen sitzt und Plukanskis Privatsekretär ist, und wenn Sie über Bingerle und Plukanski sprechen, könnte einer glauben, Sie wissen, wo die Mine liegt.

EVA PLINT Aber Bingerle und Plukanski sind doch Partygeflüster Nummer eins.

HERMANN WUBLER *eindringlich:* Für Sie darf's das nicht sein. Sie wissen, was aus Blaukrämers erster geworden ist?

EVA PLINT Da wird gemunkelt: Klapsmühle, durchgedreht, fertiggemacht – ich hör's doch. Und neuerdings taucht ein neuer Name auf: Plonius...

HERMANN WUBLER *zuckt zusammen, sehr ernst:* Kein Wort über diesen Plonius, Eva, kein Wort. Hat Grobsch mit Ihnen von dem gesprochen?

EVA PLINT Nein, ich sagte doch, er sagt mir nichts und weiß doch eine Menge.

HERMANN WUBLER Klapsmühle ist nicht der richtige Ausdruck. Es heißt Gästehaus Kuhlbollen.

EVA PLINT Nur Frauen dort, habe ich gehört.

HERMANN WUBLER Ja, Frauen, die viel hören, viel

sehen, viel lesen, die in den Notizbüchern ihrer Männer blättern, Telefongespräche belauschen. Beobachten Sie Karl und auch Grobsch, wenn sie auf Partys auftauchen – reden Sie nur übers Wetter, Antiquitäten, Mode. Vorgestern bei Hüstermann haben Sie zuviel geredet. Schweigen Sie, lächeln Sie, plaudern Sie über Schlager und Kino. Übrigens das Rot, das Sie bei Küstermann trugen, steht Ihnen nicht – rot ist eine heikle Farbe – das helle Grün steht Ihnen gut, dazu der margeritenförmige Bergkristall.

EVA PLINT Ich weiß, daß ich fast vierzig bin. Sie sind in den sechs Jahren nicht älter geworden.

HERMANN WUBLER Sieben Jahre – mit fünfundzwanzig sah ich aus, als wäre ich fast fünfzig, und jetzt, mit zweiundsechzig, sehe ich aus wie fünfzig. Ich habe oft dort oben gesessen, auf Sie gewartet, wenn Sie um acht hier auftauchten – hab' mir eine Tarnkappe gewünscht, nicht, um Sie zu belauschen, nur, um Sie unerkannt anschauen zu können – oft. Und ich weiß, daß Karl manchmal mit der Fähre rüberkam und hier auf der Bank mit Ihnen saß. Hellgrün steht Ihnen gut, auch lichtblau, weiß immer und alles, was zu beige hingeht. Ich bitte Sie, können wir noch ein wenig zusammenbleiben – wo können wir hingehen?

EVA PLINT Sie könnten mich zu einem Bier einladen – bei Krechens August an der Theke – da würde ich oft gern hingehen, an der Theke ein Bier trinken, in Ruhe eine rauchen, nachdenken über einen, der in den Sand schrieb. Aber leider sterben die Männer nicht aus, die sich für unwiderstehlich halten, und wenn da eine biertrinkende Frau an der Theke sitzt, dann legen sie einem mit einer Wahrscheinlichkeit von sechs zu vier die Hand auf den Unterarm, und das ist mir noch ekelhafter als ihr Gerede über ihre verständnislosen Frauen. Unverstandene Frauen sind schlimm genug, unverstandene Männer noch schlimmer. Eine Frau allein auf dem Barhocker, da müssen diese leicht besäuselten Einsamen gleich zugreifen. »So einsam heute, Gnädigste?« oder: »Einsam bin ich auch, und zwei Einsame sollten sich doch zusammentun.« In Ruhe ein Bier trinken – unmöglich, gehen wir also zu Krechens August.

HERMANN WUBLER *steht auf:* Manchmal sitze ich auch bei Krechens August an der Theke – allein.

EVA PLINT *steht auch auf:* Wir könnten uns dort verabreden – das wäre nicht übel.

HERMANN WUBLER *nimmt ihren Arm:* Komm. Gehen wir.

EVA PLINT Nicht duzen, bitte, und nicht so fest meinen Arm.

HERMANN WUBLER Nicht oder nie?

EVA PLINT Wohl eher nie – Ernst, Karl, Jesus – hintergangen habe ich noch keinen Mann.

HERMANN WUBLER *bleibt mit Eva an der alten Mauer stehen:* Und doch stehen Sie im Ruf, eine leichtfertige, ziemlich kokette Frau zu sein. So geht's mancher schönen und mancher hübschen Frau – sie gelten als leichtfertig – selten trifft's zu, die anderen sind meistens schlimmer, gefährlicher.

EVA PLINT Sie sprechen wohl aus Erfahrung?

HERMANN WUBLER Keine persönliche, nur beruflich erworbenes Wissen. Ich habe manchmal mit ganzen Horden von Diplomaten und deren Frauen zu tun. Da gibt's Peinlichkeiten genug – nein, ich bin kein

Weiberheld, sehe ich so aus? Ich bin aber anfechtbar und angefochten – wie Ihr Ernst nehme ich aber die Politik sehr wichtig und genau.

EVA PLINT *faßt an die feuchte Mauer:* Mit diesem Grundstück werden Sie kein Glück haben. Er wird nicht verkaufen.

HERMANN WUBLER Sind Sie so sicher? Ich führe Verhandlungen für ein Scheichtum, in dem man für Rheinromantik und unser merkwürdiges Klima schwärmt – wo man einen grauen Himmel mit Entzücken begrüßt. Blau, auch himmelblau, wissen Sie, kann eintönig wirken, *ist* eintönig. Drei, vier Millionen sind geboten, und es könnten fünf werden – und das Grundstück ist ja zum Schandfleck geworden.

EVA PLINT Schandfleck ist ein gutes Wort, und es wird wohl einer bleiben. Schandfleck, Denkmal der Schande. Täglich komme ich an dieser bemoosten Mauer vorbei, sie ist brüchig, stellenweise schon eingesackt und überwuchert. Der Garten verwildert, fast zugewachsen – jahrzehntelang sind Samen und Früchte ins Unkraut gefallen, fast wächst es schon bis zu den Baumkronen hinauf, Pfützen, kleine Teiche, fast wahre Biotope – hier höre ich abends die Kröten rufen. Lange noch war sichtbar, daß das Gartentor einmal grün gewesen ist, tiefgrün, vor fünfzig Jahren. Wildtauben fliegen auf, wenn ich vorüberkomme, das Schild »Einsturzgefahr« ist längst überflüssig, denn eingestürzt ist das Haus schon lange. Manchmal krochen Penner durchs Unkraut, fanden wohl eine trokkene Stelle, wo eine Decke im Keller noch gehalten hatte. Und natürlich haben sie auch hier nach Terroristen gesucht, das Unkraut zerwühlt, mit ihren Stiefeln auf faule Birnen getreten, Scheinwerfer auf die Szene, und es sah aus, als verfilmten sie irgendwas von Poe. Viele waren schon hinter dem Grundstück her, wollten bauen mit Blick auf den Rhein und da drüben, wo auch mal Drachenblut geflossen ist. Wie nennt man das, wenn jemand umgebracht wird um höherer Gesetze willen? Wußte Blaukrämers erste zuviel, weiß ich zuviel, wußte Siegfried zuviel, wie Bingerle zuviel weiß? Da brütet einer Rache, und eines Tages wird er vielleicht den Fernsehapparat zerhacken, wo Chundt und Blaukrämer immer öfter zu sehen sind – immer wieder Gröbentöckler, Kromlach und Ansbucher und Breithubers selbstgefälliges Geleier.

HERMANN WUBLER *drückt ihren Arm:* Faß dich, faß dich – wir sprachen über Grundstücksverkäufe.

EVA PLINT Grundstücke, die mit Drachenblut bezahlt werden sollen. Und noch einmal: bitte nicht duzen und nicht so fest meinen Arm drücken. Ja, wir sprachen über das Grundstück hier. *Klopft gegen die Mauer.* Sie, Wubler, vertreten die Käufer – bieten drei, vier, bis zu fünf Millionen. Warum nicht zehn, wo das Öl doch reichlich fließt? Aber Ernst, Grobsch, vertritt den möglichen Verkäufer, den er nach jahrelangem Suchen gefunden hat, nach fanatischem Bohren und Forschen – Jeremias Arglos, fünfzehn, lebt in New York – der Erbe derer, die zu Asche geworden sind, zu Staub in Auschwitz und Treblinka – Staub auch auf Jerusalems Friedhöfen, in Kalifornien und New York. Er war bei uns, der Junge, mager, blaß, hochaufgeschossen. Ich machte mit ihm eine Abendfahrt, auf dem Rhein: Lampions, Gesang, oh du fröhliches

Rheinland. Er aß Eis, trank Limonade, aß Würstchen – ging hier, in Jeans mit violettem Hemd, durch die Ruine, den Garten und sagte beim Abendessen: Nicht verkaufen, nie verkaufen. Es soll ein Denkmal bleiben für meinen Urgroßvater, der's gebaut hat, für meinen Großvater und Vater, die hier geboren sind, die die hiesige Sprache gesprochen und bei Krechens August Bier getrunken haben – es soll ein Denkmal für sie bleiben – Schandfleck oder Denkmal. Oder Denkmal der Schande...

HERMANN WUBLER Soviel ich weiß, könnte er das Geld gut gebrauchen.

EVA PLINT Gut könnte er's gebrauchen, er lebt bei Verwandten in New York, die Henry und Clodagh heißen. Sie leben nicht elend, aber kümmerlich. Aber dieser Junge, der weiß eben, was Denkmäler wert sind – er läßt sich's was kosten: die Wildtauben, das Unkraut, die fallenden Birnen. Schandfleck ist ein gutes Wort, Denkmal auch – vielleicht würden Henry und Clodagh gern verkaufen, aber es ist nachweislich Jeremias' Eigentum, und er ist fünfzehn. Sie müssen wohl noch eine Weile warten, aber vielleicht fällt er, wenn er achtzehn ist, in Nicaragua – dann können die Ölscheichs früher bauen. Und jetzt gehen wir endlich Bier trinken...

Die beiden an der Theke, beide mit Biergläsern sitzen auf Bierkästen, blicken einander an.

HERMANN WUBLER Ich wußte nicht, daß Ernst Grobsch Jude ist.

EVA PLINT *blickt ihn erstaunt an:* Er ist kein Jude, wie kommen Sie darauf?

HERMANN WUBLER Weil er den Grundstücksverkauf blockiert – das Denkmal, wie Sie sagen, das Denkmal der Schande erhalten will.

EVA PLINT Grobschs Großvater ist in Auschwitz ermordet worden, er war kein Jude, er war Arbeiter und Kommunist – er war im Widerstand, gemeinsam mit polnischen Katholiken.

HERMANN WUBLER *nachdenklich:* Respekt – Respekt – er könnte, könnte viel Geld verdienen als Anwalt und Vermittler, könnte reich werden daran ...

EVA PLINT Schieben Sie es nicht auf seinen möglichen Idealismus. Er ist sehr realistisch, weiß Geld zu schätzen, weil sie zu Hause nie welches hatten – und ein Denkmal ist so real wie Geld. Er zieht die eine Realität der anderen vor. Mehr nicht.

HERMANN WUBLER Nun aber Prost. *Trinken sich zu.* Ich dränge nicht, ich kann warten – und hoffentlich stirbt der Junge nicht, wenn er achtzehn ist, im Libanon oder in Honduras. Trinken wir auf sein Leben.

EVA PLINT Ja, gut. *Beide trinken.*

HERMANN WUBLER Ich bin Anwalt und vertrete die Interessen meiner Klienten, mehr nicht. *Zieht eine altmodische goldene Taschenuhr aus der Tasche.* Jetzt spricht Kromlach gerade über die verwöhnte Jugend.

EVA PLINT Woher wissen Sie das?

HERMANN WUBLER Es ist 20.45 – und jetzt wird ihm das Wort erteilt. Hatten Sie eine verwöhnte Jugend?

EVA PLINT Und ob ich eine verwöhnte Jugend gehabt habe! Mein Vater war Ingenieur und lange arbeitslos. Aber nach dem Krieg, als ich heranwuchs, hat er viel Geld verdient. An die Zeit seiner Schwierigkeiten erinnere ich mich nicht. Ich hatte immer zu essen und war immer warm zugedeckt – abends kamen Vater und Mutter immer an mein Bett und zogen die Decken sorgfältig zurecht. Da war ich drei, vier. Mein Vater arbeitete in einer Fabrik für Nähmaschinen und deren Zubehör. Das war alles knapp, vor allem Nähmaschinennadeln, und alle Frauen wollten doch nähen, umarbeiten. Er zog einen großen Schwarzhandel mit Nähmaschinenkram auf, und als die Währungsreform kam, hatte er schon seine eigene kleine Fabrik. Und es kam, was bei Neureichen üblich ist: vornehme Schule, Klavierspiel, Tennis, Tanz, Canasta. Ich arbeitete nach dem Abitur vorübergehend bei meinem Vetter Albert Plint im katholischen Büro, lernte Karl kennen und wurde eine Gräfin, Eva Maria Gräfin von Kreyl – das bin ich immer noch. Ja, ich bin verwöhnt – nur der Schock mit Karl und der Gedanke an meine Schwiegermutter, die in den Rhein ging. Ja, ich bin verwöhnt – auch Grobsch verwöhnt mich, er ist sehr lieb zu mir.

HERMANN WUBLER Verwöhnte Gräfin in Kuba – meine Liebe, da wird mir bang...

EVA PLINT *still:* Die Gräfin und das Verwöhntsein – das wär's nicht, aber nur tanzen und die Hände auf den Schultern – und Grobsch sitzt hier, allein mit seinem Proletengesicht, dieser verkommene Katholik. Nein. Ich bin auch eine verkommene Katholikin. Die sind gar nicht so übel, wie sie manchmal gemacht werden, die Katholiken.

HERMANN WUBLER Ich bin auch einer. Verkommen und katholisch.

EVA PLINT Ich weiß – auch Erika und Chundt und Blaukrämer – ich weiß, auch Karl. Das waren Zumutungen für Grobsch: Gräfin – wo er doch so antifeudalistisch ist – und auch noch katholisch.

HERMANN WUBLER Und jetzt wollen Sie ihn verlassen?

EVA PLINT Nein, wohl nicht – ich wollte nur kubanischen Kindern die Nase putzen, den Hintern wischen und ihnen Suppe ausschenken. Mit Jesus tanzen – seine Hände auf meinen Schultern spüren.

HERMANN WUBLER Ich erkläre mich bereit, Ihnen hier einige hundert Kinder zu zeigen, die Sie füttern, denen Sie die Nase putzen und den Hintern abwischen können, vielleicht könnten wir's gemeinsam tun, Sie, Erika, ich und Karl – eigenen Kindern habe ich die Nase und den Hintern nie putzen können. Noch ein Bier?

EVA PLINT Bier? Nein. Danke. Manchmal denke ich, ich könnte fünf Bier hintereinander trinken, dann stelle ich fest, daß eins schon fast zuviel ist. Nase putzen, Hintern wischen, auch füttern – das tue ich bei den Nichten und Neffen von Ernst. Sie haben keine verwöhnte Jugend. Hatten Sie denn eine verwöhnte Jugend?

HERMANN WUBLER Nein. Mein Vater war ein kleiner Postbeamter, wir waren nicht gerade arm, aber alles war ärmlich. Ich litt unter den Kleidern, die ich tragen mußte: alles abgelegt von meinen älteren Geschwistern, umgearbeitet. Und nie habe ich neue Schuhe bekommen, und weil ich der Jüngste war und so kleine Füße hatte, waren mir alle Schuhe immer zu groß. Kleider, keiner weiß, was sie für Menschen bedeuten können – für Kinder besonders. Und dann die Uniform, keine hat mir je gepaßt, nichts hat je richtig gesessen – dabei habe ich mich immer für Mode interessiert, vielleicht auch gerade deshalb, ich weiß nicht. Ziehen Sie morgen bitte bei Blaukrämer das Hellgrüne an mit der Bergkristallbrosche, die wie eine Margerite geformt ist.

EVA PLINT Vielleicht hätten Sie zur Haute Couture gehen sollen, anstatt in Chundts Dienste zu treten und so in Blaukrämers und Halberkamms Gesellschaft zu geraten.

HERMANN WUBLER Vielleicht war ich begabt für die Haute Couture – aber das Traurige daran hätte mich abgehalten. *Eva Plint sieht ihn fragend an.* Das Traurige daran ist, daß so wenige Frauen eine Mannequinfigur haben – dieser Zwiespalt hätte mich unglücklich gemacht. Nun habe ich andere Zwiespälte, schwerere wahrscheinlich. Ich bitte Sie, bitte Sie ganz ernsthaft: Vergessen Sie den, den Sie Plonius genannt haben. Und vielleicht auch Ihren Jesus.

EVA PLINT Er tanzt so gut – und wenn er ein Kommunist ist, dann ist er keiner von der bleischweren deutschen Sorte. Und über nichts soll ich mehr plaudern? Auch nicht über Plukanski? Man sagt doch, er macht's nicht mehr lange. Zuviel Öl, Teppiche, Waffen, Bauchtänzerinnen.

HERMANN WUBLER Darüber wird er nicht einmal stürzen. Hören Sie auf meinen Rat.

EVA PLINT *trinkt ihr Bier aus:* Ich muß jetzt gehen – wir sind noch eingeladen – spät zum Hauskonzert bei Kapspeter. Seine Tochter Adelheid ist meine Schulfreundin, und sie spielt heute abend Beethoven auf einem nagelneuen Flügel – sie kommt extra aus New York, um ihn zu testen.

HERMANN WUBLER Ich darf also Ihr Bier bezahlen?
EVA PLINT Ja, das dürfen Sie. Es war nett mit Ihnen – das können wir wiederholen. *Geht ab. Hermann Wubler bleibt noch bei einem zweiten Glas Bier nachdenklich sitzen.*

Kapitel 5

Schlafzimmer von Ernst Grobsch und Eva Plint. Ein großes Doppelbett quer zum Zuschauer, zwei Stühle, zwei Nachttische, eine Frisierkommode, an den Wänden zwei Poster: Che Guevara und ein Barockengel. Grobsch liegt mit dem Kopf nach links im Bett, Eva sitzt rechts am Fußende des Bettes. Auf einem der Nachttische Schüsseln, Tücher, Flaschen. Es ist etwa drei Uhr morgens, das Zimmer ist durch eine Stehlampe schwach beleuchtet.

ERNST GROBSCH *gerade erwacht:* Es riecht so gut – was ist es, Salbei, Rosmarin?

EVA PLINT Nein, Lavendel – und ein bißchen Kampfer. *Beugt sich vor, legt die Hand auf Grobschs Stirn.* Es scheint vorüber zu sein.

ERNST GROBSCH *will sich aufrichten. Eva hält ihn zurück:* Hab' ich lange geschlafen?

EVA PLINT Drei Stunden – es war schwer, dich ins Bett zu bekommen. Warme Kompressen, Massagen mit Lavendelöl, massiert habe ich dich, dir eine heiße Suppe eingeflößt, dann bist du eingeschlafen. Und natürlich habe ich gebetet, so über dich hin gesprochen... die Allerheiligenlitanei – das hat dir auch geholfen. Sei ruhig, es ist erst drei, und morgen wirst du im Bett bleiben.

ERNST GROBSCH Du hast die ganze Zeit über hier gesessen?

EVA PLINT Und ich werde weiter hier sitzen. Du hast viel gesprochen im Schlaf, schlimme Sachen, viel Obszönes, viel aus deinem Leben, das ich nicht wußte – und ich war erstaunt, wie rein mir das Schmutzige vorkam. *Stiller.* Worte, die ich nie gehört oder gelesen hatte, und doch wußte ich, was sie bedeuteten. Merkwürdig, ob wir das alles so in uns haben?
ERNST GROBSCH Und Wubler hat dir also alles über den Kubaner erzählt, den Verliebten herausgekehrt und doch auch über das Grundstück gesprochen – das nenne ich dreidimensional. Was ist nun mit deinem Kubaner?
EVA PLINT *verlegen:* Er ist weg – weggeflogen. *Bewegt.* Ach Gott, ja – ihr seid alle so schwer, wie Blei seid ihr, auch Karl. Ja *Da Ernst Grobsch sie anblickt* ich weiß, er wirkt nicht so, aber er ist so: ein Grübler, nett, kann auch leichtsinnig sein. Aber ihr Deutschen, alle, immer habt ihr die ganze Welt auf der Brust, und er, Jesus, so leicht, lächelnd – kann tanzen – immer fröhlich, obwohl er's doch schwer hat hier, schwerer als ihr alle.
ERNST GROBSCH Jesus? Heißt der etwa auch Perez Delegas? *Da Eva Plint nickt.* Das ist einer der härtesten Burschen, den sie hier haben – ich kenne ihn aus Diskussionen. Oh, Jesus – Jesus – wenn ich das gewußt hätte, ach, liebe Eva, tut mir leid. Nein, ein Deutscher ist er nicht – und du, bist du keine Deutsche?
EVA PLINT Nachweislich und nachgewiesen – mein Urgroßvater war Ziegelbäcker, hoch im Norden, also schon ein Arbeiter. Vor ihm verlieren sich die Spuren in spökenkiekerischen elenden Pächtern, die man

Kötter nannte – deutsch, deutsch, schwerblütig, schwermütig. Mein Großvater war schon Schlosser, mein Vater Ingenieur – deutsch, aber nicht mehr so schwerblütig. Und meine Mutter, das ist eine Städtische, wie es da genannt wird, wo wir herkommen, fromm, frei, antiklerikal, Kaufmannstochter, rheinisch – und ich nun ...

ERNST GROBSCH Träumst von karibischen Tänzern ... ja, versteh' ich, ach, Eva.

EVA PLINT *seufzt:* Es wird wohl bei deutschen Männern bleiben. Ich hab' hier gesessen, Ernst, drei Stunden vielleicht, und du hattest einen Schüttelfrost, ohne Fieber und ohne Fieber zu bekommen, das war kein Virus, kein Kälteschock oder was – das kam anderswo her. Geschwitzt hast du, hier liegen die Handtücher, ich könnte sie auswringen – zum Glück war's warmer Schweiß. Wir hätten nicht zu Kapspeter gehen sollen, es war zuviel für einen Tag. Die übliche Arbeit, dann noch Plukanski aufpumpen, der Ärger über die Fernsehdiskussion – und dann zum Hauskonzert ... wir gehen nicht mehr hin, Ernst, nie mehr. Im Traum hast du Sachen gesagt, aus der Kindheit, deiner Jugend, die Obszönitäten, und einen Satz hast du immer wieder laut gesagt, laut, fast geschrieen: »Beethoven gehört denen nicht. Soll ihnen denn alles, alles gehören – auch noch Beethoven?« Es war unheimlich, mein Lieber, fast hätte ich an einen Exorzismus gedacht – du warst wie besessen, ja, besessen. Suppe, Wärme, meine Hände, Lavendelöl und Gebet – vielleicht hat's wie eine Austreibung gewirkt.

ERNST GROBSCH Was kannst du mir ausgetrieben haben?

EVA PLINT Deine Wut, deine Angst, deinen Haß – deine Verlorenheit. Und nun war auch die ganze Mühe mit Plukanski umsonst.

ERNST GROBSCH Ein wenig von all dem, was du aufgezählt hast, möchte ich behalten, nur ein wenig. Und Plukanski, das war nicht umsonst. Ich habe dabei viel gelernt.

EVA PLINT *steht auf:* Ich mach' dir noch etwas Suppe warm, und dann schläfst du weiter.

ERNST GROBSCH Nein, bleib bei mir – wenn du beten willst, tu es, aber still – hören, hören möchte ich es nicht. Hab' ich Skandal gemacht?

EVA PLINT Nein, du warst ganz still, zu still – wir gehen nicht mehr hin, Ernst. Ich bleibe bei dir, und es ist mir klar geworden: Kuba ist kein Kitsch, aber wenn ich hinginge, wär's Kitsch. *Lächelt.* Lassen wir diesen kleinen Jesus.

ERNST GROBSCH Sensible, verwöhnte, gebildete Frau – fromme Gräfin – in Kuba. Warum nicht? Gebildete, sensible, fromme Adelige haben oft genug Revolution gemacht und möglich gemacht – ich könnte es verstehen. Sei nur nicht traurig, weine nicht, Eva, aber glaub mir: sehr zimperlich gehen die mit Frauen, auch mit ihren Frauen, nicht um. Du hättest dort mehr geweint, als du hier über einen vergessenen Traum weinen könntest. Besser, nicht aus dem Traum herauszutreten. Beethoven gehört denen nicht, hab' ich gesagt – aber doch nicht dort?

EVA PLINT Nein, hier – und ich dachte: jetzt würde er wahrscheinlich am liebsten auch Flügel zerhacken.

ERNST GROBSCH Dort, als ich da saß, dachte ich, ich würde verrückt, schnappte im nächsten Augenblick über. Diese Menschen da, so sensibel, so fein, bescheiden, geschmackvoll, gebildet, wirklich edel – alles *echt* – und am Flügel diese Adelheid, spielte Beethoven. Und da dachte ich wirklich an Karl, deinen Mann, den Herrn Grafen von Kreyl. Ich habe sein Flügelzerhacken immer für eine besondere Art von feudalistischem Snobismus gehalten, fand's ganz lustig, mehr nicht. Und als er diesem Mädchen dann Geld aus dem Diplomatenfonds gab, damit sie vor Folter und Tod nach Kuba fliehen konnte, da dachte ich: Nanu! Und er flog dafür sogar aus dem Dienst und wurde bestraft auf Bewährung. Und da saß ich nun bei Kapspeter und hatte plötzlich den Wunsch, das gleiche zu tun, was er getan hatte – ich, der – wie nannte dein Vater mich doch?

EVA PLINT Prolet mit Soziologengesicht.

ERNST GROBSCH Gut. Sehr gut charakterisiert. Der alte Plint hat Witz und Menschenkenntnis, dein Vater. Ja, ich mußte mich bei Kapspeter zusammennehmen, um nicht aufzustehen und irgend etwas kaputtzuschlagen, und wenn's Meißner Porzellan gewesen wäre, das ich ohnehin von Warenhauskitsch nicht unterscheiden kann. Nein, Eva, es war nicht die viele Arbeit, nicht das Aufpumpen von Plukanski, nicht der Ärger über die Fernsehdiskussion. Mir kam da etwas in den Sinn, das mich erschreckte: Sogar Plukanski, den ich hasse – er war mir näher als diese feinen, edlen Menschen inmitten dieser feinen, edlen Möbel. Noch schlimmer: sogar Chundt, den ich umbringen könnte, dieser Schurke, und Blaukrämer, dieser Schmierfink. Sie alle waren mir näher – weil wir, die Politiker, doch gemeinsam den Dreck machen und den Dreck wegräu-

men, damit sie, ohne sich schmutzig zu machen, abstauben können. Fein, und fahren auf Auktionen, um wertvolle Kruzifixe fürs Vaterland zu retten, denken nicht an das Blut, den Schweiß, die Scheiße, aus denen ihr Geld gemacht wird. Und da war noch etwas, Eva, etwas: daß deine verschlafen wirkende Schulfreundin Adelheid meine Gedanken fast bestätigte, als sie dir zuflüsterte: »Es ist Papa nicht leichtgefallen, auch deinen Grobsch einzuladen.« Und sie war extra aus New York herbeigeflogen, um hier mit Beethoven den neuen Flügel zu testen und dich wiederzusehen? Sag mir, Eva, bin ich dein Grobsch – wollte sie dir deinen Grobsch ausreden?
EVA PLINT *niedergeschlagen, errötet:* Ja, du bist mein Grobsch. Ich hätte aufstehen und weggehen sollen, als sie das sagte, ich habe gehofft, du hättest es nicht gehört. Ich hab' dich verraten, Ernst, aber nun bist du wirklich *mein* Grobsch, verstehst du nicht? Sie hat dich dazu gemacht – sie hat uns sozusagen getraut. Und ich werde mich mein Leben lang schämen, daß ich nicht aufgestanden und weggegangen bin. Ich schäme mich, die jetzt fällige Dummheit zu sagen: Verzeih mir, es tut mir leid. Ich konnte nicht. Ich hasse Szenen, Skandale – es war – verflucht – ein ästhetisches Problem – nun bist du mir näher, als Karl mir je war.
ERNST GROBSCH Immerhin hätte ich's verstanden, wenn ich nur der Prolet mit Soziologengesicht wäre. Du siehst das gesellschaftlich, ich sehe es politisch. Immerhin bin ich Abgeordneter des Deutschen Bundestages und Referent eines Ministers – das ist das Problem. Daß die mich nicht mögen, ist mir klar, wo ich doch bis heute nicht genau weiß, was eine Batik

von einem Stück bedrucktem Baumwollstoff unterscheidet. Sie sagte ja auch nicht: Herr Grobsch, oder dein Freund und Lebensgefährte, sie sagte: dein Grobsch. Und ich, ich hätte aufstehen und wenigstens mal kurz mit der Faust auf den Flügel schlagen sollen. Mich schauderte, Eva, und ich hatte auch die alte Proletenangst vor deren unfehlbarem Geschmack – wir sind beide gleich feige ... EVA PLINT Gebebt hast du, mit den Zähnen geklappert – es muß mehr als diese dumme Bemerkung gewesen sein.

ERNST GROBSCH Es war mehr. *Sinkt in sein Kissen zurück, spricht leiser, nachdenklich.* Es war auf eine Weise, die ich dir nicht erklären kann – es war, erschrick nicht, du, die den gleichen unfehlbaren Geschmack hat wie die, erschrick nicht: es war ein metaphysischer Schauder – es war, als hätte mich ein Engel berührt, ja, einer von denen, die ich seit meinem neunten Lebensjahr verflucht und verhöhnt habe – wir haben auf die Engelbildchen, die wir als Fleißkärtchen bekamen, gepinkelt. Mitten in dieser geschmackvollen Sauberkeit sehnte ich mich nach dem Schmutz der Politik. Es war meine Arbeit, Plukanski aufzupumpen, es ist mein Job, alles zu tun, damit Chundt in der Versenkung verschwindet. Sag mir nur eins, mit wieviel mehr Bankierstöchtern bist du noch bei deinen Nonnen zusammen gewesen – Adelheid Kapspeter, Hilde Krengel – und?

EVA PLINT *Du* machst schon wieder Witze. Es gibt da noch eine Enkelin von Erftler, die dich gern kennenlernen würde: Marion heißt sie, ist unverheiratet, spielt nicht Klavier. Mit Banken hat sie nichts zu tun, sie leitet eine Gummifabrik. Tüchtig. Streng. Hat

Humor – droht mir immer mit dem Finger, wenn ich sie treffe.

ERNST GROBSCH Klingt nicht übel. Sie droht dir wohl meinetwegen?

EVA PLINT Ja, wahrscheinlich, aber mehr wohl, weil wir nicht verheiratet sind. Sei froh, Plukanski bist du ja nun los.

ERNST GROBSCH Aber auch meine Referentenstelle. Blaukrämer wird mich kaum übernehmen. Es hat mir auch einen perversen Spaß gemacht, Plukanski seine Reden einzuflößen. Du hast mir noch gar nicht von Wubler erzählt.

EVA PLINT Die Sache mit Jesus ist ja nun hinfällig. Wubler hat mich gewarnt, generell, nicht zuviel zu plaudern, hat mir Kleidervorschläge gemacht und über das Arglos-Grundstück mit mir gesprochen und über diese Elisabeth Blaukrämer – kennen wir sie?

ERNST GROBSCH Mit Arglos wird er kaum Glück haben. Der Junge ist eisern. Und die Blaukrämer? Du müßtest sie eigentlich kennen. Durch Karl. Doch, du mußt sie kennengelernt haben, als Blaukrämer noch Präsident der koordinierten Personalräte war. Denk nach, die wohnten damals direkt neben der Fähre.

EVA PLINT Ach die – noble Empfänge, reichhaltiges Buffet und doch vornehm. Die hatte Stil, stand mitten in der Halle und lächelte, gleichgültig, fast verächtlich – groß, weißblond, blaß – die Augen fast nach innen verdreht. Nicht, was man früher hysterisch genannt hätte – eher verwirrt, verstört, trotzig, wirkte fast wie ein vergewaltigtes großes Kind, trug ein silbriges Kleid mit einem großen Rubin. Rauchte etwas zu künstlich-kess. Sie hätte abschreckend wirken können, aber ich mochte sie.

ERNST GROBSCH Die war auch eine Gräfin oder sowas – aber 'ne echte.

EVA PLINT Eine echte bin ich auch, nur keine geborene. Es klang wie eine Warnung, als Wubler sie erwähnte.

ERNST GROBSCH Nimm seine Warnung ernst. Da, wo sie ist, hocken die abgelegten, weggeworfenen Frauen – in einem Edelkittchen. Da soll's sogar nette junge Männer geben, die man ihnen aufs Zimmer schickt, wenn man den Eindruck hat, sie hätten's gern. Keine Angst, da kommst du nie hin, ich laß' dich nicht dahin.

EVA PLINT Angst hab' ich um dich – nicht einmal um Karl ...

ERNST GROBSCH Ich habe ihm viel abgebeten, gestern abend, auch meinen Neid habe ich abgelegt. Um seine Kühnheit habe ich ihn beneidet, um die Eleganz, mit der er seine Sachen macht – um das uralte Selbstverständnis, das ich nicht haben kann. Dein Vater hatte schon recht: Prolet mit Soziologengesicht.

EVA PLINT Ich möchte nicht mehr auf Partys gehen, nicht mehr zu Hauskonzerten. Ich könnte es nicht ertragen, wenn man dir wieder wehtut – und ich wieder feige bin.

ERNST GROBSCH Zu einem Empfang gehen wir bestimmt noch: wenn Blaukrämer zur Feier seiner Ernennung einlädt.

EVA PLINT Wenn du meinst – aber ich laß' dich nicht aus dem Auge. Blaukrämer. Merkt denn keiner, daß der nun wirklich unmöglich ist?

ERNST GROBSCH Er ist nicht unmöglich, wie du siehst. Auch Plukanski war sozusagen unmöglich, und auch Blaukrämer wird stürzen, er wird fallen. Nur die Herren, die uns nicht regieren, sondern beherrschen, die werden nie fallen, nie stürzen. Sogar Heulbuck wird eines Tages stürzen – Florian, Kapspeter, Branssen, Krengel und Blöhmscher nie, die regieren nämlich nicht, die herrschen nur, und nie, nie wird einer von ihnen ein Gefängnis von innen sehen. Sie sind ewig haltbar, es ist das wahre Gottesgnadentum des Geldes. Und sie sind gut gemischt: Florian evangelisch, kirchenfromm, ein bißchen laut – Kapspeter still, katholisch – und der Krengel, der ist nun wieder evangelisch. Und sie haben sogar einen Atheisten: Blöhmscher – und alle sammeln sie notorisch Wertvolles, und Kapspeter hat sogar eine etwas träge Tochter, die schnell mal von New York herüberkommt, damit man sich diesen Grobsch genau anschauen kann, diesen Partei-Affen, den man in diesem Zoo notgedrungen dulden muß, der aber auch Anwalt ist, nicht nur Soziologe *Richtet sich plötzlich auf* – und der einen gewissen Einfluß auf einen verträumten jüdischen Jungen hat, dem ein Grundstück am Rheinufer gehört. Liebe Eva, dein Wubler ist nicht nur in dich verliebt, er ist auch Anwalt und Aufsichtsrat bei Kapspeter, sogar Teilhaber, und du kannst sicher sein, die Ölscheichs zahlen jeden, jeden Preis für den Blick auf den Drachenfels, dem Jungen bietet man aber nur einen *guten* Preis, alles von Gottes Gnaden, daher die Berührung des Engels an meiner Schulter – Kapspeter, Wubler, Liebe, Politik, Geschäft – daher der metaphysische Schüttelfrost. Nein, die regieren nie und können nie gestürzt werden, die bleiben immer rein wie der Herrscher von Gottes Gnaden. Sie würden sogar Heulbuck stürzen und Wubler rauschmeißen, wenn sie nicht mehr parieren. Ich ausgekochter Atheist, der mühsam an sich halten muß, wenn er einen Pfaffen sieht. Hat Wubler auch von einem Bingerle gesprochen?

EVA PLINT Ja, ich soll nicht über ihn reden.

ERNST GROBSCH Der muß etwas in der Hand haben, vor dem sie alle zittern, die Guten und die Bösen, die Netten und die Schurken.

EVA PLINT Vielleicht sogar die Bankiers?

ERNST GROBSCH Nein, die nicht, auch diesmal nicht, jedenfalls nicht um ihren guten Ruf oder um sich selbst. Das haben die zitternden Politiker für sie erledigt. Ich entdecke immer mehr, was mich, den Proleten, mit Karl verbindet.

EVA PLINT Er würde sich freuen, das zu hören. Er mag dich mehr als du ihn.

ERNST GROBSCH Dann sag' ich's ihm mal. Bist du eigentlich eifersüchtig auf die, die er jetzt hat?

EVA PLINT Eifersüchtig auf das Kind, das sie hat.

ERNST GROBSCH Ein Graf ist der Kleine nicht.

EVA PLINT Vielleicht bekommen wir zwei einen kleinen Grafen.

ERNST GROBSCH Nein, der würde ein Plint. Aber wenn schon, dann hätte ich lieber einen kleinen Grobsch – nein, auch wenn Grobsch noch ein bißchen besser klingt als Plint – nein ...

EVA PLINT *nimmt ihm die Brille von der Nase:* Seltsam, wie deine grauen Augen dunkler und größer werden. Und plötzlich ist er weg, der Prolet, der Analytiker, der Soziologe, und ich sehe da einen, der ängstlich ist, verstört, der hungrig ist und friert. Vergiß nicht, wir sind getraut, aber nicht verheiratet. Adelheid Kapspeter hat uns getraut – du bist mein Grobsch, ich gehe nicht weg von hier, nicht weg von dir, wenn du nur nicht von mir weggehst.

ERNST GROBSCH Ich gehe von hier nicht weg. Das ist der Staat, der mich gemacht hat, und ich will mitmachen, bis die, die nicht regieren, ihn auch nicht mehr beherrschen. Ich gehe von dir nicht weg, ich habe hier zu tun, ich will arbeiten. Natürlich hab' ich Angst, habe nicht in einer ruhigen und glücklichen Kindheit Reserven gesammelt – das merkst du erst später, daß dir das fehlt. Ich will auch meine Wut behalten, vielleicht sogar meinen Haß, den die Analyse sozusagen gehalten hat – gerahmt hat. Manchmal gerate ich aus dem Rahmen. Hat Karl eine ruhige Kindheit gehabt, eine glückliche?

EVA PLINT Er war fünf, als seine Mutter in den Rhein ging, und sein Vater wurde bald ein ziemlich hohes Tier, aber in diesen Schlössern, wo sie aufwachsen – gemütlich ist es da nicht. Kalt und meistens wenig zu essen.

ERNST GROBSCH Wie bei Kapspeter gestern – nicht einmal das Essen war gut, und nicht einmal reichlich, ziemlich mies.

EVA PLINT Ja. Nicht einmal die Suppe war heiß – und der Fisch zu trocken und wenig – und der Nachtisch – wie Kleister. Ja, du hast recht. Vergiß es.

ERNST GROBSCH *milde:* Nein, das vergesse ich nicht – das Fressen schon, aber das andere nicht. Manchmal denke ich, du hängst doch an dem Titel und läßt dich deshalb nicht scheiden – denn dann ...

EVA PLINT Ja, ich muß gestehen, ich hänge an dem Titel, und durch den Titel habe ich einen lieben Schwiegervater.

ERNST GROBSCH Und einen lieben Vater hast du auch noch, du bist reich an Vätern. Mein Vater starb, als ich zwölf war – Leberzirrhose – und meine Mutter, die starb an gebrochenem Herzen. Ja, so nennt man das – es brach ihr das Herz, unser Elend, unser wütendes Geschimpfe, Trauer, Angst, und so kann ich dir nicht einmal eine Schwiegermutter bieten.

EVA PLINT Jetzt kriegst du noch einmal Suppe, wirst noch einmal massiert – dann wirst du schlafen, und ich auch, ich bin müde. Ich bin so froh, bei dir zu sein und bei dir zu bleiben.

ERNST GROBSCH War's Mitleid, als du damals mit mir gingst und bei mir geblieben bist?

EVA PLINT Nein, Mitleid nicht, aber gestern abend hatte ich Mitleid mit dir. Ich wollte dich kennen – nicht kennenlernen, kennen wollte ich dich. Es brach mir schon fast das Herz, als ich das erste Mal mit dir auf deine Bude, in diese Hundehütte, ging. Nur Papier, Papier, ein paar Wurstreste und Senfflecken auf dem Tischtuch. Es ist schlimm, wie ihr hier haust – daß keiner, kaum einer hier wirklich *wohnt*. Es ist *wie alles mögliche zwischen Hundehütte und möbliertem Zimmer*, aber kein Wohnen. Kennen tue ich dich erst seit heute nacht, vorher hatte ich dich nur gern. Ich werde ein bißchen um Jesus weinen – er war so undeutsch, so charmant.

ERNST GROBSCH Und hart, liebe Eva, hart wie Stein. Die Frauen aus diesen Ländern mögen so gern deutsche Männer.

EVA PLINT Eins verstehe ich an dieser ganzen Plukanski-Blaukrämer-Geschichte nicht. Wenn Blaukrämer Plukanskis Nachfolger wird, dann müssen sie doch in ein und derselben Partei sein.
ERNST GROBSCH Sind sie auch – wußtest du das nicht?
EVA PLINT Für Parteien habe ich mich nie so interessiert, aber du hast recht: es ist naheliegend, und dann bist du also auch in derselben Partei wie Blaukrämer?
ERNST GROBSCH *lacht laut:* Mein Gott, wie klug du bist, wie logisch du sein kannst. Ja, ich bin in Blaukrämers Partei. Noch eine Bitte, Eva, wenn du je wegfährst, geh nicht zu denen.
EVA PLINT Zu wem nicht?
ERNST GROBSCH Besser nach Kuba als zu denen!
EVA PLINT Nirgendwo gehe ich hin, ich bleibe hier – hier bei dir. *Licht aus.*

Kapitel 6

Monolog Ernst Grobsch.

Wenn ich zu diesem Plukanski fahre, muß ich immer an mich halten, damit meine Wut mich nicht übermannt, ich nicht die Herrschaft über das Lenkrad verliere, gegen einen Baum, eine Laterne fahre oder ein anderes Auto ramme. Wohl möglich, daß ich ihn eines Tages erwürge, dieses Nichts, nicht einmal ein Heuchler ist er, sondern er ist nur, wie er ist: nichts. Sie nennen ihn Apfelwange, und tatsächlich ist seine Haut auf eine unbezahlbare Weise telegen. Eine Maskenbildnerin hat mir mal zugeflüstert: Den braucht man gar nicht zu schminken, der ist immer geschminkt. Er sieht immer aus wie ein gesunder Apfel, der im nächsten Augenblick reif vom Baum fallen oder gepflückt wird, so richtig marktappetitlich, das blonde Haar inzwischen silbrig, dicht, und auch heute noch, wo er auf die fünfundfünfzig zugeht, sieht er aus wie ein Junge, in dessen Fußballmannschaft man gerne mitgespielt hätte. Er kann sogar schelmisch lächeln, und Grübchen hat er auch. Es ist nie genau analysiert worden, wieviel Stimmen er bringt, sicher ist: er bringt genug, und laut Analyse einiger Publikumsäußerungen halten ihn die meisten für einen Adeligen, der sein »von« aus demokratischer Bescheidenheit abgelegt hat. Dabei ist er neben mir einer der wirklichen Proleten in unseren Reihen. Sein Vater war ein versoffener Braunkohlenarbeiter, seine Mutter eine Schönheit von zweifelhaftem Ruf, die Trägheit und Ehrgeiz auf eine rare Weise zu verbinden wußte, und in unklaren, mit wissendem Lächeln geschmückten Andeutungen weiß sie Hinweise unterzuschmuggeln, die die Vermutung bestärken, daß Apfelwange, Hans Günter Plukanski, aus einer frühen Liebschaft mit einem Baron stamme, dem das Herz brach, weil er sie nicht heiraten konnte, und sie nahm dann den Bergarbeiter Plukanski, um das Kind der Liebe zu legitimieren. Tatsächlich wurde Plukanski fünf Monate nach ihrer Hochzeit mit Jürgen Plukanski geboren. Ich habe das alles recherchiert, weil ich beauftragt wurde, die Wahlkampfbroschüre für ihn zu verfassen. In einem teuren Altersheim, wo ich die heuchlerische alte Zicke mehrmals besuchte, war sie ganz Dame, mit englischem Teegeschirr, hübschen Möbeln, echten Klunkern, hatte sich ein Air von Unnahbarkeit geschaffen, das jedes Gespräch von ihrer Seite als Herablassung erscheinen ließ. Schließlich war sie ja nicht mehr die gewöhnliche Frau Plukanski aus dem Braunkohlenkaff Klissenheim, sondern »Minister Plukanskis Mutter«. Immerhin konnte ich herauskriegen, daß sie im Schloß derer von Häck-Pavigny in der Wäschekammer gearbeitet hatte, und es ist durchaus möglich, daß einer der jungen Barone sie mal auf einem Wäschestoß aufs Kreuz gelegt hat. Ich besuchte sie mehrmals zu der Zeit, als ich Plukanskis Wahlkampfbroschüre zurechtschustern mußte. Sie hatte nichts dagegen, daß ich ihre Tätigkeit im Schloß erwähnte, wehrte sich nur energisch gegen den Ausdruck »diente« und bestand auf der Formulierung »in verantwortlicher Stellung«. Ich akzeptierte das: Schließlich ist die Wäsche in einem großen Schloßhaushalt eine

Sache, die Verantwortung erfordert. Ich habe auch nichts gegen Mädchen, die in Schlössern dienen. Meine eigene Mutter war zeitlebens nebenberuflich Putzfrau und Wäscherin, weil auch mein Vater soff. Noch als Apfelwange schon auf die Vierzig zuging, genierte seine Mutter sich nicht, mir zu sagen: »Ich habe Hans Günter immer als Bischof gesehen, wie er sich gütig zu Firmlingen herabbeugt.« Der polnisch klingende Name störe sie sehr, habe sie immer gestört, weil doch so gar nichts Slawisches in ihr und Hans Günter sei. Sie habe zeitweise erwogen, ihn in Plockhardt umzuändern. Sie selbst sei eine geborene Müllmer und murmelte etwas von »Beschäftigung mit Getreide«, was in ihrer Familie Tradition gewesen sei. Auch das war nicht ganz gelogen: ihr Großvater war Mühlenarbeiter, ihr Vater Bäckergehilfe – beide hatten sich ja tatsächlich mit Getreide beschäftigt. Zugegeben: Ich mochte weder sie noch ihren Sohn. Über den großen blauen Augen, die sie gemeinsam hatten, lag eine schwer zu definierende schleimige Geilheit. Von ihrem Angetrauten sprach sie nicht gerade verächtlich, nur in Andeutungen: »Er war begabt, war nur den Anfechtungen, die die Arbeitslosigkeit mit sich brachte, nicht gewachsen.«

So drückte sie aus, was man auch anders ausdrücken konnte: Er soff sich am billigsten Fusel zu Tode, irgendeinem Rübenschnaps, den er gemeinsam mit ebenfalls arbeitslosen Kumpels selbst herstellte. Es gab Fotos von ihm: ein hübscher Kerl, groß, blond – unserer Apfelwange verblüffend ähnlich, der nur die blauen Schleimaugen von seiner Mutter übernommen zu haben scheint. Natürlich war der Alte mehrmals straffällig geworden, aber das durfte nicht in Apfelwanges Biographie, und so entschloß ich mich zu der Formulierung: »P.'s Vater war eins der zahlreichen Opfer der Wirtschaftskrise.« Schwer zu erforschen, woher die Alte ihren Pinn hatte, möglich, daß ihr Dienst im Schloß in ihr den Wunsch geweckt hatte, »fein« zu erscheinen. Sie sprach immer wie auf Zehenspitzen. Was ich über Apfelwange selbst in Klissenheim erfuhr, war nicht sehr erhebend. Der Dorfpfarrer hatte ihm Lateinunterricht gegeben, ihn aufs Gymnasium, später ins Konvikt geschickt, und es gab tatsächlich Jungenfotos von ihm, auf denen er in einem soutaneartigen Gewand wie ein sehr junger von Ketteler aussah. In die Wahlkampfbroschüre haben wir dieses Foto dann doch nicht aufgenommen. Konfessionelle Elemente sind als politische Werbemittel heikel, das kann danebengehen. Plukanski hätte als »einer der Unsrigen«, aber auch als »Abgefallener« ankommen können, beides hätte uns aus zwei verschiedenen Ecken Stimmen einbringen, aber auch in beiden Ecken Stimmen kosten können. »Renegaten« sind nicht einmal beliebt bei denen, die selbst welche sind, und die Stimmen, um die wir warben, waren in dieser Ecke doch kirchenfreundlich. Ähnlich war's mit den Fotos, die ihn als schneidigen Fahnenjunker zeigten. Wir überlegten lange: in diesem Milieu ist man nicht sonderlich militärfreundlich und doch wiederum stolz auf »unsere Jungens«, und sie alle, alle marschieren, ob widerwillig oder nicht, an den entsprechenden Gedenktagen zum Kriegerdenkmal, singen »Ich hatt' einen Kameraden«, legen Kränze nieder. Diese atavistischen Rituale kann man ihnen weder nehmen noch ausreden. Schließlich taten wir das Foto doch rein, und überregional erwies es sich als wirksam, das heißt: überall da, wo man ihn nicht persönlich kannte, keine Erinnerungen an ihn und seine Familie existierten.

Mein Hauptziel: Lausbubengeschichten – da war nichts zu machen. Streiche machen sich gut, wenn es nicht gerade Brandstiftungen sind, aber eben die fand ich, einige nicht ganz geklärte Brandstiftungen, bei denen er in Verdacht geraten war. In meiner Not *erfand* ich einen Streich: daß er aufs Kirchendach geklettert sei, den Hahn abmontiert und sich ausgerechnet im Keller des Pfarrhauses versteckt habe, wo ihn die überraschte Haushälterin dann fand. Ein solcher Streich läßt sich gut an: jugendlicher Übermut, körperliche Kühnheit, Witz und ein schelmisches Grundmuster.

Was ich wirklich fand, ließ sich kaum verwerten. Seinen alten Lehrer traf ich auf seinem täglichen Spaziergang zum Friedhof, und obwohl der alte Herr mir zumurmelte, er sei Atheist, aber das sollte ich bitte nicht im Dorf verbreiten, führte er mich zum Grab des Pfarrers Pleyel, blieb dort stehen und sagte: »Dem hat er das Herz gebrochen, regelrecht das Herz gebrochen, weil er aus dem Konvikt flog. Er flog aus zwei Gründen: erstens wegen Exhibitionismus, aber davon hätten sie ihn ja leicht kurieren lassen können – die nehmen doch jeden.« »Jeden?« fragte ich. »Ja, jeden«, sagte er beharrlich, »aber dieser kleine schlaue Hennes, so nannte man ihn hier, der war zweitens auf eine Weise dumm, auf eine Weise unintelligent, mit der sogar sie nichts anfangen konnten. Wissen Sie, es fehlte ihm auch nur der Ansatz einer Dimension, die man

Geistigkeit nennt, eine Dimension, die Sie bei jedem Schwachsinnigen finden – nennen wir es Trauer, Schmerz, Angst, Verzweiflung, Sehnsucht, diesen Stich, wissen Sie, den jeder, der Herr Graf wie der Grubenarbeiter, hat. Unser Hennes war leer. Er konnte auswendig lernen, was immer sie ihm vorlegten – phantastisch, aber wenn ich ihn darauf ansprach und fragte, *was* er denn da aufsagte, da sah er mich an, als wüßte er nicht, was ich meinte. Ich wußte nie, ob ich ihm eine Eins oder eine Sechs geben müßte. Ich gab ihm leider Einsen, so kam er zum Pfarrer, kam ins Konvikt, und von da ging er zum Kommiß. »Dem da –« und er zeigte auf das Grab des Pfarrers Pleyel – »dem da, diesem redlichen, frommen Mann, hat er das Herz gebrochen, nicht nur als Person, auch als Phänomen.« Das Dorf Klissenheim war dann doch zu unansehnlich durch die aufgeklinkerten Kotten, zwischen die Garagen gequetscht waren.
Auch das gab für meine Broschüre nichts her. Sollte ich etwa schreiben: Brach einem alten, redlichen, frommen Pfarrer das Herz? Wurde wegen Exhibitionismus aus dem Konvikt geschmissen, ihm fehlt die geistige Dimension? Schließlich versuchte ich es mit einem enorm wichtigen Publicityfaktor: dem Sport. Am besten wäre ein Jugendfoto gewesen, das ihn im Fußballdress zeigte, strahlend mit dem Ball auf dem Fuß, voranstürmend – oder als Torkeeper, wie er einen knallharten Schuß gerade hielt. Ein Hinweis auf den damals üblichen sportlichen Idealismus, den selbstverständlichen Amateurstatus, hätte ein solches Foto zu einem Knüller gemacht. Aber die alten Schulfreunde, die ich auftrieb, grinsten nur, als ich nach seinen

sportlichen Aktivitäten fragte, und einer sagte: »Klissenheim Schande gemacht hat er nicht.« Ein anderer: »Er hat es ja nun wirklich zu etwas gebracht, aber wählen, nein, wählen tu' ich ihn nicht – und Fußball gespielt hat er nie, für Motorräder hatten wir kein Geld – und Fahrräder, vielleicht hat er wirklich eins gehabt. Getan hat er ja was für uns, als er aus Amigefangenschaft kam, sprach gut englisch, half als Dolmetscher beim Wiederaufbau, hatte gute Beziehungen, das muß man sagen – aber den wählen: nein. Auch wenn er in der Partei ist, die ich wählen möchte.«

Ein Foto mit Motorrad wäre fast so gut gewesen wie ein Fußballfoto, aber das einzige Sportfoto, das ich bei einer älteren Tante auftrieb, zeigte ihn als etwa Fünfzehnjährigen mit Rucksack auf einem Fahrrad – immerhin. Wir schrieben darunter: »Radwandern, das war schon früh seine Leidenschaft«, und wir zwangen ihn, sich als Fünfundvierzigjähriger in kesser Haltung auf einen nagelneuen Schlitten zu setzen. Schließlich gab's in seinem Wahlkreis auch Fahrradindustrie. Wir knipsten ihn und schrieben drunter: »...und ist es noch heute.« Irgendwas, was, habe ich nie herausgefunden, wurde im Dorf hartnäckig verschwiegen. Er brachte es dort nur auf 28 Prozent, obwohl wir sein wirkliches Verdienst um den Wiederaufbau ohne zu schwindeln verkaufen konnten: »Unermüdlich nutzte er seine Englischkenntnisse und seine in der Gefangenschaft erworbenen Bergbaukenntnisse zum Nutzen seiner geliebten Heimat.« Als ich dann noch im Archiv der Bergbauverwaltung ein Foto von ihm mit kohlenstaubverschmiertem Gesicht auftrieb, brauchten wir Apfelwange nur noch Kinder tätschelnd, Frauen zulächelnd, mit seinem Hund beim Spaziergang in voller Lebensgröße abzulichten. Und das brachte auch was, eben nur nicht in seinem Heimatdorf, wo ich fast nur auf Grinsen stieß.

Ich bog die krummen Ecken in seinem Lebenslauf zurecht, indem ich schrieb: »Schmerzliche Umwege entfremdeten ihn zeitweise seiner geliebten Kirche, der er sich später mit erhöhter Heftigkeit wieder zuwandte. Er war tapfer als Soldat, aber schon früh entsetzt über die Kriegsziele einer irregeleiteten Regierung.« Natürlich hätte ich lieber »faschistischen« oder »verbrecherischen Regierung« geschrieben, aber das wurde mir strikt gestrichen. Ein paar Mädchengeschichten, von denen ich erfuhr – sie wurden überraschenderweise ohne Schmunzeln, eher mit Bitterkeit erzählt – überraschten auch mich, ich hatte ihn eher für einen Homo gehalten –, daraus machte ich: »Kein Wunder, daß er so manches Mädchenherz brach.«

Es gibt geheimnisvolle Gesetze, nach denen Weibergeschichten dem einen Politiker nützen, dem anderen schaden. Da müssen völlig irrationale, mythische Motive eine Rolle spielen, die wir noch nicht haben analysieren können. Chundt und Plukanski sind Typen, denen zum Beispiel Weibergeschichten nutzen, christlichen Politikern nützen sie fast immer, linken nie. Möglich, daß das an dem moralischen Anspruch liegt, den die Linke ausstrahlt, während die Rechte geradezu durch offene Amoralität Stimmen gewinnt. In diesem Sinne war Plukanski eindeutig ein Rechter. Schließlich kam der Adel doch noch in die Story rein: Er heiratete eine Gräfin Auel, eine sympathische, ländliche Person von schlichter Schönheit mit kleinem, aber wohlgepflegtem Besitz: Obstplantagen – Forellenzucht. Und was wichtiger war für die Fotos: Hundezucht. Da gab's herrliche Fotos: wie er, von Welpen umzingelt, wie ein strahlender Apfelwangenlaokoon auf der Terrasse des Schlosses zu sehen ist. Auch Kinder bekamen sie, die sich später ländlich-gräflich lodengekleidet ganz gut machten. Da ließ sich was rausholen: »Arbeiterkind heiratet Gräfin. Was sie verbindet, ist das christliche Erbe.«

Inzwischen weiß er schon seit zwölf Jahren nicht mehr, wie das Schlafzimmer seiner Frau aussieht, und sie kriegt Kinder von einem Liebhaber, Kinder, die er ungerührt legitimiert. Nur die jetzt achtzehnjährige Ruth und der sechzehnjährige Huldreich sind von ihm, der elfjährige Ethelbert und die neunjährige Mechthilde stammen aus fremden Lenden. Damit ist das Dekor nicht zerstört: in Wahlkampfzeiten besucht er seine Frau, läßt sich mit ihr fotografieren, sitzt sinnend, im Gespräch mit ihrem Liebhaber, einem netten Agronomen, versunken auf der Terrasse, besteigt gelegentlich ein Pferd, und einmal hat er sogar eine Mistgabel in die Hand genommen, die Ärmel hochgekrempelt.

Dabei lebt er ausschließlich hier, seine Adresse gilt als bescheiden – in einem Altbauviertel, wo abwechselnd ein Haus schick aufgemöbelt, ein anderes verkommen ist. Da wohnen Türken, Studenten, Wohngemeinschaften, Aussteiger – in den schicken Häusern wohnen Ärzte, Anwälte, heimliche Millionäre – in riesengroßen Wohnungen, die geräumiger sind als manches kleine Schloß. Jedenfalls ist es kein Villenviertel, und die Autos, die auf der Straße parken, sind zerbeult und

dicht, und da seine Gebärden wirklich etwas Segnendes haben, kann ich ihn mir gut als Bischof vorstellen, und einen Augenblick lang fürchtete ich, er würde mich umarmen. Nach neuesten Erkenntnissen ist er bi, und wenn ich mir überlege, ob er denn wirklich keine menschlichen Regungen hat, muß ich gestehen, er hat welche: sexuelle und Geld. Das Kaminfeuer brannte, und er sagte zu mir mit seiner unnachahmlichen Stimme, um die ich ihn natürlich beneide – sie ist leise und doch dröhnend –: »Mein lieber Grobsch, was würde ich ohne Sie machen?« Nichts, dachte ich, ohne mich wärst du nichts.

Vom Sofa erhob sich eine attraktive Blondine, die genauso gut ein etwas aufgepolsterter Junge hätte sein können. Er stellte sie mir vor: »Das ist Lore, vor ihr hab' ich keine Geheimnisse.« Sie war wirklich hübsch, schlank, blond, und ich überlegte mir, wie ich den alten Trick anwenden könnte, mit dem man feststellt, ob einer weiblich oder männlich ist. Man wirft einen Apfel oder Ball auf den Schoß zu: wenn sie (er) die Beine spreizt, ist sie (er) eine Frau – wenn sie (er) die Beine zusammenklemmt, ist sie (er) ein Mann – jedenfalls in abendländischen Gefilden, wo die Frauen habituell Röcke tragen und die Männer Hosen. Ich sah ihr in die Augen, und sie lächelte, als wollte sie sagen: Beruhige dich, ich bin wirklich eine Frau.

Ich setzte mich, und Lore schenkte Sekt ein. Viermal mindestens im Monat, und das seit zehn Jahren, also immerhin fast fünfhundertmal bin ich in seiner Wohnung gewesen, und er hat immer noch nicht kapiert, daß Sekt mich schläfrig macht, wie Kaffee übrigens auch. Wenn ich arbeiten muß, brauche ich Tee und

Mineralwasser, und manchmal putscht mich Bier geradezu auf. Meine proletarischen Organe sprechen auf Sekt nicht an. Mein verkorkster Magen – zuviel billige Würstchen, zuviel billiger Kartoffelsalat – hat mich kaputtgemacht, zu früh mußte ich arbeiten, um durchs Gymnasium und auf die Universität zu kommen.
Zum fünfhundertsten Mal lehnte ich den Sekt einigermaßen höflich ab, und zum fünfhundertsten Mal griff sich Plukanski an die Stirn, als fiele es ihm wieder ein. Lore nahm den Sekt weg, brachte Bier, und wir fingen an. Eine dreizehn Minuten lange Rede über die Chancen und Gefahren der neuen Medien. Die Partei war zur Einsicht gekommen, daß es nicht gut sei, wenn *alle* ihre führenden Mitglieder uneingeschränkt die neuen Medien begrüßten. Es sollte auch *eine* kritische Stimme hörbar werden, das sollte er sein, und ich hatte ihm einen entsprechenden Text verfaßt. Wie üblich ließ ich ihn das Manuskript erst durchlesen, und weil er aufstand, stand auch ich auf, ging hin und her und bewunderte seine Antiquitäten und Kunstschätze. Es sind Dinge darunter, deren Schönheit und Wert sogar ich erkenne: dieses dekorative, durchbrochene, auf orangefarbenem Samt befestigte Paneel gefiel sogar mir, es stammte wahrscheinlich aus einem Serail. Die chinesischen Pornotafeln sind derart raffiniert, daß ich manchmal gegen meinen Willen in sexuelle Erregung verfalle, und diesmal ertappte ich mich dabei, daß ich begehrliche Blicke auf Lore warf, die ihr Seidengewand für einen Augenblick beiseite schob, so daß ich sehen konnte: ihre Brust war wirklich eine Frauenbrust. Da hob Apfelwange die Hand: »Wieder einmal vorzüglich, Grobsch.«

Was habe ich ihm nicht schon alles in den zehn Jahren an Reden zurechtgeschustert, einmal sogar über Schuhe, aber auch über Schule, Kirchen, Katastrophen und Bäume. Soziologie, Psychologie und Werbung und Jura – das hab' ich studiert und gelernt und habe das alles mit ein paar theologischen Grundsätzen angereichert. »Kabelsuppe, Kabelgemüse, Kabelhauptgericht, Kabelnachtisch, Kabelsalat, Kabeleintopf, Würgekabel, von Kabeln erwürgt wie Laokoon, Kabelwerbung, Kabel als Werbewürgung« das dröhnte in seiner Stimme, mit ihr. Er war aufgestanden, mit dem Manuskript in der Hand: überzeugend und überzeugt klang das aus seinem Mund, und je sicherer er in der Intonierung wurde, desto gewisser wurde er: das waren nicht mehr meine, das waren seine Worte, seine Meinung war's und sein Konzept. Er nahm es an und nahm es auf, machte es zu seinem Besitz, und gewiß war das genau die Fähigkeit, die ihn für die Partei unersetzlich machte: Stimme, Gestik, Aussehen – und die endgültige Besitzergreifung fremder Gedanken und Formulierungen und Erkenntnisse.
Er wurde, während er auf- und abschritt, sogar zum Intellektuellen, war gleichzeitig volkstümlich, und mein ganzer verdrehter, intellektueller Kram – in seinem Mund wurde er verständlich. Und ich begriff, warum er alle seine früheren Referenten und Redeschreiber so rasch verschlissen hatte, rascher als mich hatte er sie verschlissen und hoch belohnen lassen: Oberbürgermeister, Intendanten, Bankdirektoren, Gesandte waren sie geworden. Er hatte sie abgeschoben, weil sie zu deutlich und beharrlich immer wieder auf ihr geistiges Eigentum gepocht hatten. Sie hatten

ihm ihre intellektuelle Überlegenheit gezeigt. Das tat ich nie: was ich für ihn schrieb, gehörte ihm, und er war stolz darauf. Was mich juckte, war nur der Gedanke, ihm mal eine Rede reinzuwürgen, die ihn blamieren würde, bevor ich ihn erwürgte: elegant formulierten Total-Marxismus, geschickt rhythmisierten Anarchismus. Es war schon majestätisch, wie er da hin- und herschritt, Apfelwange mit Löwenmähne, die Gesten mal knapp, mal ausladend, wie er innehielt, seine, seine ureigene Rede hielt und wie er das aussprach: ... »verhunzte Verkündigung der in der Kabelhölle verratenen frohen Botschaft«.
Ich hatte Anweisung – nicht von ihm, sondern von oben –, ihm immer auch ein paar religiöse bis metaphysische Vokabeln »an legitimer Stelle« einzubauen, die er dann hinausdonnern konnte wie ein barocker Bußprediger: »das verseuchte Gotteswort«.
Ich, ich hätte sogar eine viel bessere Rede zur Makulatur gemacht. Ich dachte daran, wie er mich wohl entlohnen würde: als Botschafter war ich unbrauchbar, ohne Eva völlig verloren, und da sie nicht mein legitimes Weib war, konnte ich sie gar nicht mitnehmen, nur möglicherweise als Protokolltante getarnt. Ich würde nie lernen, einen Hummercocktail von einer gewöhnlichen Fischvorspeise zu unterscheiden, würde eventuell sogar der Hausfrau ins Ohr flüstern: »Das ist aber ein ausgezeichneter Hering.« Zum Bankpräsidenten war ich noch weniger geeignet, weil ich zuviel darüber nachdenken würde, wo das Geld hinfloß und wie es vervielfacht zurückströmte. Oh, Beethoven, und die stilechten Truhen, waren sie nun georgian oder edwardian – und alles bezahlt mit der göttlichen Mate-

rie, die uns in den Gefilden des gottseligen Marcos oder des gottseligen Pinochet und sogar aus den Gefilden des allergottesseligsten Breschnew wie Milch und Honig fließen, diese göttliche Materie, die aus Schweiß und Blut, aus Tränen und Scheiße gemacht wird. Und wenn ich an Kapspeter dachte, verblaßte sogar Plukanski zu einem der vulgären Lumpen, die in die Politik geschickt werden, um Scheiße zu fressen. Kapspeter badete täglich in Drachenblut, und kein Lindenblättchen fiel auf seinen zarten, weißhäutigen Greisenkörper. Wo waren sie denn geblieben, das Geld und die Haare und das Gold vom allerletzten herausgebrochenen Goldzahn, wo war's geblieben? Wer hat für die Seife kassiert, die sie aus den Leichen gemacht haben und für die Haare, aus denen sie Matratzen machten? Wo waren sie, die Herren mit den feinen Gesichtern und Händen wie zum Spinettspielen? Über welche Konten war denn alles gerutscht? Oh, welcher Engel, wer von euch Engeln hat mich da an der Schulter berührt, diese metaphysische Elektrizität auf mich übertragen, die mich schaudern macht – mich, den allgemein bekannten Zyniker, Analytiker, Auseinandernehmer und Zusammensetzer. Mich, dem weder Chundt noch Blaukrämer, nicht Halberkamm oder Bingerle imponierten – wer hat mich aufgeladen mit einer Unruhe und Kraft, die nur durch Evas Suppe und ihr Lavendelöl zu beruhigen sind.
Bei Beethoven muß ich immer weinen, ich weiß, daß das geschmacklos ist, ich weiß, daß man das nicht tut. Ich muß, ich kann nicht anders. Nur gestern bei Kapspeter hielt ich die Tränen zurück und sagte mir: Vor denen nicht weinen, vor denen nicht. Da hätte ich

eher bei Plukanski geweint. Kerbelsuppe mit etwas Milch, einer Spur Honig und Sherry und zerfasertem, ganz zartem Fleisch. Wie werde ich ohne dich, Eva, leben – und ohne deine Suppen, die ich leider nicht vorm Fernsehen essen kann, weil meine Brille beschlägt. Oh, Eva, geh nicht weg von mir, laß deinen Kubaner endgültig sausen, er ist kein Kitsch: ein harter Junge mit dem Charme eines Kommunisten-Macho, und du würdest auf Kuba hocken und nicht mehr rauskommen. Nein, der Junge ist kein Kitsch – er tachelt für Fidel und träumt von Che, ist lieber draußen als drinnen, wo ihn die Bürokratie erstickt. Ich kann schon verstehen, daß du bei ihm sein willst, er hat noch was von dem strahlenden Leichtsinn, mit revolutionärer Wut gepaart, das uns alle, mich jedenfalls, einmal ergriffen hat, ja, ergriffen. Aber bilde dir nicht ein, du könntest mit ihm ein Abenteuer beginnen. Bleibe bei mir, und wenn du unbedingt nach Kuba willst, warte, bis ich mit dir gehe. Du brauchst einen Zyniker, einen Analytiker, einen Juristen und Soziologen, du brauchst einen Politiker, einen, der Politik macht. Bleib bei mir, heiraten brauchst du mich nicht, und wenn sie mich dann belohnen für treue, diskrete Dienste, dann wünsche ich mir einen Intendantenposten, die einzig wahre Macht neben den Banken. Und eine Gräfin, eine echte, wenn auch keine geborene, würde mir gut stehen, mit ihrer keuschen Leichtfertigkeit und ihrem unfehlbaren Geschmack, und dann, dann kann ich endlich Politik *machen.*
Noch bleib' ich hier und hoffe für immer: dies ist mein Staat, er hat mich gemacht und ich ihn. Und wenn Kapspeter mich einladen läßt, *läßt*, Eva, durch seine

Tochter – aus Neugier und Herablassung, mit einer Spur Ekel und Verachtung, so läßt er mich eben doch einladen – und ob ich ihn einladen würde? Lacht nur! Lacht, und verstehst du nun, Eva, daß ich in *der* Partei bin, von der du am wenigsten geglaubt hättest, ich könnte in ihr sein? In *die* Partei gehöre ich, gerade weil ich auf Herz-Jesu-Bildchen gepißt habe.
Immer wieder versucht Apfelwange, sich vor der letzten, entscheidenden Pauk-Konsequenz zu drücken, zu der ich ihn gezwungen habe und zwingen muß: in sein Arbeitszimmer gehen, allein mit sich und mit seiner Stimme die ganze Scheiße auf Tonband sprechen, damit wirs dann gemeinsam noch einmal abhören können – sozusagen objektiv. Er hört sich und ich höre ihn, und nicht aus seinem Mund, sondern aus dem Lautsprecher. Das kann ich ihm nicht erlassen: es ist die letzte und wichtigste Probe, den Rhythmus, die Intonierung, die Glaubwürdigkeit der IMPs zu kontrollieren, und es ist nur gut, wenn ihn dann seine eigene Rede ankotzt. Dann kotzt er sie, wenn er sie halten muß, richtig aus, und er sollte wissen und spüren: Politik ist hart, ist schmutzig, notwendig – und zum Kotzen.
Immer wieder versucht er, sich zu drücken, aber ich habe eine Art, ihn anzusehen und durch eine Kopfbewegung ins Nebenzimmer zu dirigieren, der er nicht widerstehen kann, und so schlich er sich raus wie ein Hund, der beißen möchte, aber sich dann doch entschließt, mit dem Schwanz zu wedeln. So blieb ich mit Lore allein, die sich zu mir setzte und nun auch zu Bier überging. Sie fragte mich nach meinem Werdegang – ich verschwieg meine proletarische Herkunft, schilderte kurz Schule, Universität, politische Arbeit:

Abgeordneter, Ausschußarbeit. Nichts von meinem Vater, einem Arbeitskrüppel mit verstümmelten Beinen, der von einem Transmissionsriemen zum Krüppel gepeitscht wurde und den sie wegen angeblicher Fahrlässigkeit mit kümmerlicher Rente beschissen haben. Nichts von meiner Mutter, einer resoluten Schönheit mit Herz und dem unerbittlichen Wunsch, uns alle »was werden zu lassen«. Hinterhof in Wuppertal: der Geruch der Abfälle, huschende Ratten und die graue, ewig tropfende Wäsche auf den Recks. Hätte ich ihr das, die sie da in ihrem Seidengewand saß, erzählen sollen? Mutter katholisch, Vater ostpreußischer Protestant, der immer und überall: nichts, nichts, nichts murmelte und nicht einmal an den Sozialismus glaubte. Humpelte zu seinen Kumpels, die ihm ihren Kropotkin zusteckten; zwei Zimmer, Klo und Wasserhahn eine Halbtreppe tiefer. Was man heute »erste sexuelle Erfahrung« nennt, im Flur, da mußten wir den Mädchen zeigen, »was wir hatten«, und sie zeigten uns, was sie hatten, und wir griffen aneinander herum, bis die Juchzer kamen, entdeckten eine Quelle kostenloser Freuden, und dann wollten die Mädchen es »richtig«, und wir gaben es ihnen richtig.

Sollte ich das alles der in Seide gehüllten Lore erzählen, die immer deutlicher zeigte, daß sie wirklich eine Frau war, ihr auch gestehen, daß es mein Trauma gewesen war, es nie im Liegen zu können, nur im Stehen, konnte nur die Proletenkellertreppennummer. Geduldig, liebevoll, manchmal mit Tränen in den Augen, hatte Eva mich gelehrt, im Liegen zu lieben. Wie schön es war, zu liegen, und vor allem: liegenbleiben zu können. Wir zu Hause hätten nicht gewußt, wo uns hinlegen. Meine kluge Eva, die errötet, wenn auch nur die geringste Anzüglichkeit geäußert wird, sie hat's mich gelehrt: nicht nur im Bett, auch im Wald auf Wiesen, im Sommer, liegend. Und früher konnte ich nicht einmal im Park, wo wir uns doch hätten hinlegen können, immer nur am Baum und an der Banklehne. Es gab eine Zeit, da hielt ich die, die sich hinlegten, für pervers. Und wir pißten auf die Heiligenbildchen und gingen doch mit zur Ersten Heiligen Kommunion, bekamen Kleider gestiftet von mildtätigen Damen, die auch selbstgebackenen Kuchen brachten, Sträußchen und kalten Aufschnitt, nur kein Bargeld, weil wir doch mit Geld »nicht umzugehen« wußten. Nein das wußten wir nicht, weil wir keins hatten. Und natürlich bekam ich Bildungsförderung, Stipendien, denn ich war ja »so begabt«, mußte aber auch arbeiten: schleppen und hacken, Umzüge und Müll, mußte die Kotzdämpfe in der Chemischen schlucken, und ich verfluchte manchmal meine Begabung, wenn ich abends büffelte, bei abgeblendetem Licht, weil mein Bruder und meine Schwester schon schliefen in der Ecke. Latein oder Adorno, Hegel und Hölderlin, verfluchte den Alten, wenn er wieder mal besoffen war, und kaufte ihm doch Schnaps, wenn er keinen hatte, aus *Solidarität*, trotz Adorno und Hegel und Hölderlin. Und natürlich ging ich in die Partei der mildtätigen Damen, nicht in die andere. Bei denen konnte ich schneller, was ich wollte: aufsteigen. Aufsteigen wollte ich, und das war bei den anderen eine zu mühselige Ochsentour. Also ging ich zur Partei der mildtätigen Damen, die uns kein Bargeld gaben, weil wir damit nicht umgehen konnten. Natürlich ging ich in die

Kirche, schon meiner Mutter wegen, und behinderte meinen Aufstieg nicht, und ich gehe noch heute in die Kirche, auch wenn ich den Anblick eines Pfaffen nur schwer ertragen kann.
Und ich gehe sogar manchmal zur Bank, hole mir Geld, viel Geld, obwohl es mich schaudert, wenn ich mir überlege, wo das Geld herkommt, und immer noch nicht kann ich mit Geld »umgehen«. Es ist kein Umgang für mich, denn ich habe keinen Geschmack. Um mit Geld richtig umgehen zu können, muß man Geschmack haben, und den hab' ich nicht, den hat auch Eva mir nicht beibringen können; dazu muß man vielleicht geboren oder anders erzogen worden sein. Plukanskis Mutter hat Geschmack, er selbst, Eva und Krengel und Kapspeter. Wo kann man das lernen? Wie entsetzt Eva war, als sie mich zum ersten Mal in meiner öden Abgeordnetenbude besuchte, alles fand sie »greulich bis abscheulich«, nannte es eine Hundehütte, und seitdem ist eins unserer quälenden Lieblingsthemen Geschmack und Charakter und wie es kommt, daß mehr Leute mit gutem Geschmack einen schlechten Charakter haben und mehr Leute mit schlechtem Geschmack einen guten. Ich könnte keinen Stuhl kaufen, keine Tapete aussuchen, und wenn ich Geschirr kaufen sollte, ich suchte automatisch nach dem Kitsch der späten vierziger Jahre, den es zum Glück nicht mehr gibt. Und manchmal, wenn ich zu irgendeinem ganz feinen Diplomatenessen eingeladen bin, dann fahre ich heimlich zur nächsten Frittenbude und esse Currywurst mit Fritten und Mayonnaise, um satt zu werden, weil ich es nicht abwarten kann, bis Eva mir ihre wunderbare Suppe serviert.

Und plötzlich wußte ich es, weiß nicht, ob ich es *roch* oder in ihren Augen sah: Lore war von meiner Art. Und sie erzählte, was ich ihr nicht erzählt hatte: von ihrer proletarischen Vergangenheit, nicht in Wuppertal, in Köln, und fast eine Generation später, nicht Hinterhof, sondern Asozialensiedlung der frühen fünfziger Jahre. Und sie kannte sie: die Kellertreppennummer und die Juchzer kostenloser Freuden und kannte die mildtätigen Damen, die Naturalien brachten, weil man doch mit Geld nicht umgehen konnte. Und ihr Vater, kein Krüppel, war auch ein Säufer, aber »einer mit Charme, und das sind die schlimmsten«, und auch sie hatte in der chemischen Fabrik das Kotzen gelernt, und auch sie kaufte ihrem Vater Schnaps, obwohl sie sein Saufen haßte, und auch sie wollte aufsteigen, früh genug, bevor die Arbeit sie kaputtgemacht hatte. Und sie fand es besser, Plukanskis Gefährtin zu sein, als von mildtätigen Damen was zugesteckt zu bekommen: ein paar Strümpfe, ein Stück Seife, diskret sogar eine Packung Pillen, damit sie, wenn sie schon »ausschweifend liebte«, nicht auch noch schwanger wurde. Ach, Lore, zwei Frauen kann man nicht haben, das ist ein bürgerlicher Traum, das ständig gesuchte Dreieck, das schwerer zu finden ist als die Quadratur des Kreises. Zwei Frauen kann man nicht haben, entweder eine – oder ein paar Dutzend wie Chundt. Sonst würde ich dich mitnehmen, denn du hast auf den Falschen gesetzt, dessen Aufstieg ist bald zu Ende, und wohin willst du dann aufsteigen? Was hast du gelernt: Schule mäßig, chemische Fabrik und ein bißchen Prostitution. Kind, ich hätte es riechen müssen, daß wir von der gleichen Art sind.

Das hätte sie nicht tun sollen: aufstehen und ein Tonband auflegen. Beethoven – nein. Ich war schon fünfundzwanzig, kurz vor meiner Promotion, als mich eine Freundin mit ins Konzert nahm. Bis dahin hatte ich nur geträllert, geschwoft und schräge Platten gehört. Und als ich Beethoven hörte, mußte ich weinen, ich konnte nichts dafür, da half nichts. Ich mußte weinen, da half auch nicht die intellektuelle Flucht in salzsäurehaltigen Parteizynismus. Da hilft nichts. Ich habe keine Ahnung von Musik, hab' in der Schule gar nicht hingehört, weil ich zu müde war. Aber Beethoven, den kenne ich, den erkenne ich – woher? Woher kannte Lore ihn? Verdammt, auch sie weinte, und ich gab ihr einen Kuß.

Und da lag er, als wir endlich an ihn dachten und uns Gedanken darüber machten, wo er so lange blieb: da lag er, der Hennes aus Klissenheim, in seinem Arbeitszimmer, lag japsend über seinem Schreibtisch. Wir erschraken, wie blaß er geworden war: keine Spur mehr von Wangenrot. Der Telefonhörer hing baumelnd herab, und vom Tonband ertönte seine dröhnende Stimme: »Im Kabelgewürge wird das göttliche Wort erstickt – erstickt.« Erstickt war er nicht, aber die Blässe in seinem Gesicht, das wir nur rosig kannten, zeigte einen Fremden, den ich doch zu kennen glaubte. Lore stürzte auf ihn zu, küßte ihn auf die bleiche Wange und schrie: »Du warst immer gut zu mir, immer gut!« Sie weinte tatsächlich, und unter ihrem Make-up kam die Proletenkellertreppenhaut zum Vorschein: eine ins Grünliche spiegelnde Blässe, die auch mein Kennzeichen ist. Ich stellte das entsetzliche Tonbandgerät ab, nahm den baumelnden Hörer ans

Ohr, sagte: »Hallo?« und hörte sie, die Stimme, die ich so gut kenne, Blaukrämers essigscharfes Organ: »Hast du immer noch nicht kapiert? Du bist erledigt. Die Polen haben's geschafft, was wir nicht geschafft haben.«
Lore nahm mir den Hörer aus der Hand. »Arzt oder Polizei?« fragte sie bange. »Arzt«, sagte ich – ich wußte nicht, ob es Mitleid war, Angst oder auch nur Schrecken, als ich ihn da liegen sah, unkenntlich durch seine Blässe und doch bekannt: den altgewordenen Hennes aus Klissenheim, der's doch nicht geschafft hatte.

Kapitel 7

Elisabeth Blaukrämers Zimmer im Kurhotel Kuhlbollen, geräumig mit Schreibtisch, Telefon, Fernsehapparat, zwei großen Fenstern mit Blick über Wiesen hin zum Waldrand. An den Wänden Drucke von Klee, Chagall, Hundertwasser oder Picasso, Blumen auf dem Nachttisch, Blumen auf dem Schreibtisch. Das Zimmer ganz in Tönen zwischen Gelb und Braun gehalten, viele Abstufungen von Beige, die Decke mit einer altgoldenen Leiste abgesetzt. Im Vordergrund, links von dem kleinen Schreibtisch, eine Art Eßtisch, umgeben von einer Sitzgarnitur, die aus einer dreisitzigen Couch und zwei Sesseln besteht. Frau Blaukrämer sitzt auf der Couch, ihr gegenüber in einem der Sessel Frau Dr. Dumpler, die etwa Mitte dreißig ist. Frau Dumpler ist nicht als Ärztin zu erkennen, beide Damen dezent gekleidet. Auf dem Tisch Teekanne, Tassen, in einer Schale Gebäck.

DR. DUMPLER Wenn Sie zu der Einsicht kämen, daß Sie Ihre Erinnerungen sowohl verschönt wie, sagen wir, verhäßlicht haben, brauchten Sie sich nicht zu schämen. Die meisten Menschen verschönern Erinnerungen und verschlimmern die Ursachen ihrer Traumata. Bei vielen Traumata, die später entstanden sind, werden die Ursachen in Jugend und Kindheit zurückverlegt, zu Eltern, Lehrern. Andere, häßliche Erinnerungen verschönert man sich. Es gibt Fälle, wo die Eltern *nachweislich* liebenswürdig und sorgsam waren,

in der Erinnerung aber zu Scheusalen gemacht werden, wo freundliche Liebeserfahrungen zu häßlichen werden und umgekehrt. Männer, die verführt worden sind, verwandeln sich in Eroberer, Verführer. Bei Ihnen liegt beides vor: ein sehr häßliches Erlebnis wird verschönert und ideologisch verfärbt. Wir haben verbürgte, zum Teil eidesstattlich bestätigte, zum größten Teil schriftliche Aussagen über den Tod Ihres Vaters und Ihres Bruders sowie der Familie Plotzek. Ihre Mutter, Ihre verstorbene Schwester, die überlebende Tine Plotzek, jetzt Frau Ermeck, haben geschworen, daß Ihr Vater von den Russen erschossen, dann aufgehängt worden ist wie Ihr Bruder ... ebenso die Familie Plotzek. Sie dagegen bleiben hartnäckig dabei, daß es sich um Mord und Selbstmord gehandelt hat. *Lächelt.* Es muß einen sonderbaren Russen-Rechtfertigungsmechanismus in Ihnen geben, der mit dem zweiten Erlebnis zusammenhängt, das Sie hartnäckig romantisieren.
ELISABETH BLAUKRÄMER *ruhig:* Ich weiß, meine Mutter und meine Schwester behaupten, ich sei von Dimitri vergewaltigt worden, mit dem sechzehnjährigen Eberhard Plotzek aber hätte mich eine romantische Liebesbeziehung verbunden. So ganz nach bewährtem schottisch-englisch-romantischem Muster: Adeliges Fräulein liebt Pferdeknecht. Romantisch war an dieser Beziehung zu Eberhard nichts: er hat mir immer wieder unter den Rock gegriffen, und ich habe ihm jedesmal eine geknallt. Verraten wollte ich ihn nicht, und er wußte das, er wollte mich mit Gewalt nehmen. Und Dimitri *Lächelt* den habe ich nicht gerade vergewaltigt, aber ich habe ihn fast gezwungen, mich zu küssen und mir seine Liebe zu gestehen, er war so unglaublich

schüchtern. Er brachte uns immer Zucker, auch Tee, mal eine Tafel Schokolade, auch Speck. Er war zum Erbarmen schüchtern, dazu kam der Respekt vor dem Scheißadel, den die Russen doch alle in den Knochen haben, er war mit seinem Chef, einem Oberst, bei uns einquartiert. *Frau Dr. Dumpler will sie unterbrechen, aber sie steht auf, bricht aus, spricht lauter.* Mein Vater und mein Bruder, die Plotzeks von den Russen hingerichtet – von wegen! Das paßte nur zu gut in die Flüchtlingsstory. Mord war's und Selbstmord. Zuerst haben sie unsere beiden letzten Pferde erschossen, Blut auf dem Stallboden, dick, viel Blut, und sogar den kleinen Erich mit dem Wasserkopf haben sie aufgehängt. Nicht einmal ein kleines deutsches Wasserköpfchen sollten die Russen haben. Ich hab's gehört und hab's gesehen. *Deutet auf die Deckenleiste.* Da oben haben sie gehangen, an dem Deckenbalken, zwei Plotzekkinder, mein Vater, mein Bruder und Plotzek selbst. Um die Weiber, haben sie gesagt, ist's nicht schade, sind sowieso alles Huren. Haben alle erschossen und aufgehängt und dann sich selbst daneben gehängt.
Ja, das nennt man dann wohl ein Trauma. Und dann ging's rasch, wir mußten weg, und meine Mutter, die hatte nichts anderes im Sinn: ob man das Pferdefleisch nicht mitnehmen könnte – sie dachte immer nur ans Fressen. Mag sein, daß hinterher welche kamen, die vergewaltigt, erschossen und aufgehängt haben, mag sein, aber ich bin nicht vergewaltigt worden. *Leiser.* Er sah aus wie siebzehn, war zweiundzwanzig, Dolmetscher, ja, wir liebten uns, machten Liebe miteinander, aber dann, dann war er zu zartfühlend, noch Speck

mitzubringen. Speck und Liebe das lag seiner lyrischen Seele nicht, nur noch Tee und Zucker, und meine Mutter fragte mich, warum jetzt keinen Speck mehr – verstehen Sie, warum *jetzt* keinen Speck mehr. Sie wußte alles, und es war ihr recht. Sie wollte ihren Speck in der Pfanne und im Gemüse und auf dem Brot, und meine jüngere Schwester maulte nach Milch und Kakao, und ich, ich war nicht so zartfühlend wie Dimitri.

Frau Dr. Dumpler will sie wieder unterbrechen, Elisabeth Blaukrämer hält sie durch eine Handbewegung zurück. Nein, warten Sie, Dimitri erzählte mir viel, viel zuviel von den Verhören, bei denen er dolmetschte. Alles über Mord und Brand und Zerstörung, auch über die Verhöre, bei denen er nicht zu dolmetschen brauchte, Verhöre mit Russen über Plünderung, Vergewaltigung. Wir liebten uns, wenn Sie verstehen, was das bedeutet, wir krochen zusammen. Und meine Mutter wollte Speck, auch Butter verachtete sie nicht. Und Dimitri hatte immer noch Respekt vor ihr, weil sie doch eine Baronin war. Dann wurde er verhaftet, und es gab natürlich keinen Speck, keine Butter, keine Milch, keinen Tee und keinen Kakao mehr, kein Mehl, um Brot zu backen. Und auch Dimitris Oberst wurde verhaftet, und da war's dann Zeit, von Ost nach West zu gehen. Zeit auch, die Story aufzubauen.

DR. DUMPLER An der Sie mitgewirkt haben.

ELISABETH BLAUKRÄMER Ja, habe ich, ich habe die ganzen Räuberpistolen miterzählt.

DR. DUMPLER Er-logen also – nach Ihrem Verständnis gelogen, was möglicherweise doch wahr war.

ELISABETH BLAUKRÄMER Ja, gelogen. Ich habe

noch versucht, über Dimitri etwas zu erfahren – nichts – nichts, nichts.

DR. DUMPLER Sie waren auch bei der deutsch-sowjetischen Freundschaft aktiv?

ELISABETH BLAUKÄMER Ja, war ich, ich wollte ja auch im Osten bleiben, ach, wäre ich dageblieben. *Setzt sich erschöpft, fängt an zu weinen.*

DR. DUMPLER Sie wollten freiwillig in der Ostzone bleiben?

ELISABETH BLAUKRÄMER Ja. Aber meine Mutter meinte, jetzt wäre es hier drüben besser: Wiedergutmachung, Wohnung, Geld, und vor allem waren hier Verwandte, die verpflichtet waren, uns aufzunehmen. Zunächst kamen wir ins Übergangslager.

DR. DUMPLER Damals muß Ihre Verwirrung begonnen haben. Verstehen Sie doch, daß wir Ihnen helfen, Sie heilen wollen, dazu beitragen wollen, daß Sie wieder glücklich sein können. Diese beiden Begebenheiten, die so widersprüchlich dargestellt werden, sie sind doch die Basis, der Kern Ihres weiteren Schicksals. Ihre Mutter und Ihre verstorbene Schwester haben doch übereinstimmend bezeugt: Vergewaltigung – und Mord.

ELISABETH BLAUKRÄMER Sie lügen eben übereinstimmend...

DR. DUMPLER Und Sie selbst geben zu, gelogen zu haben.

ELISABETH BLAUKRÄMER *erregt*: Wir wollten raus aus dieser Flüchtlingsbude, endlich raus. Und da kam Blaukrämer mit einer Kommission seiner Partei, machte mir einen Heiratsantrag, gab mir einen Tag Bedenkzeit, und meine Mutter sagte: »Nimm ihn, nimm ihn – dann brauchen wir nicht zu meinem geizigen Vetter Plodenhövel. Nimm ihn doch, und wenn's dann sein muß, werden wir eben katholisch.« *Leise.* Da habe ich ihn genommen – ich erfuhr, daß Dimitri mitsamt seinem Oberst spurlos verschwunden war.

DR. DUMPLER Sie hatten noch Verbindung zur Ostzone?

ELISABETH BLAUKRÄMER Ja, Dimitris Freund kam rüber, Ivan, es war gefährlich für ihn, aber er kam und sagte mir, ich solle möglichst weit in den Westen abhauen. *Leise.* Da hab' ich Blaukrämer genommen, und das ist meine Schuld, nicht seine.

DR. DUMPLER Ihre Ehe mit Dr. Blaukrämer beruhte also auf einer Lüge?

ELISABETH BLAUKRÄMER Ja, natürlich. *Kalt.* Auch seinerseits, er war nicht verliebt in mich, ihn reizte der klangvolle, adelige Name. Er wußte alles, ich habe ihm alles erzählt über mich und Dimitri, alles wußte er, er wußte auch, daß ich nicht vergewaltigt worden war. Vergewaltigt hat *er* mich dann. Und er hat alles, alles benutzt, um auch eine kirchliche Scheidung zu bekommen.

DR. DUMPLER Sie meinen Annullierung, eine kirchliche Scheidung gibt es nicht.

ELISABETH BLAUKRÄMER Na gut, meinetwegen Annullierung. Ich habe nie begriffen, was der Unterschied sein soll.

DR. DUMPLER *streng:* Es ist ein rechtlicher Unterschied. Es gibt keine kirchliche Scheidung.

ELISABETH BLAUKRÄMER Na gut, ein rechtlicher Unterschied, aber der Hauptgrund war, daß ich keine Kinder von ihm wollte. Ich wollte keine Kinder, nachdem ich so viele da oben *Deutet wieder an die Decke*, hatte hängen sehen – deutsche Kinder. *Leiser.* Sie können in den Scheidungs-, nein, Annullierungsakten …

DR. DUMPLER Die bischöflichen Akten sind für uns nicht einsehbar, stehen uns nicht zur Verfügung.

ELISABETH BLAUKRÄMER Natürlich nicht – aber da steht's drin, so, wie ich es Ihnen erzählt habe – *Ruhig* alles. Und natürlich: Ich hätte Blaukrämer nicht heiraten dürfen, hab' ihn getäuscht, er sich in mir. Ich klage niemand an, klage nur – hätte, hätte, wäre, wäre, wäre – aber es *ist* nicht, *war* nicht. Nun bin ich Mitte fünfzig, und das einzige, was war, ist Dimitri, und die Toten oben an der Lamperie in unserem Pferdestall – und Pferdeblut, viel, dick, auf dem Boden …

DR. DUMPLER Ihre Phantasie – die sollten Sie zähmen.

ELISABETH BLAUKRÄMER Ich habe keinen Funken Phantasie. Vielleicht ist das mein Unglück, vielleicht ist das meine Krankheit, die Sie heilen sollten. Phantasie habe ich nicht, nur Erinnerung, geben Sie mir Phantasie – und Freude.

DR. DUMPLER Es sind dann später Dinge in Ihre Erinnerung – ich möchte sagen geraten, die nur auf Phantasie beruhen können, und diese Dinge machen es eben schwer, Ihnen zu glauben, was Sie über Ihre beiden Basiserlebnisse berichten.

ELISABETH BLAUKRÄMER Zum Beispiel?

DR. DUMPLER Akten sollen vernichtet worden sein, ein Prälat soll sich unsittlich genähert haben, Herr Dr. Chundt soll in Ihr Zimmer eingedrungen sein – mit Erlaubnis Ihres Mannes, Herrn Dr. Blaukrämer.

ELISABETH BLAUKRÄMER Ich hab's gesehen, hab's

Wenn es nicht Phantasie ist, ist es eine klassische Verwechslung oder Verfolgungswahn, der mit Ihrem ersten Grunderlebnis zusammenhängt. Plietsch ist tot, amtlich für tot erklärt, sogar von den Russen. Sie *können* Plietsch gar nicht gesehen haben. Sie haben Plonius gesehen, der eine gewisse, vielleicht sogar starke Ähnlichkeit mit Plietsch haben mag.

ELISABETH BLAUKRÄMER Und seine Stimme, seine Augen, stahlblaue Herrenaugen – und die Narbe an seinem Hals?

DR. DUMPLER Narbe am Hals?

ELISABETH BLAUKRÄMER Die habe ich damals beim Tanzen gesehen, so groß nur wie eine Bohne, ein weißer Fleck an seinem Hals, gleich hinter dem Ohr – die habe ich doch beim Tanzen gesehen. Da soll ich nicht schreien dürfen, wenn ich den Bluthund gemütlich da sitzen sehe, mit Chundt und Blaukrämer und Halberkamm. Nie vorher habe ich geschrieen, habe alles über mich ergehen lassen, alles – trank ein bißchen, las meinen Stevenson, ging spazieren, hab' brav Stimmung gemacht, damit sie Stimmen bekamen. Aber Plietsch: Nein! Nein.

DR. DUMPLER Plietsch ist tot, und Plonius ist rehabilitiert. Es bestreitet niemand, daß er verstrickt war, aber er ist rehabilitiert – er ist nicht Plietsch. Es hilft Ihnen doch nichts, wenn Sie immer wieder sich selbst täuschen. *Seufzt.* Das alles ist doch länger als vierzig Jahre her. Ihre Ehe ist seit Jahren annulliert. Sie sind eine reife Frau von vierundfünfzig, körperlich gesund – und Sie wollen leben, sollen leben. Haben Sie denn gar keinen – ich meine: keinen religiösen Trost.

ELISABETH BLAUKRÄMER Sie meinen, ich soll auch nach Jesus schreien? *Schüttelt den Kopf.* Nein, das kann ich nicht. Ich hatte mal meinen Jesus, als Kind, als junges Mädchen – und auch noch in Huhlsbolzenheim, und Blaukrämer war meine Kreuzigung – ja – aber sie haben mir meinen Jesus ausgetrieben, vertrieben haben sie ihn – ich hab' ihn mir austreiben lassen. Wenn sie morgens dann alle in der Kapelle knieten, nach Saufereien und Orgien und Schweinereien – da knieten sie, die Hände vorm Gesicht, voller Reue und waren fromm, ganz echt fromm. Sogar Blaukrämer ist ein frommer Mensch, unbestritten, Chundt ist sogar ein halber Mystiker. Und der nette Prälat las die Messe – ihn hätte ich vielleicht lieben können – vielleicht war's mein Fehler, daß ich ihn nicht zu mir ließ – ein feinsinniger Mensch. Nein, da unten in der Kapelle, da ist mein Jesus davongeflogen – auf Nimmerwiedersehen – und dann noch Plietsch, nein –
DR. DUMPLER Wenn ich nur wüßte, was Ihnen fehlt – und es Ihnen geben könnte ...
ELISABETH BLAUKRÄMER Nichts fehlt mir, ich kann schwimmen gehen, Tennis spielen, spazierengehen, habe genug und schmackhaft zu essen. Täglich werden drei Menüs angeboten, und unten in der Bar sitzen Gigolos, die mit mir tanzen würden, wenn ich möchte, aber ich tanze nicht mehr – und abends kommen vom Waldrand her die Rehlein über die Wiese.
DR. DUMPLER Warum sagen Sie Rehlein statt Rehe? Es ist doch einfach nicht nett, die Schönheiten der Natur ironisch zu kommentieren. Und Gigolos – das ist eine Beleidigung unserer aufopfernden Mitarbeiter, die bestens ausgebildete Animateure sind. Sie haben

doch jede Freiheit; Ihr Auto steht vor der Tür, Ihren Autoschlüssel haben Sie in der Tasche, Dr. Blaukrämer ist nicht kleinlich mit finanziellen Mitteln. Sie können im Zimmer oder unten im Speisesaal essen, unsere Bibliothek steht Ihnen zur Verfügung, das Musikzimmer. Sie haben Fernsehen und Radio – und ärztliche Hilfe, wenn Sie sie brauchen. Aber Sie brauchen sie nicht, Sie sind organisch völlig gesund.

ELISABETH BLAUKRÄMER Und wenn ich wegführe, gar an den Rhein, wäre ich morgen wieder freiwillig hier?

DR. DUMPLER Auch, wenn sie wieder nach Huhlsbolzenheim fahren. Sie stören überall den Frieden, erzählen dort Ihre Schauergeschichten, reden über Plietsch, Sie verursachen Aufruhr, Haß und Feindschaft, berichten obszöne Details, Räuberpistolen über verschwundene Akten. Öffentliches Ärgernis ist kein privates Vergehen, es fällt unter Strafrecht, und Sie sollten dankbar sein, daß Sie hier sind.

ELISABETH BLAUKRÄMER Und nicht im Gefängnis, wo ich eigentlich hingehöre, wie?

DR. DUMPLER *legt die Hand auf Elisabeth Blaukrämers Arm:* Warum nur, warum nur sind Sie so sehr auf Zerstörung aus?

ELISABETH BLAUKRÄMER *ruhig:* Weil ich bin, was Sie noch nicht herausbekommen haben: zerstört. Ich hätte in Bleibnitz bleiben sollen, als Pferdeknecht bei den Russen. Ich hätte mit Dimitri, nicht mit meiner Mutter, in den Westen abhauen sollen – ich liebte ihn. Ich hätte Blaukrämer nicht nehmen sollen – hätte, hätte, hätte – und habe nicht. Und dann dieser Scheißadelsname, vor dem sie alle zu viel Respekt haben – meine

Mutter ist eine entsetzliche Frau. Und meine Schwester, Sie wissen...

DR. DUMPLER Ihre Schwester hat vor einer Woche Selbstmord begangen...

ELISABETH BLAUKRÄMER Weil sie mit meiner Mutter zusammenlebte. Sie kennen Blaukrämer nicht, kennen weder Halberkamm noch Chundt – nun ist er endlich Minister geworden. *Lacht.* Habe ich im Radio gehört.

DR. DUMPLER Herr Dr. Chundt ist ein Bundesbruder meines Mannes, ein charmanter, zurückhaltender Mensch.

ELISABETH BLAUKRÄMER Bundesbrüder sind sie alle, sogar der gute Wubler ist einer. Kennen Sie denn Ihren eigenen Mann, den Bundesbruder Dumpler?

DR. DUMPLER Ich muß doch sehr bitten.

ELISABETH BLAUKRÄMER Wieso sind Sie beleidigt? Hat Chundt etwa nicht versucht, bei Ihnen – wie nennt man das – anzukommen? Warum erröten Sie und sind empört? Fromm sind sie alle, die Bundesbrüder, echt fromm, bedecken reuevoll ihr Gesicht mit den Händen, beichten ihre Sünden und gehen zur Kommunion. Wo gehöre ich da hin? Wohin? Mit meinen Erinnerungen, die ich nicht löschen und nicht interpolieren kann. Sie, Sie sind es, die zuviel glaubt, Sie, Sie trauen Ihren Augen, trauen dem, was Sie gelernt haben. Ihre Vorstellung von mir ist so logisch wie dumm, zum Teil sogar zutreffend, aber eben nur zum Teil – und das, dieses »zum Teil«, macht Sie so blind. Ich sehe, was Sie nicht sehen, sehe deutsche Kinder da oben baumeln – ich sehe, wie sie Dimitri prügeln. Bin ich hysterisch? Ja. Bin ich verlogen? Ja. Krank? Ja. Leidend? Ja – und da soll ich Ihre Rehe nicht Rehlein nennen? Ich bin sicher, da oben hinterm Waldrand sitzt einer, der ihnen Valium spritzt, bevor sie ihren abendlichen Dämmerspaziergang machen dürfen, sie trippeln so graziös und schnuppern so sensibel, die lieben Bambis. Am liebsten säße ich dort, wo ich nicht hin darf: am Rhein – und jetzt gehen Sie, gehen Sie! Raus mit Ihnen zu den Bundesbrüdern!

Elisabeth Blaukrämer tritt ans Fenster, Dr. Dumbler entsetzt ab.

ELISABETH BLAUKRÄMER Sie kommen heute etwas früher, die Rehlein – süß, scheu und doch zutraulich. Vielleicht kriegen sie inzwischen Heroin gespritzt – jedenfalls ist sicher, daß sie was ins Futter gemischt kriegen. Das hat mir Pohl, der Wildhüter, gestanden. Er grinste, als ich fragte, was – und da brauch' ich nicht einmal, was ich wirklich nicht habe: Phantasie, um zu wissen, daß die lieben Tiere manipuliert sind. Ich brauche nur auf einen Knopf zu drücken und bekomme Chopin oder Vivaldi in bester Qualität. Und als ich die kleine Bebber neulich auf dem Flur traf, sie anhielt und sagte: »Sie, Edith, auch hier als Patientin?«, da wurde sie richtig böse, richtig blitzige Augen bekam das sanfte, ein wenig matte Kind und sagte: »Ich bin hier Gast, nicht Patientin, ich gehe zum Duschen« – und ließ mich einfach stehen – sie, die sonst immer so höflich war. Gäste sind wir, nicht Patienten. Darauf legen sie großen Wert. Den Tee bringt mir eine weißgekleidete Schicke, die wie eine Schwester aussieht, aber nicht so genannt werden will. Sie hielt mir einen Vortrag über Teequalitäten, erklärte mir die sechs Stufen zwischen Flowery Orange Pekoe und Konko, hielt mir eine regelrechte Vorlesung. Und Blumen, immer Blumen – überall Blumen. Sogar Gott ist hier, in allen konfessionellen Variationen – katholisch, evangelisch und sogar orthodox. Und erst spät habe ich begriffen, daß es bei der Frage, ob Mord oder Selbstmord bei meinem Vater, um die Oberstenpension ging: bei Mord war die Rechtslage klar, bei Selbstmord fraglich. Mein kleiner Bruder, der wäre jetzt an die sechzig – wahrscheinlich auch Oberst – der konnte reiten, der konnte schießen! Ein Schuß, und die Krähe fiel aus dem Baum oder vom Telefondraht. Na, und mein Vater, der wäre wohl an die neunzig, war gar nicht so übel, ließ sich nur von diesem Plietsch vergiften, aufhetzen. Und obwohl wir doch Gäste hier sind, zahlt das meiste die Kasse, wir sind Kassengäste. So großzügig ist Blaukrämer gar nicht, wie sie tun, und seine zweite, diese Trude, kriegt auch keine Kinder, will wohl welche, aber kriegt keine. Ich hab's nie riskiert, auszuprobieren, ob ich welche kriegen könnte – hab' nie ungeborenes Leben in mir gespürt, hab' zuviel geborenes Leben da hängen gesehen. Uns fehlt's hier an nichts, nichts fehlt uns, sogar Liebe können wir haben, können wir – ich mach' mir nichts draus, aber die Jüngeren kriegen sie – nette, junge Männer, höflich, zärtlich, und wenn sie wollen, sogar wilde, aufopferungsvolle Studenten und draufgängerische Soldaten. Und meine Schwester, Christine, die ist nun auch hinübergegangen. Wie hat sie's nur aushalten können mit meiner Mutter, vierzig Jahre lang? Ich bin ihr nicht böse, weil sie den Meineid wegen meiner Vergewaltigung geschworen hat – das paßte zu gut in unsere Story: vergewaltigte junge Adelige. Wir lachten sowieso immer, wenn wir etwas beschwören mußten, hoben die Finger und sagten ungerührt: So wahr mir Gott helfe. Auf den ersten Blick sah Blaukrämer nicht übel aus. Erst kam er mit seiner Abgeordnetengruppe, abends dann allein. Schon, als er an die Tür klopfte, dann eintrat, wußte ich, daß es ernst wurde. Er ist so intelligent, auch direkt kann er sein, und er sah gut aus: groß, dunkel, mit seinen geschwungenen, simpel strukturierten Brauen – nur sein Mund gefiel mir nicht, und seine Hände! Seine Hände habe ich mir gar nicht angesehen, wenn ich die gesehen hätte, hätte ich »nein« gesagt, er hielt noch die Klinke in der Hand, als er mich fragte: »Elisabeth von Bleibnitz, wollen Sie meine Frau werden? Ich komme morgen wieder« – und ging. Da fing meine Mutter an zu jammern, sagte: »Nimm ihn, nimm ihn doch, dann kommen wir bald in den Westen. Er sieht gut aus, ist Akademiker, Anwalt, einflußreich und wird unsere Wiedergutmachung in die Hand nehmen, Lisbeth, bitte, und dann brauchen wir nicht zu diesen schrecklichen Plodenhövers.« Und ich nahm ihn, ohne mir seine Hände anzusehen. Es ging dann wirklich rasch mit der Rente, der Wiedergutmachung, und ich zog als seine Frau in Blaukrämers Elternhaus. Sein Vater war Gastwirt und Anwalt, wohlhabende Leute, deftig nennt man das, glaube ich, und über bevorstehende Prozesse wurde im Hinterzimmer im Herrgottswinkel beraten und verhandelt, Zeugenaussagen abgesprochen, auch in Strafsachen, und manchmal war sogar ein Richter dabei. Es war zum Lachen, regelrechte Bauernkomödien. Das paßte nicht zu den Komödien, die ich hinter mir hatte. Speck jedenfalls gab's genug – und ich fiel auf die

Folklore herein, Blasmusik, Weihrauch, Tanz, Bier – und hereingelegt hat mich keiner, aber hereingefallen bin ich. *Es wird laut an die Tür geklopft.* Bitte?

Eberhard Kolde tritt ein; er ist Anfang Dreißig, gut gebaut, angenehm frisiert, mit weißem Hemd, weißer Hose und weißen Schuhen bekleidet, »wirkt« wie ein Arzt, doch spürt man, daß er keiner ist.

ELISABETH BLAUKRÄMER Ich habe nichts bestellt.

EBERHARD KOLDE Ich bin kein Kellner, ich bin ...

ELISABETH BLAUKRÄMER *unterbricht ihn lachend:* Ich kann mir schon denken, was Sie sind, aber ich sag's nicht – vielleicht trifft es nicht zu, und beleidigen möchte ich Sie nicht.

EBERHARD KOLDE Therapeut ist mein Beruf, daran ist nichts Beleidigendes.

ELISABETH BLAUKRÄMER Therapeut für eine gewisse Art von Frauenleiden, nehme ich an. Ich leide nicht an diesem Leiden. Sie sind ein netter Junge, ich bin Mitte Fünfzig, darf mir diese Bezeichnung wohl erlauben. Sie sind wohl ausersehen, mir Harmonie zu vermitteln – mich, sagen wir, glücklich zu machen.

EBERHARD KOLDE Ihre Probleme sind mir bekannt, ich habe Einblick nehmen dürfen. Ich fürchte, Sie reduzieren meine therapeutische Tätigkeit auf eine Weise, die weder meinen Ambitionen noch meiner Ausbildung entspricht, auch nicht meinen Fähigkeiten. Wir könnten uns unterhalten, etwa über Stevenson, den Sie so sehr schätzen, oder über Modigliani, von dem mir bekannt ist, daß Sie ihn ebenfalls schätzen.

ELISABETH BLAUKRÄMER Auch über Proust – oder Kafka?

EBERHARD KOLDE Natürlich auch. Über die

Gegensätzlichkeit dieser Autoren und auch über Berührungspunkte, die sie haben. Beide hatten, sagen wir, anankastische Neigungen. Aber wir können auch spazierengehen, Tennis spielen, tanzen. Sie tanzen doch so gern.

ELISABETH BLAUKRÄMER Tanzte gern – Vergangenheit, mein Lieber.

EBERHARD KOLDE Ein Gespräch in einem Café – oder an einer Bartheke – freundlich, gelassen.

ELISABETH BLAUKRÄMER Aber ich bin so ausgelassen und ungelassen. Zärtlichkeit auch?

EBERHARD KOLDE Ja, nur eins nicht: sich nicht in mich verlieben. Eine Person bin ich nur im Privatleben, da habe ich eine Frau und zwei Kinder.

ELISABETH BLAUKRÄMER Sie sind also eine Art Medikament?

EBERHARD KOLDE Medium wäre besser.

ELISABETH BLAUKRÄMER *extrem ruhig und entspannt:* Sozusagen ein Mittelsmann, ein Vermittler oder Mittler – interessant. Nicht etwa ein Animateur?

EBERHARD KOLDE Anima bedeutet Seele, in diesem Sinne möchte ich schon beseelen, animieren. Leider ist der Begriff Animateur auf eine so plumpe Weise vulgarisiert worden, der mich zögern macht, mich seiner zu bedienen. Seelengefährte wäre aber zu anspruchsvoll.

ELISABETH BLAUKRÄMER Leibesgefährte wäre zu vulgär, wie? Leiden Sie?

EBERHARD KOLDE Nein.

ELISABETH BLAUKRÄMER Sind nicht krank...

EBERHARD KOLDE Nein.

ELISABETH BLAUKRÄMER Sie sind völlig ausgeglichen und ausgewogen?

EBERHARD KOLDE Ja, und ich möchte diese Ausgeglichenheit mit Ihnen teilen, sie Ihnen mitteilen – sehen Sie . . .
ELISABETH BLAUKRÄMER Harmonie?
EBERHARD KOLDE Ja, sehen Sie – ich . . .
ELISABETH BLAUKRÄMER *geht wieder zum Fenster:* Es wird dämmrig, ich muß die Vorhänge zuziehen. *Zieht die Vorhänge zu, begutachtet die Gardinenzüge.* Bestes Material. *Zu Eberhard Kolde.* Gehen Sie, bitte – seien Sie nicht böse, ich bedarf Ihrer Dienste nicht, brauche nicht Stevenson, Proust, Kafka, Modigliani. Ich mache Ihnen einen Vorschlag: holen Sie Ihren Feierabendmenschen heraus, den netten Gatten einer jungen Frau, den netten Vater zweier wahrscheinlich süßer Kinder und verlieben *Sie* sich während Ihrer Dienstzeit in die kleine Bebber, *lieben* Sie sie außerdienstlich – begeben Sie sich in den Zustand der Unausgewogenheit. Ich bin ganz ausgewogen, bin mit mir in Frieden – nun, nun, gehen Sie. Den einen Spruch in der Bibel zitieren sie nie: »Wohl den Frauen, die unfruchtbar sind, die nicht geboren und nicht gestillt haben.« Man sollte ihn mal an den Papst schicken.
Ein Lachen. Eine Weile Stille. Der Eindruck, daß niemand mehr im Raum ist. Eberhard Kolde geht ab. Elisabeth Blaukrämer geht hinter die großen Vorhänge, man hört ein paar schwer zu interpretierende Geräusche. Man hört Elisabeth Blaukrämer rufen: »Gott segne Sie, Herr Minister.« *Frau Wubler tritt mit einem großen Blumenstrauß in die Tür, ruft leise:* »Elisabeth, Elisabeth – der junge Mann hat mir gesagt, Sie sind hier, in Ihrem Zimmer.« *Frau Wubler geht ans*

Fenster, zieht die schweren Vorhänge zurück, findet Frau Blaukrämer aufgehängt – rennt schreiend zur Tür hinaus, schreiend in den Flur, wirft den Blumenstrauß hin.

Kapitel 8

Garten vor Blaukrämers Villa, auf die durch die Mitte des Rasens ein Weg zuführt. Links und rechts um den Rasen ebenfalls Wege, möglicherweise durch Lampen beleuchtet; Paare – etwa zehn, fünfzehn – bewegen sich mit Gläsern in der Hand rund um den Rasen, kommen polonaiseartig durch die Mitte, verteilen sich nach links und rechts, man hört Kichern und immer die Frage: »Ihr Flügel ist doch hoffentlich noch in Ordnung?« *oder die Feststellung:* »Daß sie das aber auch ausgerechnet heute tun mußte« – *eine andere Version* »Ich wußte gar nicht, daß Gardinenschnüre so stark sein können.« *Ein Paar tritt jeweils aus diesem Kreislauf heraus, tritt in den Vordergrund. Das erste Paar: Chundt und Blaukrämer. Die ganze Szene über gehen Katharina Richter und Lore Schmitz mit Tabletts umher, bieten Häppchen und Getränke an.*

PAUL CHUNDT *ärgerlich nervös:* Du hättest den Empfang absagen müssen.

FRITZ BLAUKRÄMER Ich hab's erst vor zwei Stunden erfahren. Alles lief schon an: Getränke, Buffet, Bedienung; ich hätte kaum noch jemanden erreichen können, und dann wären einige doch gekommen.

PAUL CHUNDT Ein Schild am Tor: Wegen eines Trauerfalles muß der Empfang leider ausfallen – hätte es getan. Ihr habt einfach kein Gefühl für Würde. Immerhin war sie fast zwanzig Jahre lang deine Frau, viele haben sie gekannt, die meisten haben sie gemocht.

Das hier wird einen üblen Eindruck machen. Schlagzeile: »An dem Tag, als seine erste sich umbrachte, gab Blaukrämer einen festlichen Empfang, auf dem seine zweite glänzte.« Vergiß nicht: du bist gefürchtet, nicht beliebt.

FRITZ BLAUKRÄMER Ich denke, ihr habt den größeren Teil der Presse auf eurer Seite oder in eurer Hand und könntet solche Schlagzeilen verhindern. Das könnte Hermann Wubler doch für mich tun.

PAUL CHUNDT Der größere Teil der Presse ist nicht die ganze, und eine solche Schlagzeile würde Hermann gar nicht verhindern wollen. Vergiß nicht, was du Erika angedroht hast, und Erika hat Elisabeth dort gefunden, wo du auch sie hinspedieren wolltest.

FRITZ BLAUKRÄMER Ich bin sicher, daß sie sich aufgehängt hat, als sie erfuhr, daß ich zum Minister ernannt worden war. *Düster.* Das entspräche durchaus ihrem Sinn für Bosheit – und Dramaturgie.

PAUL CHUNDT Sie ist tot, und auf eine geheimnisvolle Weise haben die Toten immer recht, da nützt dein Gerede nichts. Und ausgerechnet Erika mußte sie finden – es war absurd, ihr diesen doofen Ficker aufs Zimmer zu schicken. Das war doch nicht das, was sie brauchte.

FRITZ BLAUKRÄMER Du weißt wohl, was sie brauchte, wie? Wußtest es wohl auch, als du auf ihr Zimmer gingst, damals...

PAUL CHUNDT *immer noch düsterer Stimmung:* Ja, ich wollte sie kennen, ich wollte sie lieben *Verächtlich* – was soll ich mit dir darüber reden: nie hab' ich dabei nur an mich gedacht, immer auch an die, zu der ich ging. Nie wollte ich jemand ans Leben, nie, nie hab' ich Blut gewollt – nie ...

FRITZ BLAUKRÄMER Nein, gewollt hast du's nie, und doch kam's manchmal so. Was du wolltest, war dein unangefochtenes Reich. Du ahnst wohl nicht, wieviel Verbitterte, Verrückte, Betrogene und Halbverrückte du hinter dir gelassen hast.

PAUL CHUNDT Die läßt jeder hinter sich, jeder, der Erfolg hat, und wenn er nur Bürgermeister in einem Kaff mit tausend Einwohnern wird. Du darfst lachen: Ich trauere um sie, um Lisbeth; ich möchte nicht auch noch um Erika trauern müssen. *Blickt sich um.* Sie ist nicht hier – auch Hermann nicht. Wirst du wenigstens zur Beerdigung gehen?

FRITZ BLAUKRÄMER Ich weiß nicht. Lisbeth war nicht zu retten, glaub mir.

PAUL CHUNDT Ich dachte, sie könnte geheilt werden, sich fangen, leben, irgendwie mit einem netten Liebhaber – aber *das:* nein. Ich mochte sie, sie war zäh und böse, hat nie klein beigegeben. Ich bedaure die groben Scherze, die wir manchmal mit ihr getrieben haben.

FRITZ BLAUKRÄMER Ein bißchen spät, deine Reue. Damals warst du ...

PAUL CHUNDT Verflucht, ich begehrte sie, ja, ich wollte sie haben, daran ist nichts Kränkendes, kränkend vielleicht die Art, die Tatsache nicht. Keine Frau ist gekränkt, weil man sie begehrt oder begehrenswert findet, sie wird dir schon die Grenzen zeigen. Du hast Elisabeth nie begehrt, du wolltest nur diese exotisch wirkende protestantische Baronin, ein verstörtes Kind mit einer habgierigen Mutter. Du hast keine sehr geschickte Hand bei der Wahl deiner Frauen. Vergiß nicht: eine zweite kirchliche Annullierung kriegen wir nicht durch.

FRITZ BLAUKRÄMER *empört:* Ich habe nicht vor, mich von Trude zu trennen.

PAUL CHUNDT Elisabeth hatte Stil. Ihre Empfänge waren einmalig, manche unvergessen. Aber hier *Deutet um sich* – haufenweise Kaviar, hektoliterweise Sekt, wahllos zusammengesuchte Gesellschaft, dieser Literaturfatzke Tuchler, der jeden, aber auch jeden dumm und dusselig anquatscht mit seinem Proust – und überall diese Antiquitäten. Da muß man schon Geschmack haben, nicht wahllos jeden Dreck kaufen und in die Gegend stellen. Und außerdem weiß ich nicht, ob die Frau eines Ministers nun gerade jedermann, aber wirklich jedermann ihren allerdings makellosen Busen zeigen muß. Verflucht, Weiber hattest du doch genug, mußtest du unbedingt wieder heiraten, auch noch kirchlich, mit Pomp und Pappe und Prälaten. Natürlich brauchten wir die Pfaffen, als Dekoration und auch als Dekorateur, wir brauchen sie für die Stimmung, für die Armee und die Rüstung und Wirtschaft, aber wir haben sie auch derart abgenutzt, aufgebraucht, daß wir sie nicht mehr nötig haben und sie uns bald lästig werden könnten. Stimmen bringen sie jedenfalls keine mehr. Aber du, du mußtest unbedingt einen Bischof haben, um deine Trude heimzuführen.

FRITZ BLAUKRÄMER *aufbegehrend:* Überleg dir mal, ob du nicht manchmal etwas zu weit gehst. Trude hat einen guten Hintergrund ...

PAUL CHUNDT Ich gehe immer zu weit, das muß man, sonst geht's nicht weiter – das solltest du doch gelernt haben. Es war zu weit gegangen, als wir dich zum Minister machten. Was ich nicht ahnte, war, daß es euch zu Kopf steigen würde, euch beiden, und von dir hätte ich es am wenigsten erwartet. Schau dir Erika an: eine Schuhverkäuferin, die aus einem elenden Dorfkramladen stammt, und hat doch mehr Stil und Geschmack als die englische Königin mit ihren Hütchen, die zum Schreien sind. Und meine Grete, ruhig, bieder, macht die Geschäfte, ich die Politik – aber deine Trude! *Blaukrämer will aufbegehren.* Und sei du ruhig: Ich habe jetzt in meinem Dossier ein paar Fotos, du warst nicht einmal in der SS und nur ein kleiner Fähnrich, aber Führer einer Maschinengewehreinheit und schlimmer als mancher SS-Typ, und die Fotos zeigen dich, wie du auf die armen Schweine schießen läßt, die aus einem KZ ausbrechen – zerlumpte, elende Menschenwracks, die den Amis entgegenlaufen wollten – und du ...

FRITZ BLAUKRÄMER *kalt:* Du wirst alt und begreifst nicht, daß das heute niemandem mehr schaden kann. Ich war achtzehn und tat meine Pflicht, war dazu kommandiert. Und gerade du, du hast doch alles getan, damit diese Dinge nicht mehr gegen einen verwendet werden können. *Leise.* Denk an Plonius *Noch leiser* und die Narbe an seinem Hals, die nun niemand mehr identifizieren kann, und kein Mensch würde mich auf diesen schlecht belichteten Fotos erkennen können ...

PAUL CHUNDT *erstaunt:* Du kennst die Fotos?

FRITZ BLAUKRÄMER Ja, sie wurden mir angeboten, die Negative – sie waren mir keinen Groschen wert. Und außerdem: ein Achtzehnjähriger, der schneidig

seine Pflicht tut, das ist keine Schande. *Leise.* Vergiß die Narbe nicht...
PAUL CHUNDT Nein, nein, ich vergesse sie nicht. Und doch, du wirst mir nicht glauben, mir wäre es lieber, sie lebte noch, auch wenn sie von der Narbe wußte. Ich wollte nie Tod, nie Blut, in meinem Dossier wirst du nichts finden, nichts.
FRITZ BLAUKRÄMER *sieht ihn kalt an:* Könnte es sein, daß du dich täuschst? Weißt du, wer was über dich gesammelt haben könnte? Weißt du, was Bingerle in seinem Safe hat? Ich weiß es nicht. Und Plottgers Frau – und Antwerpen?
PAUL CHUNDT Du hast mit deinem zynischen Gerede Plottgers Frau in den Tod getrieben, als sie nach den Akten fragte, die ihr verbrannt habt. Du hättest wissen müssen, daß sie eine Roma war und mit den Zigeunerakten die Geschichte ihrer Eltern verbrannt wurde. Und du hast die Kleine in Antwerpen in den Wahnsinn getrieben, hast sie zur Abtreibung bei einer Pfuscherin gezwungen. Ich, ich hätte das Kind anerkannt, wie ich andere auch anerkannt habe, und die Klossow-Akten, die liegen 280 Meter tief. Ach und der armen Elisabeth diesen doofen Animateur aufs Zimmer schicken lassen, ich verstehe Erna Dumpler nicht – das war's nicht, was sie brauchte, was ihr fehlte.
FRITZ BLAUKRÄMER Du weißt wohl genau, was sie brauchte, was ihr fehlte.
PAUL CHUNDT *blickt ihn erstaunt an, leise:* Es gibt da ein merkwürdiges Wort, lieber Fritz, es heißt, wenn ich mich recht erinnere, Liebe. Du hättest ihr die Erinnerung lassen sollen an diesen verliebten Russenjungen, an dem sie hing. Du hättest ihr die Erinnerung

an ihren Vater und ihren Bruder lassen sollen, diesen Nazibaron, der sich im Pferdestall erhängte und ihren Bruder dazu, aber du brauchtest unbedingt eine vergewaltigte Adelige, deren Vater von den Russen erschossen worden war. Ihre Trauer und ihre Erinnerung hättest du ihr lassen sollen, sie wäre eine großartige Frau geworden, aber du ließest dir von dieser miesen, alten Zicke, ihrer Mutter, noch dabei helfen...

FRITZ BLAUKRÄMER Sie war nicht zu retten, ging von Haus zu Haus, von Café zu Café und erzählte ihre Schauergeschichten über dich und mich. Wo sie auftauchte, nur Skandale – sie mußte weg.

PAUL CHUNDT Aber nicht dahin, wo sie jetzt liegt: in den Sarg *erregt* – ich will keine Opfer, ich will, daß sie leben, alles will ich, nur das nicht.

FRITZ BLAUKRÄMER Alles willst du, alles, nur das nicht. Aber parieren müssen sie schon, wie? Vergiß nicht einen weiteren Toten dieses Tages: Plukanski. Er ist dann doch noch gestorben, ich erfuhr es, als die Party schon im Gang war.

PAUL CHUNDT *schüttelt den Kopf:* Nein, daran fühle ich mich nicht schuldig. Ich hätte ihn sogar trotz dieser Polengeschichte noch eine Weile gehalten. Er war auf seine Weise unbezahlbar. Plukanski ist nicht *mein* Opfer. Da haben andere die Finger dringehabt. Du bestimmt – *Leise* aber vergessen wir das andere nicht: habt ihr keine Spur von *ihm*?

FRITZ BLAUKRÄMER Keine Spur. Wir müssen warten, bis er irgendwo auftaucht.

PAUL CHUNDT Und der kleine Graf?

FRITZ BLAUKRÄMER Er war pünktlich, aber das Bingerle war zwei Stunden vorher weg. Irgend jemand

muß Stützling angerufen haben. Du ahnst wohl, wer?
PAUL CHUNDT Ich will jetzt nicht ahnen, ich werde bald wissen. Jetzt heißt es, sich darauf einstellen. Meinst du, die Schweizer Polizei ...?
FRITZ BLAUKRÄMER Wie alt du wirst, merkt man daran, daß du dich zu überschätzen beginnst. Nein, die Schweizer Polizei wird uns nicht helfen: es liegt dort nichts gegen Bingerle vor. Er war in Untersuchungshaft und ist entlassen worden; du, du hast auf seine Entlassung gedrängt, so wie du dafür gesorgt hast, daß niemandem mehr Kriegsvergehen vorgeworfen werden können. Ich habe von Bingerles Entlassung abgeraten; dort, wo er war, hatten wir ihn sicher und konnten ihm auf die Nerven gehen. Er kann genauso gut schon in Italien, Frankreich, kann weit weg sein.
PAUL CHUNDT Da gibt's nur eins, Fritz: Nerven behalten und sofort, bevor er irgendwo auftaucht, also jetzt schon, gegenhalten. Alle Blätter, die uns wohlgesonnen sind – und das sind die meisten – könnten eine Meldung bringen: Dokumentenschwindler auf freiem Fuß, wahrscheinlich in Dienst gegnerischer Geheimdienste getreten. Da werden die Russen nicht genannt, aber jeder weiß, daß sie gemeint sind. Zusatzzeile: Ein Mensch, der für Geld alles tut – was übrigens sogar zutrifft.
FRITZ BLAUKRÄMER Auch darin täuschst du dich: Bingerle geht's nicht mehr *nur* um Geld, diesmal will er deinen Kopf. Unterschätze ihn nicht.
PAUL CHUNDT Meinen Kopf bekommt er nicht. Du mußt auch sofort Heulbuck verständigen und alle unsere Reinen, die nicht wissen und auch nichts wissen wollten. Demarchen verbreiten, die Botschaften

verständigen, alle Agenturen mit Material versorgen, alle Chefredakteure. *Leise.* Es darf um keinen Preis herauskommen, daß »er« hätte gerettet werden können. Für uns wär's schlimm genug, aber wir sind ohnehin die Schmutzigen – die Reinen müssen rein bleiben.

FRITZ BLAUKRÄMER Den Reinsten der Reinen habe ich schon verständigt. Er wußte wirklich nichts, war entsetzt, als ich andeutete, Bingerles Enthüllungen könnten sich als wahr und beweisbar erweisen.

PAUL CHUNDT Er braucht gar keine Wahrheit zu erfahren, wir brauchen sie ihm nicht zu sagen. Vergiß nicht: das Wahre klingt immer unglaubhaft, das Wahre ist die wahre Kolportage. Vergiß nicht: alles, was Elisabeth verkündete, war wahr, deshalb war sie so unglaubwürdig. Zeig mir das Telefon... *Beide nach rechts ab. Wubler und Eva Plint treten in den Vordergrund. Eva trägt ein hellgrünes Kleid mit einer Margerite aus Bergkristall.*

HERMANN WUBLER Nur Ihretwegen bin ich noch kurz hergekommen. Erika hält's hier nicht mehr aus, seitdem... Ach, Sie wissen vielleicht noch nicht...

EVA PLINT Ich weiß es. Und er hält hier eine Prachtparty. Es wirkt fast so, als würde hier etwas anderes gefeiert als seine Ernennung. *Schüttelt sich.* Sich erhängen, das versteh' ich nicht. Sie hätte in den Rhein gehen sollen oder auf einen hohen Berg steigen, die arme Frau.

HERMANN WUBLER *deutet auf Evas Kleid:* So was Nettes habe ich noch nie von einer Dame erfahren.

EVA PLINT Auch nicht von Erika?

HERMANN WUBLER Vierzig Jahre lang habe ich von ihr nur Gutes erfahren. Jetzt liegt sie da und weint und betet und wollte allein sein: sie wird nicht los, was sie gesehen hat, und ich habe Angst, daß sie unserem Gastgeber hier etwas antut, wenn sie ihm begegnet.

EVA PLINT Nicht dem anderen, dem Chef auch?

HERMANN WUBLER Nein, merkwürdigerweise nicht. Er – er hat eine animalische Energie, die nicht *per se* böse ist, nur, wenn's nötig ist. Und auch dann tut er's widerstrebend, aber er tut's. Der hier *Deutet auf die Villa* – ach. *Schüttelt den Kopf.* Ihrem – Ernst Grobsch geht's nicht gut, höre ich. Hat die Plukanski-Sache ihm so zugesetzt?

EVA PLINT Ja, zuletzt mochte er ihn fast, wie er da lag und röchelte. Der Tod von Frau Blaukrämer hat ihm auch – na, sagen wir, zugesetzt. Ich habe ihn wieder ins Bett gepackt, mit Tee, Suppe und Proust versorgt, den soll er jetzt mal lesen, nicht immer nur diesen Brecht. Ich bin sehr erschrocken über den Tod dieser Frau. Man hat, höre ich, ihre Erinnerung zu töten versucht – und ihre Trauer um einen, den sie liebte. Auch Ernst klebt an seinen Erinnerungen. Er ist sehr krank.

HERMANN WUBLER Wie lautet die ärztliche Diagnose?

EVA PLINT Die hat er selbst gestellt, er nennt sie: metaphysischen Schüttelfrost. Möglich, daß er doch die Partei wechselt. Was ihn zu Ihrer Partei trieb, nennt er die Dialektik des Hasses.

HERMANN WUBLER Gute Diagnose, könnte auch auf Erika zutreffen. Sie liest in ihrem uralten Gebetbuch, das sie vor fünfzig Jahren zur Kommunion geschenkt bekommen hat – Auf Wiedersehen also. *Gibt ihr die Hand.*

EVA PLINT *hält seine Hand:* Wo?

HERMANN WUBLER Jetzt will sie erstmal nach Rom, danach setzen wir uns vielleicht wieder an die Theke bei August Krechen. *Zuckt mit den Schultern, geht ab. Karl tritt an seine Stelle.*

EVA PLINT Ach du? Bist du eingeladen oder...?

KARL V. KREYL Ich steh' sogar noch auf Blaukrämers Einladungsliste. *Still, ernst.* Kaviar, Sekt, Geplauder, während sie da liegt, in ihrem Sarg.

EVA PLINT Ich habe Angst.

KARL V. KREYL Wovor oder um wen?

EVA PLINT Vor mir selbst und um Ernst. Er versteht sogar, was du damals gemacht hast, und auch ich fange an, zu verstehen. Das macht mir Angst. *Leise.* Heute nacht, das warst du doch hoffentlich nicht?

KARL V. KREYL Nein, ich war's nicht. Ich werde's auch nie mehr tun, habe selber Angst. Vergiß auch die Scheidung, Eva, es ist nebensächlich. Katharina will's auch nicht – nicht heiraten. Ich wünsche dir ein Kind, Eva, laß dir eins geben, von Ernst Grobsch.

EVA PLINT Seltsam, daß wir beide nie eins gehabt haben. Sollte wohl nicht sein. Ernst will keine Kinder. Er ist so düster, so pessimistisch, seitdem er mit ansehen mußte, wie Plukanski ver- verging, ja verging. Er sucht seinen Haß, findet ihn nicht. Ich war erschrokken, als er mir bekannte, daß er auch die Kirche haßt, wo er doch jeden Sonntag, fleißiger selbst als ich, dort hinging.

KARL V. KREYL Versuche, ihn zu verstehen. Die Kirche hat ausgedient – hierzulande. Chundt und alle anderen, auch schon Erftler, sie haben sie ausgesaugt, leer gesaugt, sie brauchen sie jetzt kaum noch. Wie kann Grobsch sie da noch hassen? Man kann nur traurig sein. Sogar mein Vater war traurig nach dem Amt für Erftler-Blum, ja, früher konnte er gar nicht genug von Hochämtern kriegen. Diesmal war er völlig niedergeschlagen, so habe ich ihn noch nie erlebt. Ich weiß nicht, was mit ihm geschehen ist.

EVA PLINT Vielleicht metaphysischer Schüttelfrost?

KARL V. KREYL *überrascht:* Wie kommst du denn darauf? Das klingt – das klingt zutreffend, wo hast du das her?

EVA PLINT Von Ernst, und von Wubler hab' ich's bestätigt bekommen – für Erika, eine neue Krankheit – wer kann sie heilen?

KARL V. KREYL Wer schon? Ich muß jetzt gehen, halt das nicht aus hier. *Leise.* Es war gut, daß du von mir weggegangen bist. Und doch: scheiden soll uns erst der Tod. *Umarmt Eva, dann ab. Nach ihm tritt Adelheid Kapspeter zu Eva.*

ADELHEID KAPSPETER *zu Eva:* Es war nett neulich abends bei uns, nicht wahr? *Da Eva schweigt:* Wir fanden deinen Grobsch recht intelligent.

EVA PLINT *höflich, aber hart:* Ach, wie nett, daß ihr ihn nett fandet – und sogar intelligent. Er heißt übrigens Ernst, und es ist zwar mein Grobsch und wird es bleiben, aber für euch müßte er doch eigentlich Herr Grobsch oder Ernst Grobsch heißen.

ADELHEID KAPSPETER Oh, ihr seid aber empfindlich.

EVA PLINT Ja, das sind wir, empfindsam, weil wir empfinden. Übrigens hat Ernst gehört, als du mir zugeflüstert hast: Papa mußte sich sehr überwinden, deinen Grobsch einzuladen. Mein Grobsch hat sehr empfindsame Ohren, und ich werfe mir vor, daß ich nicht sofort aufgestanden und gegangen bin.

ADELHEID KAPSPETER *bricht in Tränen aus:* Es war doch gar nicht so gemeint – es war ...

EVA PLINT *faßt sie am Arm:* Du müßtest noch eine Menge lernen, Adelheid, vielleicht finde ich sogar gelegentlich Zeit, es dir beizubringen. Was du noch lernen mußt: böse zu sein, dumm zu sein, hart, wenn du glaubst, es nötig zu haben – nur eins nicht: herablassend. Den *Zeigt hinter Karl her* – den kannst du einen spinnerten Grafen nennen, sogar dekadent, wenn du willst, er hat einen Panzer, der da heißt: Adel. Es würde ihn treffen, aber nicht tief. Mich kannst du meinetwegen ein Suppenhuhn nennen, das von einem neureichen Vater verwöhnt worden ist, es würde mich treffen, aber nicht sehr. Ich habe einen Panzer, der heißt: Hochmut, und der Panzer ist gefüttert mit Geld. Aber *Überraschend heftig.* Ernst hat keinen Panzer, nicht einmal seine intellektuelle Arroganz panzert ihn. Er ist wundgescheuert, hat fast keine Haut mehr. Er hat geschuftet, seitdem er laufen kann, schuftet heute noch wie verrückt, und er hat keinen ästhetischen Panzer, der da heißt Geschmack – er ist magenkrank vor Elend. Und doch bin ich dankbar: Diese blöde Bemerkung hat ihn so tief getroffen, daß er ins Nachdenken gekommen ist. Und wenn du mir sagen könntest, warum dein Vater sich überwinden mußte, warum es ihm schwergefallen ist, ihn einzuladen ...

ADELHEID KAPSPETER *immer noch weinend:* Er gilt doch als Linker ...

EVA PLINT Er *ist* sogar ein Linker, aber er ist Abge-

bewundern konnten, ein Flugticket nach Kuba bezahlt und ihr noch etwas Bargeld gegeben. Nun, Ihre Handlung war politisch nicht ohne Tendenz, aber ich *Schweigt verlegen, stockt, druckst* – ich wollte Sie eigentlich einladen, mit meinem Klavier das zu machen, was Sie mit Ihrem Flügel gemacht haben. Ich habe meinen ja noch, bin der vorletzte Großbankier, der noch ein kostbares Klavier hat, und bevor er diesem unheimlichen Gast, der uns alle heimsucht, zum Opfer fällt, möchte ich ihn Ihnen für ein Kunstwerk zur Verfügung stellen – gegen Honorar selbstverständlich – aus besonderem Anlaß.

KARL V. KREYL *mißtrauisch:* Ich bin kein Flügelzerleger, wie der unheimliche Gast. Ich war ein Flügelzerhacker – sollte ich also bei Ihnen zerlegen oder zerhakken? Das Honorar könnte ich schon gebrauchen.

KRENGEL Ich dachte eher an Zerlegen – nicht Zerhacken, das wäre mir dann doch zu barbarisch. Über das Honorar brauchen wir nicht zu verhandeln. Sie bekommen einen Blankoscheck, und außer meinem privaten Kontoführer wird niemand erfahren, wieviel Sie abgehoben haben. Nicht einmal ich werde es wissen wollen. Ein Musikinstrument, gar ein kostbares Klavier, auf dem mit an Sicherheit grenzender Wahrscheinlichkeit Bach gespielt hat – den auseinanderzunehmen *Echt bewegt* – ich sehe darin einen Akt höchster Spiritualität, eine Art himmlischen Protest gegen die Täuschungen der Musik, gegen den Luxus, den Hunger, den Durst, gegen Krieg und jegliches Elend und jegliche Form von Materialismus. Sie fragten nach meiner Tochter, sagten, sie sei Ihnen sympathisch gewesen, fragten, ob sie hier sei. Nein, sie ist nicht

hier, und was ich Ihnen als Konzert vorschlug, sollte ein Abschiedskonzert sein – für Hilde, meine Tochter. *Schweigt einige Augenblicke.* Ich habe alles für sie und mit ihr getan, was man so mit seinen Kindern tut, wenn man sie liebt, und ich liebe sie. Schule, Studium, sie hat in Argrarwissenschaft promoviert, später noch in Volkswirtschaft, sie ist mit zu Empfängen gegangen, zu Bällen, auf Partys, sie hat nach dem Tod meiner Frau wie eine Hausfrau Essen und Empfänge bei uns organisiert, war immer zugegen, wenn ich meine Freunde und Geschäftsfreunde einlud. Wissen Sie, woran meine Frau gestorben ist? An Angst, Phantasie und Apathie ... sie konnte kein Geld sehen, dachte dann immer an das Zahngold der Ermordeten ... und wo, wo konnte sie hingehen ohne Geld zu sehen? Ich habe in Hilda meine Nachfolgerin gesehen, wir sind eine alte Familienbank – und jetzt geht sie schon seit Monaten nicht mehr auf Empfänge, zu Bällen und so weiter. Und als ich ihr anbot, zunächst als meine Assistentin, dann mit Prokura bei mir anzufangen, wissen Sie, was sie gesagt hat? »Lieber in Nicaragua sterben als hier leben.« Sie geht also weg, dorthin. Monatelang haben wir Argumente getauscht, nächtelang habe ich mit ihr geredet, fast immer ohne Streit, wir mögen uns, und immer wieder, nach allen Argumenten, war ihre Antwort: »Papa, nein, lieber in Nicaragua sterben als hier leben. Dieser Entschluß ist das Ergebnis meiner *Studien*, die Empfindungen kamen erst später dazu.«
KARL V. KREYL Ich weiß nicht, ob ich Sie bedauern oder beglückwünschen soll. Unter diesen Umständen würde ich auch den Auftrag nicht annehmen und schon gar nicht ein Honorar dafür nehmen. Ich

bezweifle auch, ob Ihre Tochter die symbolische Zerstörung eines wertvollen Objekts wirklich als Abschiedsgeschenk empfinden würde.
KRENGEL Ich möchte ihr aber meine Liebe zeigen, nicht nur meine Sympathie. Geld werde ich ihr ohnehin geben. Ich kann nicht behaupten, daß ich sie verstehe, aber ich habe Respekt vor ihr, nicht nur Liebe und Sympathie. *Apathisch.* Ich will ihr das *zeigen*, ich will es demonstrieren, und ich dachte, Sie ...
KARL V. KREYL *ernst:* Wenn ich Sie so sprechen höre, fände ich es besser, wenn Sie selbst Ihren Flügel auseinandernehmen. Nicht zerhacken – zum Auseinandernehmen, zu dieser sorgsamen Arbeit wäre ich ohnehin nicht fähig. Mein Vorschlag: Sie laden zu einem Hauskonzert ein, drucken ein Programm, alle Gäste kommen festlich gekleidet, wie zu einer Hochzeit, und Sie, Sie entblättern Ihren eigenen Flügel, während der Pianist oder die Pianistin, die das Konzert hätten geben sollen, den Beethoven, Chopin oder Mozart partiturgerecht, korrekt an die Wand hämmert. Man könnte ihn oder sie auch an einen nackten Tisch setzen und die Partitur herunterhämmern lassen. Das wäre eine Demonstration, wenn Sie nach dem Konzert Ihre Gäste mit dem Entschluß Ihrer Tochter bekanntmachten.
KRENGEL Ich bin kein Künstler!
KARL V. KREYL Ich bin auch keiner, ich bin Jurist. Wenn Sie praktische Anweisungen brauchen, lassen sie sich von einem Flügelbauer die – sagen wir – chirurgischen Details eines Flügels erklären. Ich meine die Angelpunkte eines Flügels, seine Konstruktion. Es darf nichts splittern, wissen Sie, sauber muß alles sein,

sauber. Sie brauchen wahrscheinlich nur einen Schraubenzieher und ein ganz kleines, festes Kläuchen.

KRENGEL Ein Kläuchen, was ist das?

KARL V. KREYL Klaue oder Kläuchen nennt man ein Handwerkszeug, das von der Brechstange herkommt. *Macht eine entsprechende Bewegung.* Manchmal benutzen Zahnärzte kläuchenähnliche Werkzeuge. Man kann es auch Hebelchen nennen. Kein Lack darf abspringen – man nennt das Respekt vor dem Material. Viele Stellen an einem Flügel sind verfugt, verzinkt, nicht verschraubt – man muß die Fugen mit Zartgefühl lösen und die Zinken aushebeln.

KRENGEL Sie besitzen ein solches Kläuchen?

KARL V. KREYL Nein, ich war doch ein Zerhacker, habe mit dem plumpen Beil gearbeitet. Übrigens könnte ich mir denken, wenn der, den Sie den unheimlichen Gast nennen, von Ihrem Vorhaben erführe – es könnte ihn veranlassen, von seinem törichten, unverantwortlichen Tun abzulassen. *Herzlich.* Sie sollten das wirklich tun, Herr Krengel, eigenhändig. Es könnte erlösend wirken, die Spannungen vermindern, es könnte als metaphysisches Signal verstanden werden, als antimaterialistisches Zeichen: Abschied von den Materialien der Musik, diese in himmlische Abstrakheit hinausheben, sozusagen vom Ohr befreit. Ihrer Tochter würde ich das erklären.

KRENGEL Interessant. Ich darf mir Ihres Rates gewiß sein? Interessante Idee. Sie haben also nie mit diesem – Kläuchen gearbeitet?

KARL V. KREYL Nein. Mein Handwerkszeug war das Beil. Der unheimliche Gast ist weiter als ich. Er muß die Strukturen des Flügels exakt studiert haben.

Kaum noch Spontaneität in ihm. Er plant und handelt bewußt, kühler Intellekt ist da am Werke.

KRENGEL Sie bewundern ihn?

KARL V. KREYL Nein, ich versuche nur, mir vorzustellen, was ihn bewegen könnte.

KRENGEL Ausgerechnet bei Großbankiers – meinen Sie?

KARL V. KREYL Ja, es muß da einen bisher nicht erkannten Zusammenhang geben, den Ihre Tochter wahrscheinlich erkannt hat. Ich jedenfalls war kein Großbankier. Ein Zusammenhang zwischen Musik, Flügeln – und Geld, Geld als metaphysisch zu definierende Materie, rückverwandelt in das, woraus es gemacht ist: Tränen, Arbeit, Schweiß, Blut *Grüblerisch* – auch das müßte bei Ihrer Vorführung zum Ausdruck kommen. Es könnte sogar die Motive Ihrer Tochter definieren.

KRENGEL Könnte ich damit rechnen, daß Sie wenigstens eine Art Regie übernehmen?

KARL V. KREYL Ja.

KRENGEL Kommen Sie, trinken wir zusammen noch einen. *Leiser.* Bißchen vulgär hier, finden Sie nicht? Zuviel Kaviar, Sekt und nackte Busen. *Beide mit Gläsern in der Hand, weiter plaudernd, nach rechts ab.*

Blaukrämer und Halberkamm treten aufgeregt nach vorne.

FRITZ BLAUKRÄMER *erregt:* Eingeladen hatte ich ihn nicht. Er kam unverhofft. Was machen wir mit ihm – mit dem Schwamm?

HALBERKAMM Den Schwamm müssen wir mit äußerster Höflichkeit behandeln, er ist wichtiger als der Botschafter, wichtiger als der Außenminister; er kann uns helfen, Bingerle zu finden, dem Grafen Erle zu Berben aus der Patsche zu helfen – und außerdem: vergiß nicht die Heaven-Hint-Aktien, die man nur über ihn bekommt.

FRITZ BLAUKRÄMER Ich weiß. Was mir Kummer macht, sind seine Weiberwünsche. Immer will er anständige Frauen. Keine Nutten, keine Hostessen, Callgirls oder Fotomodelle. Sie müssen verheiratet und solide sein – und dazu noch hübsch!

HALBERKAMM Und er begreift offenbar nicht, daß sie in dem Augenblick, wo sie sich mit ihm einlassen, nicht mehr anständig sind.

FRITZ BLAUKRÄMER Das begreift er nicht nur, das ist seine Absicht. Er will sie unanständig machen. Er muß mit anständigen Frauen bittere Erfahrungen gemacht haben. Hübsch muß sie auch noch sein und nicht unter fünfunddreißig. Er will sie reif und anständig. Beim vorigen Mal haben wir ihn mit so einer Puppe reinzulegen versucht. Mein Gott, war der wütend!

HALBERKAMM Er soll sich selber eine anlachen. Er muß einsehen, daß wir das nicht für ihn erledigen können.

FRITZ BLAUKRÄMER Er scharwenzelt jetzt um diese Eva von diesem Grobsch herum. Das ist genau sein Typ; hübsch, an die Vierzig, anständig, obwohl sie ganz schön kokett ist. Wenn er erfährt, daß sie eine Gräfin ist, schnappt er über, wird zudringlich, und dann haben wir den Skandal, den wir am wenigsten brauchen können.

HALBERKAMM Die wird ihm eine knallen, und wenn er dann noch erfährt, daß sie was mit einem Kubaner hatte, wird's auch noch politsich. Und eine, die er schon gehabt hat, die kleine Blömer, können wir ihm nicht anbieten, weil die ja nicht mehr anständig ist. Nun, deine Trude ist ja nun wirklich auch hübsch, und als Frau eines Ministers ist sie per se anständig *Grinst* und ihm doch vielleicht lieber als die Frau eines linkskonservativen Politikers.

FRITZ BLAUKRÄMER *böse:* Jetzt müßte ich dir eine knallen – aber öffentlich tu' ich's nicht.

HALBERKAMM Nur weg mit ihm von dieser Gräfin! Die wird Ärger machen – schiebe Trude einfach dazwischen – los, lad ihn ein, in eurem Gästeappartement zu übernachten, sonst vergreift er sich noch an den Kellnerinnen, von denen eine übrigens hochanständig ist. Bei der anderen bin ich nicht so sicher, das war Plukanskis letzte Lebensgefährtin. *Beide ab.*

Schwamm und Trude Blaukrämer treten nach vorn.

TRUDE BLAUKRÄMER Es wird Sie hoffentlich nicht kränken, wenn ich Sie einen Schmeichler nenne – aber einen charmanten.

SCHWAMM *nicht ohne Charme:* Immer wieder, gnädige Frau, wird der Charme deutscher Frauen unterschätzt, immer wieder. Die Spanierinnen, wissen Sie, sind gleichzeitig prüde und gierig, Engländerinnen können entzückend sein, man weiß bei ihnen aber nie genau, wo die Grenze zwischen wahrer Vornehmheit und plötzlicher Vulgarität verläuft. Der Charme der Französinnen wirkt, auch wenn er natürlich ist, einstudiert. Sie, gnädige Frau, eine deutsche Frau – spät erst habe ich die deutsche Nachkriegsfrau entdeckt, ihren Geist, ihre Eleganz und ihre – verzeihen Sie – ihre republikanisch befreite Sinnlichkeit. Das neue

Deutschland gebar eine neue deutsche Frau – wer hätte das für möglich gehalten? Ich hoffe, Ihr Gatte wird viele Auslandsreisen unternehmen, schon damit ich die Freude Ihrer Gesellschaft öfter genießen kann. Ihre freie und freimütige Art wird seiner Politik und seiner Position nützen.

TRUDE BLAUKRÄMER Für einige Tage werden Sie ja nun unser Gast sein. Ich hoffe, ich werde noch oft Gelegenheit haben, Ihr Urteil über unsere Antiquitäten zu hören.

SCHWAMM Echt erscheinen sie mir alle, nur ihre Komposition und Ihre Placierung sind nicht immer stimmig. Zum Glück gehören Sie ja nicht zu den Antiquitäten.

TRUDE BLAUKRÄMER *im Abgehen, lächelnd:* Nun, Sie würden erstaunt sein, wenn Sie wüßten, welch eine Antiquität ich bin.

SCHWAMM Das festzustellen, bedarf es eines fachmännischen Gutachtens – und ein Fachmann bin ich, auch seriös.

Kapitel 9

Die Szene leert sich. Es bleiben im Vordergrund stehen: Katharina Richter, neben ihr Karl Kreyl, links neben ihr Tucheler. Beide sitzen auf dem Rasen, bekommen von Lore Kaffee serviert. Katharina nimmt Geld aus ihrer Schürzentasche, zählt es und steckt es in eine große Kellnerinnenbörse, die sie umhängen hat. Sie legt die Schürze ab, wirft sie hinter sich.

KARL V. KREYL zu Lore: Wieviel hast du?

LORE Einunddreißig Mark zwanzig.

KATHARINA RICHTER Siebenundfünfzig Gäste – ich habe vierundzwanzig Mark sechzig Trinkgeld, Lore mehr: einunddreißig zwanzig. Macht zusammen fünfundfünfzig achtzig, weniger als eine Mark pro Gast. Dabei hab' ich von Karl *Deutet auf ihn* allein fünf und von dem da *Deutet auf Tucheler* zwei bekommen. Klagen will ich nicht: fast eine Mark durchschnittlich pro Kopf, das ist gar nicht so wenig, es hat schon weniger gegeben. Übrigens mein letztes Trinkgeld: ich bin meinen Job los, weil ich diesem Kerl, den sie den Schwamm nennen, eine Tachtel gegeben habe. Als Kellnerin und Serviererin muß man ja so manches anhören und über sich ergehen lassen. Es gibt kaum etwas Dümmeres als Besoffene, man hört ihnen zu, hört sie sich an und vergißt sofort, was sie gesagt haben. Ich sage mir immer, das ist, wie wenn du auf dem Klo abziehst: weg damit. Das Überraschende ist: je intelligenter sie nüchtern sind, desto dümmer werden sie, wenn sie besoffen sind. Sie haben ihre Sentimentalität zu lange unterdrückt, ihre Emotionen abgetrieben, und nun kotzen sie den Schleim aus. Ihr Bewußtsein spielt ihnen dauernd Streiche, sie sind ja intelligent genug, ihre Komplexe zu kennen, und puhlen sie in aller Öffentlichkeit raus – und quatschen, wie sie normalerweise bei Huren quatschen. Mir haben schon viele Huren gesagt: Das Schlimmste ist, wenn sie quatschen; das andere ist schon zum Kotzen, aber das Quatschen! Es gibt natürlich stille, nette Besoffene, die ruhig über ihrem Kummer hocken, fast stumm, man bestellt ihnen ein Taxi, hilft ihnen noch rein, und ab nach Hause.

Dummerweise habe ich auch Psychologie studiert, bei dem da. *Deutet auf Tucheler.* Ein kluger, sogar gebildeter Mensch, Literaturpsychologe, Proust und Brecht, die Manns und Hofmannsthal – er redet gern, hält Vorlesungen und Vorträge, ist Kulturkritiker, und es enttäuscht ihn, deshalb hockt er da so niedergeschlagen, daß sich hier keiner für das interessiert, was er mitzuteilen wünscht, sondern nur für seinen Namen. Den hat er und ist natürlich stolz darauf, aber er möchte doch gern zur Sache gehört werden – zur Sache Literatur – und will immer noch nicht wahr haben, was ich ihm so oft schon einzuhämmern versucht habe: daß es hier nur um Politik und Geschäfte geht und er nur eine Dekoration ist wie der obligatorische Bischof oder General, den sie einladen.

Ich bedaure ihn aufrichtig, aber er macht das einfach falsch: hier sind Häppchen gefragt, keine Happen, jedes Gespräch mit ihm wird zum Vortrag, er holt weit aus, macht einen irren Anlauf und springt dann nur

über einen Graben von fünfzig Zentimeter Breite. Man muß achtgeben, daß man ihn früh genug unterbricht, sonst pulvert er eine ganze Vorlesung über Thomas Mann heraus, meistens auch noch eine, die man schon irgendwo gelesen hat. Er hat hier eine Rolle, nur kennt er sie nicht, genausowenig wie der obligatorische Bischof, der hier Sittenpredigten loswerden will. Der General kennt seine Rolle: Gold an der Uniform, möglichst noch ein bißchen Rot, lächeln. Der Bischof meint immer noch, man ehre und respektiere in ihm die Kirche, dabei geht's nur um seinen violetten Kragen. In der dürftigen Kulturszene hier wirkt Tucheler natürlich wie ein Paradiesvogel, und wenn er eine Dichterin im Schlepp hat, ist er besonders willkommen. Ich mag ihn, diesen schmalbrüstigen Pastorensohn, als Professor ist er großartig, hinter seinen Brillengläsern sammelt sich nun die Trauer. Ich werde wahrscheinlich bei ihm promovieren, über die Rolle des Geldes im Werk von Balzac und Dostojewski. Bei dem Thema finde ich Übergänge zum Bankfach und kann sogar die Dritte Welt noch reinwürgen.
Da hockt er nun allein, nachdem ihn sogar die Dichterin verlassen hat – die ist mit einem schneidigen Oberst abgehauen – hockt da in seinem zerknitterten Anzug, mit seiner Spießerkrawatte, hat vergebens seinen Geist versprüht. Wie kommt er aber auch dazu, Grete Chundt Sartre ausreden zu wollen, den ihr nie jemand einzureden versucht hat. Sie weiß von Sartre nur, daß er schmutzige Fingernägel hatte. Interessiert ist sie nur am Altbaumarkt und ihren Kindern. Und Blaukrämers zweite ist nie in Gefahr gewesen, die metaphysischen Dimensionen bei Faulkner zu erkennen oder ihnen gar

zu erliegen, sie interessiert sich nur für Porzellan, Papageien und Antiquitäten, auch nicht andeutungsweise für Gorki, den er ihr ebenfalls ausreden wollte. Ihr Auge leuchtete auf, als er beiläufig die Moskauer Antiquitätenläden erwähnte, in denen es offenbar noch Porzellan aus der zaristischen Zeit gibt. Und sie fragte ihn prompt, ob man dort wohl eine Sauciere aus dem Besitz Katharinas der Zweiten finden könnte. Ich bin sicher, daß jetzt sofort ein Botschaftsangestellter oder gar der Botschafter selbst, wie es Blaukrämers Stellung entspricht, Order bekommt, nach Porzellan zu fahnden, wahrscheinlich ist sogar schon ein Fernschreiben unterwegs. Und wenn Tucheler Blaukrämer über die Spiritualität des zeitgenössischen Balletts informieren will, verbirgt der nicht einmal seine Langeweile, weil er an Waffenlieferungen nach Guatemala denkt. Vielleicht wäre der Bankier Krengel ein besserer Gesprächspartner; dessen Augen leuchteten auf, als er ihn auf Beckett ansprach. Überhaupt sind ja die Bankiers die Sensibelsten; dieser nette Krengel hat mir gleich einen Job in einer seiner Banken angeboten, als Blaukrämer mich rausschmiß und mir ankündigte, er werde mich allenthalben als unmöglich und unbrauchbar in Verruf bringen. Meine Erfahrungen mit Bankiers sind ohne Einschränkung positiv, sie besaufen sich selten, und wenn, dann still, sie sind diskret und höflich und reden, wenn sie unter sich sind, weniger über Geschäfte als Politiker – sie reden stundenlang über Kunst. Sie sind überhaupt die Kultiviertesten, und ich finde, Karl, *Spricht ihn an* du solltest Krengels Angebot annehmen, schon weil wir das Geld brauchen. Der ganze Ärger nur, weil ich dem, den sie den

Schwamm nennen, eine getachtelt habe, so daß ihm die Zigarette aus dem Mund fiel, die Glut der Zigarette auf seinen Lackschuhen schmorte, bis es anfing zu stinken, und sein Sektglas zerbrach, außerdem verrutschte ihm die Brille, und er sah ein paar Augenblicke lang ziemlich doof aus. Wenn mir einer an die Klamotten geht, da schlage ich zu, auch wenn's ein Ministerpräsident wäre, da bin ich unerbittlich empfindlich und werde sauer, denn ich gehöre nur ihm *Deutet auf Karl,* meinem Liebsten, ihm und meinem Sohn. Und wenn ich zum Callgirl werden sollte, werden müßte, dann schickte ich den Herren eine Visitenkarte mit Angabe der Sprechstunden und dem zusätzlichen Aufdruck: Quatschen verboten. Und dann *Beugt sich zu Karl runter, streicht ihm übers Haar* hielt es auch ihn nicht, und er langte auch zu, so daß dem Schwamm die Brille ganz runterfiel und zerbrach. Da tastete er eine Zeitlang wie ein Blinder herum, und sie suchen jetzt einen Optiker, weil er seine Reservebrille nicht bei sich hat und ohne Brille den Busen von Blaukrämers zweiter nicht sehen kann.
Nun sind wir also vom Hofe verbannt, uns brauchen sie nicht mehr, vielleicht ihn noch. *Deutet auf Tucheler.* Frage nur, ob er sich noch brauchen läßt, er, der doch wissen müßte, daß Eitelkeit ein Nebeneffekt der Dummheit ist. Um das zu beweisen, hat er die gesamte Weltliteratur analysiert, hat sie alle erwischt, die Großen, die Klugen, die stürzen, wenn sie der Eitelkeit erliegen. Er sollte besser einmal vor versammelten Bankiers über Beckett sprechen: die hören zu, die sind wirklich interessiert. Jetzt bringen wir ihn erst mal nach Hause, trösten ihn bei einer Tasse Kaffee über seinen Katzenjammer.

Früher war's manchmal spannend hier, wenn die Gäste weggegangen waren und ein paar noch hier auf dem Rasen hockten in einer Sommernacht. Da sah man Leute, die man aus dem Fernsehen kennt, sah sie schrumpfen, wenn man sie aus der Nähe sah. Und es waren besonders Nächte, wenn Halberkamm und Grobsch sich gegenseitig ihre proletarische Herkunft vorkotzten. Halberkamms Mutter war eine verwitwete Schaustellerin, die mit dem Kettenkarussell über die Dörfer zog. Halberkamm mußte kurbeln und kassieren, und abends prügelte ihm seine Mutter noch Fünfpfennigstücke aus der Tasche, die er plattzuschlagen versucht hatte. Kurbeln, Kassieren, Herbstregen in oberfränkischen Dörfern – und wie sie Weinreste von Kellnern kauften, die aus Krügen, Karaffen und Flaschen die Reste zusammengeschüttet hatten – und Essensreste schnorrten sie in den Küchen der Gastwirtschaften. Und Grobsch kam mal wieder mit seiner Wuppertaler Mietskaserne, seinem verkrüppelten Vater, und sie stritten sich darüber, ob ländliches Proletariat schlimmer sei als städtisches. Mich fragten sie nie, die uneheliche Tochter einer unehelichen Kellnerin, wie ich in dreckigen Dachkammern schlief und auf meine Mutter wartete, nicht hungernd und frierend, immer warm zugedeckt – und ich mich freute, wenn sie dann endlich kam und das Trinkgeld auf den winzigen Tisch kippte und zählte, und ich durfte die Münzen sortieren: Pfennigstücke, Zweipfennigstücke, Fünfpfennigstücke, Groschen und ganz selten mal was Silbernes. Das Silberne fischten wir gleich raus und legten es beiseite: es war für meine Strümpfe und später für meine Bücher, für meine Kleider. Wir, wir konnten es uns nicht leisten, mit zerfransten Jeans herumzulaufen und geflickten Hemden – das ist der Luxus der Bankierstöchter, die barfuß Auto fahren und sich strähnige Haare erlauben können, weil jeder weiß, wer sie sind. Und die da *Zeigt auf Lore* – die wohnt jetzt bei uns, aus der werde ich was machen, die hat Eva uns anempfohlen, die werden wir auf die Schule schicken, die soll aufsteigen, die soll lernen, was die anderen nicht mehr lernen wollen. Ich werde nicht ruhen, bis auch sie ihren Doktor gemacht hat – sie soll nichts vergessen. Und nun nach Hause: Kaffee, Tee, frisch aufgebackenes Brot, Butter und Eier. *Zieht Karl und Tucheler hoch, Tucheler nimmt Lores Arm. Katharina weiter:* Na, ihr beiden, ihr würdet gar nicht so schlecht zueinander passen.

Kapitel 10

Die geräumige überdachte Terrasse der Wublers wie in Kapitel 1. Es ist dunkel, in der linken oder rechten Ecke brennt eine Stehlampe, hin und wieder blitzt ein Autoscheinwerfer vom rechten Rheinufer herüber. Erika Wubler im Bademantel, in Decken gehüllt, liegt auf einer Couch. Neben ihr sitzt Hermann Wubler auf einem Sessel.

HERMANN WUBLER Willst du dich nicht doch lieber ins Bett legen?

ERIKA WUBLER *schwach:* Nein, bitte, laß mich hier. Ich habe Angst vor den Vorhängen in meinem Zimmer. Ich habe Angst, wenn ich sie zur Seite ziehe, baumelt dort einer oder eine. Oh, Hermann, das werde ich ewig vor mir sehen: dieses verzerrte, böse Gesicht mit der heraushängenden Zunge. Ich weiß doch noch, wie sie zu uns nach Huhlsbolzenheim kam: jung, witzig, mit ihrer scharfen Zunge, ein bißchen verstört. Sie war kaum zwanzig, ließ sich einlullen von Herrgottswinkeln und Folklore. Von Vergewaltigung hat sie nie etwas erzählt. *Schaudert.* Manchmal fing sie an, von diesen Aufgehängten zu sprechen, von ihrem Vater, ihrem Bruder – von den Zungen aus deren Hals.

HERMANN WUBLER *leise:* Ich hab's nachprüfen lassen. Kein Wort war gelogen, es war alles wahr, wie sie es sagte, alles stimmte, auch ihre Affäre mit diesem sowjetischen Leutnant: Ein Russe, der damals auch in Berlin war, hat's mir erzählt.

ERIKA WUBLER Ich habe Angst, daß Bingerle auch irgendwo hinter einem Vorhang gefunden wird. Ich lasse in allen Zimmern die Vorhänge abnehmen.

HERMANN WUBLER Mach dir um Bingerle keine Sorgen – nicht solche.

ERIKA WUBLER Die Schweiz ist klein.

HERMANN WUBLER Er ist nicht in der Schweiz. *Sehr leise:* Er ist da, wo ihn keiner sucht.

ERIKA WUBLER Du weißt, wo?

HERMANN WUBLER Er wird klein beigeben, beidrehen wird er und still in irgendeinem Hafen anlegen, verschwinden. *Wendet sich Erika zu.* Es ist verrückt, aber du hast, ohne es zu wollen, Chundt einen großen Dienst erwiesen, indem du Stützling angerufen hast. Ja, es ist verrückt: jetzt hat nicht Bingerle den Vorsprung, sondern Chundt. Aus allen Rohren wird gegen Bingerle geschossen, bevor er auch nur anfangen kann, zu feuern. Vergiß nicht die Zeitungen und die Medien, die Chundt aufs Wort parieren; und da machen auch die zynischsten Journalisten mit. Du glaubst gar nicht, welch zartes, patriotisches Herzchen in ihnen steckt, und da bebt so ein Herzchen wie Rosenblätter im Mittelmeerwind: Bingerle ist ein Betrüger, ein Fälscher, ein Verräter, noch bevor er irgendwo auftaucht. Da werden ihm die besten Dokumente nichts nützen. Wer soll sie auch prüfen? Und glaub mir *Faßt Erikas Hand* – glaub mir: Es ist besser so, es ist gut so, er wollte wirklich nur Geld, und das hat er. Sein Wahrheitsgetue hat der Wahrheit geschadet, er ist eben Gott sei Dank ein Schurke, kein Held und schon gar kein Märtyrer. Die eine Wahrheit, die er zu verkaufen hätte, wird ihm keiner glauben, da können sie

Tribunale eröffnen und Gremien gründen. Idealisten können sich um ihn scharen: es wird nichts helfen, sein Urmotiv, das Geld, schimmert überall durch. Ich denke, wir werden nichts mehr von ihm hören, und es wird nicht einmal Tribunale und Gremien geben, er ist zu klebrig – keine Angst: von außen droht ihm nichts. Was ihm von innen droht, aus sich selbst – ich weiß nicht, ich bin nie so recht schlau aus ihm geworden.

ERIKA WUBLER Er war hungrig, wie ihr alle, und ist nie so recht satt geworden. Er stopfte alles in sich hinein: Suppe, Spiegeleier und Brot – und später Häuser, Grundstücke, Aktien, vielleicht auch Frauen, ich weiß nicht. Aber satt wurde er nie – er ist unersättlich. An deiner Stelle wäre ich nicht so ruhig.

HERMANN WUBLER In *dieser* Sache, von der er sich den großen Coup versprach, wird er sich für gesättigt erklären müssen. Mag sein, daß seine Unersättlichkeit anderswo wieder sichtbar wird. Vielleicht sogar auf unserer Seite.

ERIKA WUBLER Du hältst es für möglich, daß Chundt ihn wieder aufnimmt?

HERMANN WUBLER Ja, natürlich. Du wolltest dem Bingerle helfen und hast Chundt geholfen. Schon möglich, daß Bingerle mit der weißen Fahne am Horizont auftaucht. Die Schlacht hat er verloren – vielleicht gewinnt er die nächste. Du hast etwas nicht bedacht: Chundt, diesem Unersättlichen, ist er wichtig, denn er hat etwas, er hat eine Nase, eine fast unfehlbare Nase für die wunden Punkte bei anderen. Er wäre der Richtige, um Blaukrämer zu stürzen – etwa in einem Jahr ...

ERIKA WUBLER Du bist dort gewesen. Er gibt ein

Fest an dem Tag, an dem seine Frau tot mit herausgestreckter Zunge aufgefunden wird – und du gehst hin, nur, um *sie* zu sehen. Hast du sie gesehen?

HERMANN WUBLER Ja, zu meiner großen Freude – hab' ich sie gesehen. Sie ist nach dir die am wenigsten leichtfertige Frau, die ich kenne. Sie wohnt außerhalb meiner möglichen Begierde – ich freue mich an ihr, und, das verstehst du, sie ist eine Hoffnung auf ein anderes, ein neues Leben hier. Ich will, daß sie hier bleibt, und außerdem *Lacht* hab' ich ja ein Geschäft laufen mit ihrem Mann.

ERIKA WUBLER Dieses Grundstück am Rhein – das wirst du nicht kriegen. Es wäre auch schade drum: wie schön ist diese Ruine – wie schön ihre Verfallenheit.

HERMANN WUBLER Du sprichst wie sie, und ich verstehe euch. Natürlich muß ich im Auftrag meiner Klienten und auch in Kapspeters Auftrag alles tun, um das Grundstück zu bekommen, und doch freue ich mich, wenn ich's nicht bekomme. Ich wünsche dem Jungen ein langes Leben und einen hartnäckigen Sinn. Ich, ich würde schwach bei so viel Geld für ein Denkmal der Schande, in dem man abends das Flöten der Kröten hört – bemoost und verfallen. Sie hat recht: Denkmäler sollten teuer sein, und doch – ich, ich könnte dem Geld nicht widerstehen. Du – könntest du es?

ERIKA WUBLER Führe mich nicht in eine Versuchung, die keine ist. Es gehört mir nicht, das Grundstück, und wenn ich mir vorstelle, es gehörte mir, jetzt, hier, dann sage ich: nein, du bekommst es nicht. Ich stelle mir vor, dort stünde ein pompöser Kitsch im Alhambra-Stil, mit Blick auf die Stelle, wo das

Drachenblut geflossen ist. Ich habe genug zu essen, ich friere nicht, hab' eine Wohnung – nein, dann laß' ich lieber für ein paar Millionen die Kröten flöten. Sie hat recht, deine Eva: die wahren Denkmäler sind teuer, und die Denkmäler der Schande sollten besonders teuer sein. Auch er, der's gebaut hat, dessen Söhne und Enkel dort geboren sind, auch er war ein Bankier, und die Bankiers sollten dieses Denkmal erhalten. Stell dir vor: die Bagger rücken an – in einem einzigen Tag ist alles weggeräumt, ein Jahrhundert Erinnerung. Nein, von mir bekämst du es nicht, auch wenn ich ärmer wäre, als ich es bin. Es wäre mir, als würde ich die Grabsteine meiner Eltern verkaufen um ein Linsengericht.

HERMANN WUBLER *seufzt:* Ich kenne welche, die ihren Trauring für ein Stück Brot hergegeben haben.

ERIKA WUBLER Ich kenne welche, die schamlos und ohne die geringsten Gewissensbisse gestohlen und sich nach Zigarettenkippen gebückt haben. Einer davon sitzt neben mir.

HERMANN WUBLER Ja, ja – ich hab's nicht vergessen. Vielleicht war das ein falscher Anfang; so hungrig in die Politik zu gehen, mit jemand zusammen, der diesen Hunger erkannte und selbst nie Hunger gelitten hat, mit Chundt. Auf dem großen Bauernhof seines Vaters gab's nie Hunger, und er selbst war Zahlmeister, Leiter eines großen Versorgungsdepots in Italien, das hab' ich jetzt rausgekriegt. Da krochen die Hungrigen und die Gierigen zu ihm, und er gab ihnen, nicht einmal ohne Mitgefühl – er sah ihre herausgestreckten Zungen und ihre zitternden Hände und war nicht kleinlich. *Noch leiser.* Wahrscheinlich verachtete er sie nicht einmal – er entdeckte die Kraft der Hungrigen, ihre ungeheure Energie, ihre Unersättlichkeit, mit der man Politik machen kann. Und doch hat er ein Herz.

ERIKA WUBLER Drei Tote an einem Tag: Elisabeth, Plukanski – und da soll sich in Antwerpen eine junge Frau an einer Abtreibung totgeblutet haben.

HERMANN WUBLER Plukanski kannst du ihm nicht zuschreiben. Den hätte er sogar gehalten, weil er war, was Blaukrämer nie werden kann: populär und beliebt. Auch Elisabeth ist nicht sein Opfer. Und was mit dieser jungen Frau in Antwerpen war, ist noch nicht geklärt – wahrscheinlich wird er ihretwegen Blaukrämer stürzen lassen.

ERIKA WUBLER Durch Bingerle – wie?

HERMANN WUBLER Wahrscheinlich. In spätestens vierzehn Tagen wird die weiße Flagge sichtbar, aber *Zögert* – es steht uns noch etwas Unangenehmes bevor: wir müssen wohl diese Katharina entlassen.

ERIKA WUBLER Weil sie dem Schwamm eine gelangt hat und weil auch Karl zugeschlagen hat? Das waren doch endlich einmal erfreuliche Nachrichten. Und merk dir eins: wir halten das Mädchen. Ich mag sie. Und außerdem braucht sie das Geld.

HERMANN WUBLER Ich weiß nicht – ich dachte, du willst von hier weg?

ERIKA WUBLER Wohin denn? Etwa wieder nach Hause? Ich könnte es dort nicht mehr ertragen. Da ist doch alles noch mieser, klebriger, und sogar die Selbstmorde werden da vertuscht. Nein, nur nicht wieder Schützenfest, Kirchweih, Wohltätigkeitsverein christlicher Damen. Nein, vielleicht mal nach Rom fahren, aber ich weiß jetzt schon, daß ich bald wieder zurück möchte – an den Rhein, ja, an den Rhein. Der fließt ja wirklich, da unten. *Deutet nach unten.* Und hier gibt es Karl und deine Eva, die ich hiermit auch zu meiner Eva erkläre. Und es gibt diesen Grobsch, dieses scharfzüngige Ungeheuer, und vielleicht kann ich eines Tages sogar wieder an meinen Flügel gehen. Ich habe ihn nicht mehr berührt, seitdem das bei Kapspeter passiert ist – konnte ihn einfach nicht mehr berühren, es ist wie ein Bann. Nur nicht zurück in die Heimat, vielleicht nach Rom, um wieder zurückzukommen – nein. Und das Mädchen, Katharina, bleibt.

HERMANN WUBLER Ich weiß nicht, ob wir sie halten können. Du kennst doch den Schwamm. Er kann alles über sich ergehen lassen – eine öffentliche Blamage nicht. Er vernichtet jeden, der ihn einmal öffentlich blamiert hat, und sie haben beide öffentlich zugelangt, auf Blaukrämers Terrasse: Katharina und Karl.

ERIKA WUBLER Ich habe ihn auch einmal abgefertigt auf eine schneidige Art.

HERMANN WUBLER Das war nicht öffentlich, und verziehen hat er dir nie, auch mir nicht.

ERIKA WUBLER Ich behalte Katharina. Was kann er uns denn wollen, was kann er uns tun?

HERMANN WUBLER Direkt nichts. Er brütet lange und schlägt dann zu an einer Ecke oder in einer Gegend, an die du nicht gedacht hast – notfalls Verleumdungen, gegen die du nicht ankommst. Er war der einzige, der meine Affäre mit der Golpen publik gemacht hat. Du erinnerst dich: es war ein Fressen für alle, denen meine Korrektheit nicht paßte. Er war's, der das Foto von dieser Kubanerin aufgetrieben hat,

mit der Karl eine Affäre hatte und der er das Geld von der Botschaft gegeben hat. Er wird schon was finden.
ERIKA WUBLER Was?
HERMANN WUBLER Was weiß ich? Zunächst wird er sich Karl greifen, dann Katharinas Diebstahl, die Demonstrationen, an denen sie teilgenommen, die Steine, die sie geworfen hat. Er wird meine Beziehung zu Eva, deine zu Karl auf eine schmierige Weise interpretieren lassen.
ERIKA WUBLER Lassen, sagst du?
HERMANN WUBLER Er hat seine Leute, die so etwas aufbereiten.
ERIKA WUBLER Das wird er auch tun, wenn wir Katharina entlassen. *Seufzt.* Soll er also – er wird's in jedem Fall tun, wenn er es dann will. Also halten wir Katharina. Schließlich hat sie sich nie strafbar gemacht. Nur diese Kleinigkeiten.
HERMANN WUBELER Bei Karl bin ich nicht so sicher.
ERIKA WUBLER Du glaubst...?
HERMANN WUBLER Keiner weiß, womit er sein Geld verdient, und er verdient welches, nicht nur bei mir. Er ist in irgendeine mysteriöse Sache verwickelt.
ERIKA WUBLER Und das kannst nicht einmal du herauskriegen?
HERMANN WUBLER Nicht einmal ich. Er hat in allen Ämtern seine Kumpel, die nichts auf ihn kommen und ihn nicht verkommen lassen.
ERIKA WUBLER Freuen wir uns über seine Kumpel und warten ab. Du hast mir noch nicht von dem Hochamt erzählt.
HERMANN WUBLER Du hast es geschafft, Erika.

Erika sieht ihn fragend an. Es war schön wie immer: Chundt ministrierte, und als sie alle zur Kommunion gingen, wurde mir seltsam. Das hast du geschafft. Nicht, daß ich mich weniger sündig fühlte als sie – nein, und nicht, daß ich mich christlicher fühlte als sie – auch das nicht. *Steht auf.* Mir wurde bang bei dem Gedanken, daß nicht wir, weder ich noch du, noch Karl oder Eva möglicherweise die wahren Christen sind, sondern sie. *Bleibt vor der Couch stehen.* Schließlich, und das fiel mir ein, als ich den Kardinal intensiv ansah, ihm zuhörte, ihn beobachtete – schließlich sind immer *sie* es gewesen, die bestimmt haben, was Christentum zu sein hat, immer und überall. Und du, ich weniger, und all die anderen, zu denen ich sogar den verbitterten und verbiesterten Grobsch zähle, *ihr* seid im Irrtum, nicht sie. Es hat mir Hirn und Herz und Magen umgedreht, und ich konnte es kaum aushalten, nicht abwarten, bis dieses schöne Amt vorüber war. Das ist es, was du geschafft hast, Erika – mir wird ganz schwindelig dabei. Natürlich bist du vermißt worden, aber ein Skandal war es nicht. Sie haben dich für krank erklärt, obwohl du es nicht wolltest. Es war mehr Bedauern als Ärger, und natürlich waren Fernsehen und Funk da und, wie du vorausgesagt hast, Grüff und Bleiler. Die Predigt war unerträglich, und der Kardinal kam mir vor wie eine Larve. Oh, Erika, das hast du geschafft, und ich weiß nicht, ob's gut so ist. Wenn ich an meine Eltern denke, wird mir angst und bange – an meine Kindheit, Schule, Studium und all das, mit dem wir nach dem Krieg – wie sagt man doch so schön – angetreten sind. Du hast es geschafft. Frag mich nur nicht, was du geschafft hast.

ERIKA WUBLER *ergreift seine Hand:* Ich habe auch fromme Eltern gehabt, eine fromme Kindheit und war bei frommen Nonnen in der Schule, an die ich mit Dankbarkeit denke. Sie haben mir sogar das Glück und die Gefahren der Sinnlichkeit zu erklären versucht. Natürlich gibt es da keinen Trost. Es ist eben zu Ende. Und nicht eine Stimme, auch nicht die eines Kardinals, war gegen die Bomben und Raketen, nicht eine. Auch du nicht. Und da wunderst du dich, daß dieser Trost dir genommen wird, diese makellose Schönheit, die nicht einmal eine salbungsvolle Predigt dir früher hätte verderben können.
Nicht ich hab's geschafft, Hermann, ihr habt's geschafft und ich mit, ich mit – immer munter drauflos, mit kirchlicher Dekoration. Ich hab's geahnt, wenn ich mit Bischöfen auf Konferenzen geknipst wurde, wenn Erftler-Blum mit Nonnen und Priestern gefilmt wurde. Ganz wohl war mir nie, aber doch wohl genug. Mich trifft's, es trifft mich sehr, und ich wußte, was ich tat, als ich heute morgen hier blieb. Dich trifft es schwerer, weil du des unschuldigen Glaubens warst, das eine wäre vom anderen zu trennen. Und ihr müßt ja auch, wir müssen ja auch alles, alles kaputtmachen. Jetzt rennen wir wie besessen hinter jeder schwangeren Ledigen her, als habe sie Christus im Leibe. Den hatten sie auch im Leib, als ihr noch nicht hinter ihnen hergerannt seid, sondern sie verachtet und verdammt habt. Das hat mir Katharina heute morgen klargemacht: ihre Mutter war eine ledige Mutter, sie selbst ist auch eine. Die verspätete Heiligsprechung lediger Mütter kommt ihnen wie Hohn vor, ist auch Hohn. Und blind, blind wie die Hühner habt ihr

die Raketen hergejubelt, du auch – ich nicht, und ich bilde mir nichts darauf ein. Ihr habt das Haus leergeräumt und wundert euch jetzt, daß seine Bewohner und ihre Möbel nicht mehr da sind.
Larve hast du gesagt, das war gut gesagt – jetzt folgt die Entlarvung. Es tut mir weh, daß so ein Mädchen wie Katharina sich schüttelt, wenn sie von der Kirche nur hört – es tut mir weh. Aber ich seh' sie doch als ältere Frau mit ihrem Sohn neben Karl knien, in einer Stille, die nicht entlarvt werden kann, nicht entlarvt werden muß. Schließlich gibt's ihn, der da in den Sand geschrieben hat. Warum mußte das alles so laut sein, so arrangiert? Und ich glaub' immer noch nicht, daß du recht hast, glaub' nicht, daß sie in der Wahrheit und wir im Irrtum sind. Ich glaub's nicht – es gibt ihn.
Meine Mutter ging, wenn sie es eben schaffte, zweimal täglich in die Kirche, und sie war glücklich, wenn sie uns in die abendliche Suppe ein paar Eierflocken hineinzaubern konnte. Mein Vater fluchte, wenn die Großhändler kamen, um abzurechnen und zu kassieren, und meine Mutter bat ihn, nicht zu fluchen. Sie waren beide herb, fast hart, aber der Herr Baron saß da während der Messe in seinem Privatkerker oben, nicht weit vom Altar, und nickte uns manchmal zu. Und er war's, er war's, was ich später erst erfuhr, der den Großhandel betrieb, der meinem Vater mit seinen Preisen und Zahlungsbedingungen den Hals zuhielt – er war's, derselbe, der mich später mit herablassender Gnädigkeit auf Empfängen begrüßte. Mein Vater nannte ihn einen Groschenquetscher, der keine Gnade kannte, nie Nachlaß, nie Aufschub gab.
Und mein Bruder ging zum Militär, weil er da endlich

satt zu essen bekam. Er hörte nicht auf das, was mein Vater über Hitler sagte – das Politische war ihm egal. Er schwärmte von dem billigen französischen Rotwein, den Hühnchen, und ich hoffe, er hat auch ein Mädchen gehabt. Was er beim Militär zu tun hatte, war längst nicht so hart wie die Arbeit bei seinem Bauern, der auf kärglichem Boden ein paar Kühe weidete und ein bißchen Gerste zog. Er war lustig, mein Bruder, beim Militär wurde er lustig: Rotwein, Hühnchen und hoffentlich ein Mädchen. Und dann war er tot – er konnte nie begreifen, daß es solche gab, die sich übers Essen beklagten. Tot – gefallen bei Avranches – was ist das, Hermann, gefallen ...

HERMANN WUBLER Ich weiß nicht viel davon, ich habe mich auf Schreibstuben herumgedrückt, ich hatte eine saubere, lesbare Schrift, hatte ein paar Semester studiert. Ich war feige, wollte kein Held sein oder werden, blieb immer hinten, aber manche erzählten natürlich. Fallen, Erika, das ist schreien und fluchen, manchmal auch beten. Du weißt, als es ernst wurde, bin ich desertiert.

ERIKA WUBLER Und es war mutiger, als wenn du geblieben wärst. Du brauchtest nicht einmal in Gefangenschaft, weil Chundt für dich bürgte. Er schützte dich früh, er brauchte dich.

HERMANN WUBLER Und er mochte mich. Mich mochte er, die anderen, die hat er nur gebraucht, Blaukrämer, Halberkamm und das Bingerle. Er mochte mich, und ich frage mich, ob er nicht hinter dir her war, um dich auf die Probe zu stellen, weil er mich mochte. Du hast die Probe bestanden, aber ich hatte Angst, obwohl ich dich kannte. Er war fast hinter jedem Weib her. Er hat manche Ohrfeige gekriegt, aber rachsüchtig war er nie, seine Gefährlichkeit ist eine animalische Energie, mit der er seine Ziele verfolgt.

Chundt betritt fast lautlos die Terrasse. Die beiden zucken zusammen, als sie ihn bemerken.

PAUL CHUNDT *lachend:* Da ist wohl ein Bibelzitat fällig: Fürchtet Euch nicht, ich bin es. Ihr redet wohl von mir, mir war, als hörte ich meinen Namen. Ich müßte jetzt fragen, wer von euch war's. Wenn ich nicht wüßte, daß es Erika war.

ERIKA WUBLER Ja, ich kannte Stützling schon, als er noch als hungriger Student und Flüchtling manchmal zu uns kam, um mit Hermann zu pauken. Da war er achtzehn, ein zitternder, ständig frierender Flüchtling, der sich an meinem Herd die Hände wärmte, bevor er seine Suppe bekam. Manchmal bekam er sogar Spiegeleier...

PAUL CHUNDT Die ich euch besorgt hatte... *Lacht.*

ERIKA WUBLER Ja, die du uns besorgt hattest. Und manchmal habe ich ihm sogar ein paar Zigaretten gestiftet und ihm noch ein Stück Brot in seine Aktentasche gesteckt. Es war rührend, wie verloren er war inmitten von Schwarzmarkt und Schieberei. Ja, ich habe ihn angerufen, ohne Hermann etwas zu sagen, und doch wußte er, daß ich's tun würde. Und dann, dann habe ich mich doch angezogen, habe mir ein Taxi bestellt und bin dorthin gefahren. Du weißt ja, wohin.

PAUL CHUNDT *bedrückt:* Ja, ich weiß, wohin. Und wenn ich dran denke, hätte ich Lust, mich hier hinunterzustürzen. *Geht zur Balustrade.* Wie tief ist es hier?

HERMANN WUBLER Viermeterachtzig – und das würde genügen. Aber du wirst es nicht tun, sowenig wie ich es tun werde. Wir sind ja alle unschuldig, das haben wir doch nicht gewollt, nicht wahr? Daß Plottgers Frau sich umbrachte, haben wir nicht gewollt, was in Antwerpen geschah, nicht gewollt, was mit Elisabeth Blaukrämer geschah – nicht einmal Plukanskis Tod haben wir gewollt. Nur Blaukrämer, den haben wir gewollt und den noch famoseren Halberkamm – und das Bingerle.

PAUL CHUNDT *immer noch an der Balustrade:* Wie wär's, wenn du mich hier hinunterstürztest – und dich selber hinterher? Doppelter Selbstmord. Das würde jeder glauben angesichts der Gerüchte, die jetzt über uns hereinpurzeln werden. *Still, ernst, blickt nachdenklich ins Dunkel, auf den Rhein hinunter, fängt an zu weinen, man hört ihn schluchzen.*

HERMANN WUBLER Es fällt mir schwer, deinen Tränen zu widerstehen.

PAUL CHUNDT Ihr habt mich nie verstanden. Ja, ich wollte beides, Geld und Macht, wollte nie Blut, Blut hab' ich im Krieg genug gesehen. Ich war verantwortlich für die Versorgung von zwölf Kriegslazaretten, und ich habe sie gesehen: die Verstümmelten, die Verwundeten, die Übergeschnappten – ich hab' sie gesehen. Und im Lager haben die Amerikaner mir politische Posten angeboten, weil ich antifaschistische Lektionen hielt. Und du, Hermann, warst der erste, den ich auf diese Reise mitnahm. Du warst der Korrekte, der Intelligente, der Planer, der unentbehrliche Schreibtischtäter. Und ich frage dich: Wer ist schuldiger, der Generalstabschef oder der General, der die Schlacht führen muß? Mit Landkarten und Fähnchen warst du der Stratege, der unsere Organisation aufbaute. Blaukrämer, das war der alte Nazi, den ich brauchte, weil er möglicherweise erpreßbar war. Und Halberkamm war ein Antinazi, beide zu jung, als daß man ihnen das eine oder andere hätte ankreiden können. Und Bingerle, das war der hergelaufene, hungrige, kleine Hund, der für einen Wurstzipfel alles tun würde. Und nun ... *Schluchzt.*

HERMANN WUBLER Jammern, das paßt nun wirklich nicht zu dir. Der Schwamm hat dir gestern zu deinen zehntausend Heaven-Hint-Aktien gratuliert, die um dreißig Prozent gestiegen sind. Das hast du mit Grinsen quittiert, nach Elisabeth Blaukrämers Tod, nach Plukanskis elendem Verrecken und nach dem, was in Antwerpen passiert ist, was immer dort geschehen sein mag.

PAUL CHUNDT Ihr vergeßt meistens etwas sehr Banales – daß ich sogar ein Mensch bin. Ich habe eine Frau, die ich wirklich liebe, ich habe zwei Töchter, an denen ich hänge, ich habe vier Enkelkinder. Und sie, sie sind es, die mich hindern, mich hier hinunterzustürzen – nicht ihr, die ihr hier sitzt, auf den Rhein glotzt und unkt. *Still.* Ich bin kein Mörder, auch wenn ich am Tod einiger Menschen mitschuldig sein mag. Nicht ich habe Plukanski auf dem Gewissen, nicht ich habe Elisabeth Blaukrämer auf dem Gewissen. Und Antwerpen – ihr werdet hoffentlich sogar mir Gerechtigkeit widerfahren lassen, wenn ihr erfahrt, was da, wer da ... Ihr werdet es sehen, es ist eine verflucht verzwickte und verwickelte Geschichte. Ich war entsetzt über Angelika Plottgers Tod. Ja, ich gebe zu, die Mitteilung über die Wertsteigerung meiner Aktien hat mich nicht unglücklich gemacht. Ich bin von irdischer

Art und denke an meine Familie – ach, was nützen mir eure Vorwürfe. *Wendet sich um, den beiden zu.* Glaubt mir, am liebsten würde ich Schluß machen mit allem.
HERMANN WUBLER Immerhin hast du dafür gesorgt, daß Blaukrämer Minister wird. Er regiert, du beherrschst ihn – dein altes Prinzip.
PAUL CHUNDT *müde:* Das war einmal. Er zeigt mir seine Zähne, er zeigt mir meine Grenzen. Eure Unschuld ist mir nicht geheuer. Hast du denn etwa geglaubt, am Telefon, am Schreibtisch, auf stillen Konferenzen, still, aber zielbewußt, das würdest du mit reinen Händen überstehen? Willst vielleicht mit Erika auf dem Balkon sitzen, die Schlechtigkeit der Welt beklagen, vielleicht Memoiren schreiben und mit deiner zauberhaften Eva platonisch auf Parkbänken flüstern oder mit ihr wieder vierhändig Klavier spielen. Nicht mehr die vier, fünf Telefonapparate, auf denen du herumklimpern kannst wie auf einem Flügel? Ein reines Leben rein beenden, mit Messe am Morgen und Rosenkranz am Abend? Du? Du bist nicht zum Pensionär geboren, hast die Fäden gesponnen, in alle Länder Europas und nach Übersee. Deine Karten, deine Pläne. Steckst eine Nadel an jeden eroberten Ort und weißt nicht, ob irgendwo in Bolivien oder Spanien, wohin auch immer, du das Netz ausgeweitet hast, einer mit einem Messer im Bauch oder einer Kugel im Rücken gefunden wird, weil *du* die Nadel auf die Karte gesteckt hast, Prozesse, Eifersucht, Machtkämpfe, Gier in Bewegung gesetzt hast, die du nie gewollt hast, von denen du nie erfahren wirst und die doch *du* veranlaßt hast, durch Eröffnung eines Büros, durch Geld, von dem wir nie wissen, was damit

gemacht wird, ob Waffen dafür gekauft werden, ob's in Bordellen verschwindet, in Spielhöhlen, oder ob's zu dem Zweck verwendet wird, zu dem du es vorgesehen hattest, ad majorem Dei gloriam oder auch nur Germaniae gloriam, oder ganz simpel versoffen wird? Ein Scheck, ein Brief, ein Telefongespräch, du weißt nicht, was du anrichtest, was du angerichtet hast.
Ein Telefongespräch, Erika, und dein guter, alter Stützling hat die Spiegeleier, die von mir stammten *Lacht* hoch honoriert, und hast nur das Bingerle vor der etwas gewaltsamen Betreuung durch den Grafen Erle zu Berben bewahrt. Übrigens hat sich das, wie Hermann dir gewiß erklärt, als die weitaus bessere Lösung für uns erwiesen: Wir haben die erste Kanonade frei. Und die Presse, lieber Hermann, wer kam denn als erster auf die geniale, die simple Idee, die Presse und dann das Fernsehen zu erobern? Auf die Idee war nicht einmal ich gekommen. Wer dachte damals schon daran, daß diese peinlichen Provinz- und Lizenzblättchen einmal wichtig werden könnten, wer dachte als erster daran, daß dieses alberne Filmgeflimmer am Abend einmal so wichtig werden könnte? Wer wohl? Ja. Wer wohl? Unser kluger kleiner Mann am Schreibtisch – er hat vorausgesehen, was ich nicht voraussah. Soll das Bingerle also leben und zittern, wir wollten ihn nur in Sicherheit bringen, und da ist er jetzt, in seiner eigenen, zitternden Sicherheit, die er der nostalgischen Erinnerung an ein paar Spiegeleier und ein paar Zigaretten verdankt.
Aber weißt du auch, Erika, was du außerdem angerichtet hast? *Erika blickt erschrocken auf. Fast* einen tödlichen Unfall. Fast, meine Liebe. Berben wollte ihn

Brot, das ich esse, esse ich jemandem weg, jemandem, den ich nicht kenne. Die Milch, die ich trinke, verdanke ich Futtermitteln, die anderswo Brot, Brei oder Fladen bedeuten. Nicht einmal der Wein, den wir trinken, gehört uns – mit den Düngemitteln, die er braucht, könnte anderswo Getreide wachsen. Und wenn ich meinen Telefonhörer – einen von vieren – aufhebe und wähle, um jemand zu rüffeln, der es verdient hat, weiß ich nicht, ob er abends seine Frau oder seine Kinder deswegen schlägt oder sich besäuft, oder sich wütend ins Auto setzt und einen Unfall verursacht. Wir sind zum Handeln verdammt: ich weiß, was ich tue, aber ich weiß nicht, was ich anrichte. Vielleicht weiß, was er anrichtet, nur der Geheimnisvolle, der nachts in aller Stille, lautlos und heiter, den Bankiers die Flügel zerlegt und fein geordnet als Brennholz vor den Kamin stapelt.

PAUL CHUNDT Wahrscheinlich ist es doch der, dessen Freundin ihr gegen meinen Rat ins Haus geholt habt. Ihr werdet wohl auf diese energische junge Dame verzichten müssen.

ERIKA WUBLER Nein, das werden wir nicht. Sie ist klug, tüchtig und braucht außerdem das Geld – ich werde sie nicht entlassen.

PAUL CHUNDT Den Schwamm öffentlich zu ohrfeigen, das hat noch keiner riskiert. Erika, du weißt wahrscheinlich nicht, was er anrichten kann – er, er *Stockt* – gegen ihn bin ich ein Märchenprinz, ein Waisenknabe.

HERMANN WUBLER Er hat seine Beute gehabt und ist wahrscheinlich morgen früh ruhiger, weil er dann doch gesiegt hat. Sogar seine Brille hat er wieder. Was er anrichten kann, weiß ich: er kann den Bolker-Huhm-Brisatzke-Auftrag rückgängig machen, das bedeutet eine knappe Milliarde Umsatz. Aber auch das wird er nicht tun, weil seine Provision sicher ist und er nicht weiß, ob er sie anderswo kriegt. Er kann sogar das Bingerle ausfindig machen und es ermutigen auszupacken. Er kann uns fix und fertig machen, so sagt man doch so schön. Anderswo ist es ihm gelungen, Aufstände anzuzetteln.

ERIKA WUBLER Und das wird er tun wegen eines mißglückten Annäherungsversuches – wird Firmen ruinieren, Pressekampagnen anleiern, möglicherweise Terroristen anheuern und bezahlen, weil eine vernünftige und energische junge Frau ihm eine gelangt hat – und ihr Freund sie unterstützt hat? Deswegen?

PAUL CHUNDT Deswegen auch. In Weibersachen ist er empfindlich und eitel. Aber wichtiger ist es für ihn, daß man ihm pariert. Ungehorsam kann er nicht dulden. Ich rate dir, laß die Kleine laufen. Ich sage dir: Sogar Kapspeter, vor dem so viele zittern, zittert vor ihm.

HERMANN WUBLER Zum Glück hat man ihn von Eva abgelenkt. Ich glaube, wenn er sich an ihr vergriffen hätte, ich hätte ihn erwürgt. Wenn ich mir vorstelle, daß Grobsch – er hätte fester zugeschlagen als Karl. Halberkamm hat schlau reagiert und Blaukrämers zweite zum Fraß angeboten – offenbar mit Erfolg. Wir sollten nicht zu ängstlich sein, er wird nicht in jede Ecke hineinleuchten, wo das Mädchen noch Arbeit hat.

PAUL CHUNDT Ihr seid nicht jede Ecke, ihr seid keine Eckkneipe, in der sie getrost noch Würstchen und Bier servieren dürfte. Von dir, Hermann, erwartet er Loyalität. Von einer Gräfin hätte er sich wahrscheinlich sogar mit Freuden ohrfeigen lassen, dann könnte er doch erzählen: Ich bin von einer Gräfin geohrfeigt worden – aber von einer Kellnerin? Ich warne euch, gegen ihn könnte ich euch nur schwer helfen.

ERIKA WUBLER Wenn man dir so zuhört, wird man ganz schwankend. Es klingt alles so vernünftig, so menschlich – und als wärst du ernsthaft um uns besorgt.

PAUL CHUNDT *sehr gekränkt:* Klingt so? Klingt so? Ich bin wirklich um euch besorgt. Und wenn ich bei dir Annäherungsversuche gemacht habe – ist das vielleicht beleidigend, wenn ich eine Frau begehrenswert finde?

ERIKA WUBLER Aber vielleicht für ihren Mann, wie?

PAUL CHUNDT Auch nicht, weil er ja bestätigt bekommt, wie begehrenswert seine Frau ist, und wenn sie standhaft bleibt, und das ist Erika geblieben – ich sage euch, es gibt Frauen, auch Ehefrauen, die beleidigt sind, wenn man es nicht bei ihnen versucht, sogar Ehemänner, die es kränkend finden, wenn es keiner bei ihrer Frau versucht. Ich mache mir ernsthaft Sorgen um euch Unschuldsmänner – lebt mitten in der Welt, mitten im Trubel und wißt nicht, was gespielt wird.

HERMANN WUBLER Zu dieser Sorte Männer, die du beschreibst, gehöre ich nicht. Wir behalten Katharina – drohe uns nicht, bevor der Schwamm selbst uns gedroht hat. Komme mir nicht mit dem, wozu er fähig ist. Wozu du fähig bist, das weiß ich. Geh jetzt und laß

uns allein – Erika ist krank, sie hat Angst und ist müde.
PAUL CHUNDT *traurig:* Rausgeschmissen habt ihr mich noch nie, auch nicht um vier Uhr morgens. Das ist das erste Mal *Bleibt noch einen Moment stehen* das erste Mal – wie oft habe ich mich an eurem Küchentisch getröstet ... *Ab.*
HERMANN WUBLER Nun komm ins Bett, es wird zu kühl.
ERIKA WUBLER Erst wenn du die Vorhänge abgehängt hast. Gib acht, wenn du auf die Leiter steigst. *Wubler geht ab.* Immer wieder lullt er mich ein, wenn er da steht oder sitzt und redet, es klingt alles so natürlich und überzeugend. Immer wieder.

Kapitel 11

Großes Zimmer im Inneren des Wublerschen Hauses, behagliche Einrichtung, nicht protzig. Erika Wubler liegt auf einem Sofa neben dem Flügel, als Katharina Richter die Tür öffnet und Heinrich von Kreyl hereinläßt.

HEINRICH V. KREYL *tritt zu Erika, küßt ihr die Hand:* Es tut mir leid, daß ich die Versammlung hierher einberufen mußte. Ich wollte Sie dabei haben und weil Sie das Haus nicht verlassen können...

ERIKA WUBLER Schon gut, das macht nichts. Ich habe gern Besuch, und alle, die Sie geladen haben, sind hier willkommen.

HEINRICH V. KREYL Ich komme früher als anberaumt, weil ich gerne etwas sehr Persönliches, Heikles, mit Ihnen besprechen möchte, etwas, das mich seit gestern bewegt, erregt und ratlos macht. *Setzt sich auf einen Stuhl neben das Sofa, druckst, stockt.* Ich – ich weiß nicht, wie ich anfangen soll – die Scheu – wir sind erzogen, über solche Dinge – ich meine religiöse – nicht zu sprechen. Es war alles so selbstverständlich, natürlich Kritik und Geschimpfe und *Zuckt mit den Schultern* – was weiß ich alles. Ich habe lange darüber nachgedacht, mit wem ich darüber sprechen könnte, wem es zu erklären ich versuchen könnte. Sie sind die einzige, die mir einfiel. Ich kenne Sie kaum, habe Sie nur ein paarmal vor Jahren bei meinem Sohn getroffen, dann auf Empfängen, und natürlich kenne ich

Hermann Wubler aus der Partei. Aber nach allem, was ich über Sie hörte, dachte ich *Steht auf, erregt, geht ein paar Schritte.* – ich bitte Sie, lachen Sie nicht – aber nein, wenn ich Ihr Lachen fürchtete, wäre ich nicht zu Ihnen gekommen, entschuldigen Sie. Ich – seitdem ich mich erinnern kann, bin ich gern in den Gottesdienst gegangen. Man brauchte mich nie zu zwingen, es war zwar Pflicht, aber ich hab's nie als solche empfunden, und während des Krieges und nachher war's ein noch größerer Trost – und ein Bedürfnis. Aber seit gestern...

ERIKA WUBLER Seit gestern ist auch bei Hermann eine Veränderung vor sich gegangen, er war regelrecht verstört, wie Sie...

HEINRICH V. KREYL Und Sie, Sie sind gar nicht erst hingegangen und waren doch gestern noch nicht krank, wie ich hörte.

ERIKA WUBLER Ich hatte mal wieder gelauscht, als sie sich hier trafen – Sie wissen schon, wer... die ganze Nacht nicht geschlafen – an die Toten gedacht: meinen Bruder und meine Eltern und an die vierzig Jahre nach dem Krieg – und an all die feierlichen Gottesdienste, an denen ich – immer in der ersten Reihe, immer vorne, fast möchte ich sagen: vorneweg oder gar demonstrativ – teilgenommen hatte, eine Art, sagen wir, Second-hand-Lady, die manchmal die First Lady vertrat. Ich hab's genossen, mir ging's wie Ihnen, bin immer gern in die Kirche gegangen, meistens sogar in die Abendandachten. Aber gestern, da hatte ich Angst, in die repräsentativ-demonstrative Rolle einzutreten, gerade weil ich gestern an, wie man sagt, bevorzugter Stelle sitzen sollte. Ich hatte Angst, es würde mir ergehen, wie es Ihnen und Hermann dann ergangen ist. Ich hätte es auch nervlich nicht durchgehalten, wahrscheinlich angefangen zu schreien oder so etwas.

HEINRICH V. KREYL Ich konnte kaum bis zum Ende bleiben und bin doch erst gekommen, als die Predigt schon fast vorüber war. Ich saß nicht einmal vorne, an dem Platz, der für mich reserviert war, ich bin hinten stehengeblieben, das war mir ohnehin immer lieber, und plötzlich – oder war's gar nicht so plötzlich, spürte ich: die Kirche ist leer – und auch ich war leer. Die Sicherheitskräfte vertrieben draußen ein paar junge Leute, die rein wollten, vielleicht hätten sie die Kirche gefüllt, aber sie wurden vertrieben, und alle nicht Geladenen wurden abgewiesen, auch Pfarrerangehörige. Mich ließen sie rein: ich hatte ja meine Karte. Ich frage Sie, liebe Erika Wubler, was ist das für eine Messe?

ERIKA WUBLER Eine Sicherheitsmesse, mein lieber Graf, eine Sicherheitsmesse. Wahrscheinlich waren sogar unter den Ministranten Sicherheitsbeamte... war auch Nummer 3 da?

HEINRICH V. KREYL Nummer 3 – wer ist das?

ERIKA WUBLER Kommen Sie näher zu mir. Das kann ich nur ganz leise flüstern, sehr leise. *Heinrich v. K. tritt näher, hält sein Ohr an ihren Mund, sie flüstert.*

HEINRICH V. KREYL Nein, gesehen habe ich ihn nicht. Ich kann nicht glauben, daß er sich hier herumtreibt.

ERIKA WUBLER Sie können es glauben.

HEINRICH V. KREYL Ist er denn... ich meine katholisch?

ERIKA WUBLER Warum sollte er es nicht sein? Und dekorativ ist er ja, sieht gut aus – und warum sollte er, selbst wenn er nicht katholisch ist, nicht zum feierlichen Gottesdienst gehen? Es ist doch sozusagen ein Staatsakt – daran könnte sogar der sowjetische Botschafter teilnehmen. *Leiser.* Ich weiß, warum Ihnen so bang ist: Er war nicht da, der, den Sie suchten. Sie haben ihn vertrieben und auch in der Wandlung ist er nicht gekommen, nicht, weil sie alle so sündig sind, korrupt bis ins Mark – das ist nicht neu. Nein, weil sie sich gar nicht sündig fühlen: sie lassen sich bestechen, sie jubeln die Raketen herbei, sie beten den Tod an – alles nicht neu. Das Neue ist: sie fühlen keine Schuld und schon gar keine Sünde. Und die, die ihm die Füße salben würden, begehen Selbstmord und strecken ihnen im Tod die Zunge heraus. Sie haben kein Herz, ihre ständige Rede von der Emotionslosigkeit, von Sachzwang und Sachlichkeit. Sie haben das kostbare Öl, mit dem man ihm die Füße salben könnte, auf den Markt geworfen, an die Börse gebracht – trockene Bischöfe, vertrocknete Kardinäle – sie haben ihn vertrieben und feiern Sicherheitsmessen, von denen die ferngehalten werden, die eine Messe zu einer machen würden. Da ist für uns kein Platz, lieber Graf, weder drinnen noch draußen.
HEINRICH V. KREYL Wohin denn? *Verzweifelt.* Ich kann so nicht leben, ich habe Angst, ich werde verrückt. Vielleicht bin ich's schon.
ERIKA WUBLER Wohin? Vielleicht dorthin, wohin Ihre Frau gegangen ist, von der ich so viel gehört habe. Karls Mutter, wenn ich das recht verstanden habe, ging sie in den Rhein, als Erftler-Blum mit seiner Gesell-

schaft bei Ihnen auftauchte. Was hat sie gesehen in seinem Gesicht und auf den Gesichtern seiner Kumpane – wann war das? Ich denke 1951, als Karl fünf Jahre alt war, nicht wahr? *Heinrich v. K. nickt.* Da war Hermann noch Landrat, und wir genossen es sehr, ein großes Haus, und immer geheizt und immer zu essen. Da war ich einunddreißig und tanzte noch gern und freute mich auf die Hochämter. Was ist bloß geschehen?

HEINRICH V. KREYL Manchmal hatte ich schon den Eindruck, als wären die Gottesdienste parteikonformer als die Partei selbst. *Nachdenklich.* Ich habe mich nicht nur unbehaglich gefühlt, nein, ich hätte nicht wütend, sondern nachdenklich werden müssen, als Karl sich weigerte, zum Militär zu gehen und statt dessen lieber Schwachsinnige fütterte, als er aufhörte, in den Gottesdienst zu gehen – als er seinen Flügel zerhackte – hätte, hätte – und jetzt *habe* ich die Leere in mir, die nicht einmal durch Trauer gefüllt ist. Und, liebe Erika, es ist nicht nur die Leere, die der Pomp verursacht *Schüttelt den Kopf* nicht nur die Leere des Schauhaft-Demonstrativen dieser, wie Sie sagen, Sicherheitsmessen – ich finde es auch anderswo nicht mehr. Heute morgen bin ich zur Kirche gelaufen, in eine stille, schnelle Messe. Ich dachte, du findest es wieder, wo fünf, sechs, höchstens acht da beieinander hocken, ein überarbeiteter, müder Priester still eine Messe feiert. Ich hab's auch dort nicht wiedergefunden, auch dort nicht, wo es nicht Demonstration ist. Und heute, gerade heute brauche ich es so dringend. Es ist etwas Schlimmes passiert, mir steht eine Entscheidung bevor, die ich allein nicht treffen kann. Ich

kann nicht, deshalb habe ich alle hergebeten: Man hat mir angeboten, Heulbucks Nachfolger zu werden *Er blickt Erika ängstlich an* – er will zurücktreten.
ERIKA WUBLER Das ist Chundt, lieber Graf. O Gott, o Gott – o heilige Nummer 4.
Natürlich, auf die Idee kann nur er gekommen sein, es könnte auch mein guter Hermann sein, der den Staat mal wieder retten will. *Richtet sich auf, blickt Heinrich v. Kreyl prüfend an. Während sie weiterspricht, kommen einzeln und in Zweiergruppen Karl, Katharina, Eva, Grobsch, Lore Schmitz ins Zimmer.* ERIKA *weiter:* Körpergröße, schätze ich, einsvierundsiebzig, ziemlich über dem Durchschnitt, weißhaarig, ein Gesicht, von dreißigjährigem Schmerz über den Tod seiner Frau veredelt, makellose Vergangenheit, keinen Pfennig seines Vermögens unrechtmäßig erworben, Graf, katholisch dazu. Oder gibt's einen Flecken, den wir nicht kennen? Nennen Sie ihn früh genug, bevor Chundt ihn gegen Sie verwenden kann. *Die neu Eingetretenen setzen sich, andere – wie Karl und Katharina – lehnen sich an den Flügel.*
HEINRICH V. KREYL Das Schlimme ist, daß ich mir wirklich nichts vorzuwerfen habe, und das macht mir Angst. Vielleicht wäre der da *Zeigt auf Karl* mir vorzuwerfen, aber er ist achtunddreißig, für seine Torheiten selbst verantwortlich. Ich liebe ihn, wenn auch der Enkel, den er gezeugt und den sie *Zeigt auf Katharina* geboren hat, nicht meinen Namen trägt. Mein Reichtum ist aus dem Boden gewachsen und vom Himmel gefallen wie Sterntaler: die mageren Weiden – es waren viele, die wir seit Jahrhunderten besaßen und an armselige Kötter verpachteten – es war nicht meine Schuld,

nicht mein Verdienst, daß sie plötzlich so wertvoll wurden, weil Kraftwerke, Kasernen, Wohnungen, Einkaufszentren darauf entstanden. – Sie haben aus Erde Grundstücke gemacht. Ich fühle mich schuldig, ohne Schuld zu haben, und das einzige Laster, das ich habe, kostet nichts, die Trauer über den Tod von Martha, über den Lauf der Welt, der Dinge. Nicht traurig bin ich über meinen Sohn, der sich von allem abgewendet hat, das mir wert war: Abendland, Kirche, Tradition. Wichtig ist, daß er sich nicht abgewendet hat vom Recht und auch nicht von dem, den ich nicht mehr finde. Ich bin leer wie einer, dem man alles ausgetrieben hat, und ich habe Angst vor allem, was in diese Leere einströmen könnte. Und nun frage ich Sie als erste, Erika: soll ich oder soll ich nicht? Ich habe noch sechs Stunden Zeit.

ERIKA WUBLER Wer wäre die Alternative?

HEINRICH V. KREYL Dimpler – er würde ohne Zögern annehmen, aber die erste Wahl wäre ich.

ERIKA WUBLER Oh, sind das Teufel! Dimpler: der Nette, der Sanfte, der lächeln und schmunzeln kann, der liebe, kleine Taschenspieler, der beides ist, dynamisch und sympathisch. Alles ist er: ein guter Tänzer und *echt* fromm. Und er könnte den Kompromiß erfunden haben, weiß genau, wenn er 100 fordert, daß er nur 42 bekommt, und dann geben sie ihm 43½, und er triumphiert, weil er nicht weiß, daß sie ihm auch 48 gegeben hätten, sogar damit gerechnet haben – und daß *sie, sie* Grund haben zum Triumphieren. Dimpler! Welch ein Einfall – nein, lieber Graf, lassen Sie Dimpler den Vortritt. Er ist jung, knapp achtundvierzig, dynamisch, katholisch *Lacht* – nett, nett, sogar charmant. Chundt ist ein Schurke, der weiß, daß er einer ist – Dimpler ist einer, der nicht weiß, daß er einer ist. *Schüttelt den Kopf.* Sie wären eine phantastische Täuschung, eine Vortäuschung falscher Tatsachen...

HEINRICH V. KREYL *wendet sich Lore zu, die auf einem Stuhl sitzt:* Und Sie, liebes Kind. Meine Schwiegertochter Eva hat mich gebeten, auch Sie hinzuzuziehen, obwohl sie noch gar nicht wußte, wozu ich Ihren Rat brauche. Sie kennen Heulbuck?

LORE SCHMITZ Ja. Sympathisch, aber *Zuckt mit den Schultern* auch wenn er mir unsympathisch wäre, er bedeutet mir nichts.

HEINRICH V. KREYL Und wenn ich Heulbucks Nachfolger würde?

LORE SCHMITZ *lächelt:* Noch sympathischer, und vielleicht hätte ich Vorteile davon, weil Sie nun einmal der Vater von Karl sind, bei dem ich jetzt wohne.

HEINRICH V. KREYL Ich werde Ihnen keine Vorteile verschaffen können, auch Karl nicht, der würde auch gar keine wollen. Denken Sie nur an Ihre Vorteile?

LORE SCHMITZ *zögert:* Ich habe auch Freunde, an denen ich hänge, habe auch Gefühle. Ich wäre nicht ewig bei Plukanski geblieben, aber er war gut zu mir, gab mir Geld und Kleider, und ich konnte meinen Eltern was geben, und einmal hat er mir geholfen, meinen Bruder vor schwerer Strafe zu bewahren. Versuchter Bankraub – er hatte die einzige Dummheit begangen, die man begehen kann: sich schnappen zu lassen. Plukanski hat ihm einen Anwalt besorgt, der viel Geld gekostet hat, und da ist mein Bruder gut weggekommen, hat sogar Bewährung bekommen.

HEINRICH V. KREYL *hört erstaunt zu:* Es geht also

nur darum, nicht geschnappt zu werden? Nicht um – um – *Stockt.*

LORE SCHMITZ Nicht um Gesetz und Ordnung, meinen Sie? Nein, darum geht's nicht. Es geht darum, auch mal was zu haben, was die anderen haben, und um das zu bekommen, muß man Dinge tun, bei denen man sich nicht schnappen lassen darf. Ich lese auch Zeitung, Herr Graf, ich sehe fern, ich höre Radio. Und wenn mal einer geschnappt wird, der's eigentlich gar nicht nötig gehabt hätte, ein krummes Ding zu drehen – ich meine, die mit den Hunderttausenden und Millionen – und wenn ich lese, wie sie an einem Tag schwer herzkrank sind und am nächsten Tag braungebrannt und strahlend vor Gericht erscheinen: unschuldig, strahlend – und ich *sehe* sie, wie sie vor Gericht stehen, wie sie vor Ausschüssen erscheinen: strahlend, gnädig, und lachen, lachen – da soll ich, ausgerechnet ich, Gesetze einhalten und an Ordnung glauben? Ich habe nie ein krummes Ding gedreht, nicht mal 'ne Kleinigkeit geklaut, aus Angst, geschnappt zu werden. Wir, wir können nicht strahlend wie die Sieger vor Gericht auftreten, wir sind schon verurteilt, bevor das Urteil gesprochen ist.

Ich bin in den verkommenen Fluren von Übergangshäusern groß geworden, habe bei der Chemie gearbeitet, in der Abteilung, wo man schon morgens früh das Kotzen kriegt. Als ich siebzehn war, hat mich einer auf den Strich geschickt, da hab' ich Plukanski kennengelernt, und er hat mich zu sich genommen. Ja, er war – wie nennt man das – ja, vielleicht korrupt, und doch hat er mich auf eine Weise gern gehabt, die ich nicht erklären kann. Korrupt? Was ist das? Plukanski hat mich sogar auf Kurse geschickt, daß ich wenigstens einen ordentlichen Abschluß bekam; mit seinem Dienstauto hat er mich hinfahren lassen, das war wohl – wie nennt man das – unkorrekt. Er wollte mir was vermachen in seinem Testament, aber dann starb er, und nun schluckt alles seine widerwärtige Olle, die Mutter, und seine Frau, die ganz nett zu sein scheint. Gesetz und Ordnung? *Lacht.* Eins gibt es: Treue und Liebe, nicht Glauben. Für meinen kleinen Bruder würde ich alles tun, alles, und wenn er zum Mörder würde. Gesetz und Ordnung, Herr Graf, diesen Luxus können wir uns nicht leisten, den leisten sich ja nicht mal die, die ihn sich leisten könnten. Und darum: ob's Heulbuck ist oder Sie es werden – Sie sind mir sympathisch, und meinetwegen also, auch wenn's keine Vorteile bringt – also: bitte. Es interessiert mich eigentlich nicht, so wenig wie, wer Papst oder sonstwas in diesem Verein wird. Ich will erst mal lernen, ich will arbeiten und studieren. Vielleicht kann ich es mir dann leisten, Gesetz und Ordnung anzuerkennen. Ich bitte um Entschuldigung, aber Sie haben ja von Gesetz und Ordnung angefangen. Im Augenblick kann ich's mir leisten, weil die da *Zeigt auf Karl und Katharina* lieb zu mir sind und ich sie gern habe. Ich lese, sehe, höre – und unter jedem Zeugnis, das ich bekam, auch unter dem schlechtesten, stand immer: dumm ist sie nicht. Ich werde brav sein, solange ich's mir erlauben kann.

HEINRICH V. KREYL *hört mit offenem Mund zu, schüttelt den Kopf:* Sagen Sie, liebes Kind, sind Sie nicht auch katholisch?

LORE SCHMITZ Ja, das bin ich. Und eine Bitte habe ich: Sagen Sie nicht liebes Kind zu mir, bitte nicht. Das sagten alle zu mir, die Lehrer, die Pfarrer, die Fürsorgerin, die Sozialarbeiterin, die mildtätigen Damen, die uns manchmal Pakete brachten und mir, als ich vierzehn wurde, die Pillenschachtel zusteckten, weil sie ja nun einmal wußten, daß wir – so nannten sie es – ausschweifend leben. Es kam eine Zeit, da ich anfing, sie zu hassen, besonders eine, die ich manchmal im Fernsehen sah, von der Partei, die wahrscheinlich auch die Ihre ist, so eine Hübsche, Flotte, nicht mehr ganz jung – elegant. Und als ich ihr einmal sagte, ich wäre auch gern so elegant und gepflegt wie sie, da war sie ganz entsetzt und sagte: So hat Jesus das nicht gemeint. Eine andere wollte mich sogar in ein Kloster stecken. Bitte nie mehr liebes Kind sagen – ich heiße Lore, und Sie können du zu mir sagen. Nein, bitte nicht, bitte nicht mit der Religion kommen. Die ist für die, die vor Gericht lächeln. Die mit den Millionen.

HEINRICH V. KREYL *hört ihr entsetzt zu, schüttelt den Kopf, wendet sich sehr schüchtern Grobsch zu:* Und Sie, Herr Grobsch, Sie? Soll ich oder soll ich nicht?

ERNST GROBSCH Sie müssen, wenn Sie mich schon fragen. Sie müssen. Dies ist der einzige Staat, den wir haben, es gibt keinen anderen, auch keinen besseren. Er hat uns gemacht, und wir haben ihn gemacht. Heulbuck ist zurückgetreten, weil er, wie ich höre, den ganzen Unrat nicht mehr ertragen konnte. Sie müssen den Unrat ertragen, ihn verringern. Meine Kindheit und Jugend waren nicht ganz so schlimm wie die von Lore hier, aber auch nicht viel besser. Wie Lore verabscheue ich alles, was nach Kirche aussieht, und gehe doch jeden Sonntag in die Kirche. Ja, es ist verrückt. Ich bin verrückt – und das Verrückteste ist, daß ich jetzt, wo ich manchmal das Bedürfnis habe, in die Kirche zu gehen, nicht mehr gehen werde. Ich bin ein Aufsteiger, der aufsteigen wollte, und die Kirche war dabei unentbehrlich. Ich habe Plukanski gehaßt – ich will einen Staat machen, in dem diese Lore hier einsehen könnte, daß es schön ist, ja schön, Gesetze einzuhalten, auch wenn andere sie frech und ungestraft verletzen. Klarmachen, daß es *unser* Gesetz ist, nicht deren. Heulbuck konnte den Unrat nicht ertragen, der jetzt hochkommt, der aus alten Kanälen quillt. Sie, Graf, müssen diesen Gestank ertragen. Überlassen Sie nicht Dimpler das Feld. Er ist nicht einmal korrupt, er hat nur eine verdammt empfindliche Nase. Er ist wie der Galeerenaufseher, der mit der Parfümflasche vor der Nase arbeiten muß, um den Schweiß, den Kot und den Urin nicht riechen zu müssen, diesen fürchterlichen Geruch, der ihm von unten entgegenkommt. Meine Angst ist nur, daß ich keinen Makel an Ihnen entdecken kann.

HEINRICH V. KREYL Meine Frau ist von uns gegangen – ich konnte sie nicht halten.

ERNST GROBSCH Dann beseitigen Sie alles, was Ihre Frau in den Selbstmord trieb, was sie auf den Gesichtern von Erftler-Blum und seinen Kumpanen sah, was Sie auch auf Dimplers Gesicht sehen können, die grinsende Gewißheit, die Sie auch auf den Gesichtern derer sehen, über die Lore in den Zeitungen liest, die sie sieht und hört und die sie nicht ermutigen, auch nur irgendein Gesetz ernst zu nehmen. Vielleicht hätten Sie Ihrer Frau die Zuversicht geben sollen, die ich von Ihnen erwarte, daß die Herren nicht ewig unsere Herren bleiben. Mein Votum also: ohne jede Einschränkung, ja, Sie müssen es machen.

Heinrich v. Kreyl wendet sich stumm Eva zu.

EVA PLINT Ich fange an zu verstehen, zu durchschauen, was Politik möglicherweise ist. Hab's nie begriffen, dachte, es sei ein Spiel, um seiner selbst willen gespielt, ohne jegliche Wirkung. Ich war nie leichtfertig, aber leichtsinnig. Diese Nacht habe ich angefangen zu verstehen, daß Grobsch, mein Ernst, mein Grobsch, gerade weil er ein Zyniker ist, wirklich meint, er kann was tun. Nun, auf Heulbuck kann ich verzichten, aber du, immer noch mein Schwiegervater, wie willst *du* Chundt loswerden, wie Blaukrämer, wie den Schwamm, der uns alle mehr bedroht als die anderen zusammen. Was ist das für eine Macht, die der Schwamm hat...

KARL V. KREYL Es könnte sein, daß wir den Schwamm los sind. Er ist von Blaukrämers Leibwächtern angeschossen worden, im Morgengrauen, als er sich zu Blaukrämers zweiter schleichen wollte. Unklar ist geblieben, warum er nicht durchs Tor gegangen ist, das ihm offengestanden hätte. Ob er romantische Anwandlungen hatte, durch Gesträuch und Gebüsch zu einer Frau im Morgengrauen zu schleichen, in die er offenbar wirklich verliebt war? Alles unklar. Sicher ist, daß er von hinten durch den Park geschlichen ist, mehrmals angerufen wurde, sogar angestrahlt, weiterkroch, obwohl man ihm mit Schießen drohte. Ich weiß nicht, ich habe den Eindruck, er wollte sich in Gefahr begeben. Ihr wißt ja, wie den Leibwächtern, den Sicherungsleuten, zumute ist: sie sind das monatelange Gammeln satt, übernervös, neulich hat einer seinen eigenen Kumpel vor Nervosität ins Bein geschossen. Und da kriecht nun einer achtzig, fast hundert Meter durch den Park auf Blaukrämers Villa zu. Möglich, daß sie ihn nicht kannten, möglich auch, daß einer geschossen hat, obwohl er ihn erkannte. So beliebt war der Schwamm ja nie.

ERNST GROBSCH Woher wissen Sie das?

KARL V. KREYL *lächelnd:* Ich habe meine Leute, habe meine Informationen. Es wird wahrscheinlich heute abend erst bekanntgegeben, ich bitte also um Diskretion. Ich wollte nur nicht, daß Eva Angst vor jemand hat, vor dem sie vielleicht keine Angst mehr zu haben braucht. Möglich, daß er überlebt.

HEINRICH V. KREYL Warum sollte so einer wie er sich in solche Gefahr begeben?

KARL V. KREYL Liebeskummer.

ERNST GROBSCH Der Schwamm und Liebeskummer?

KARL V. KREYL Warum nicht? Der Schwamm romantisch? Warum nicht?

EVA PLINT Nun gut, vielleicht werden wir ihn los. Sehr traurig darüber könnte ich nicht sein, obwohl ich's sein müßte. Aber wer, wer hätte uns von ihm befreit? Wer? Die Polizei, ein Polizist, und dazu noch irrtümlich. Aber durch Politik wären wir nicht von ihm befreit worden. *Alle, besonders Grobsch, sehen sie erstaunt an.* Ja, Grobsch, ich hab' was gelernt. Wollt ihr damit rechnen, daß Chundt und Blaukrämer und wie sie alle heißen *zufällig* von Polizisten erschossen werden? Könntet Ihr das überhaupt wünschen? Nein, Schwiegervater, du darfst nicht Heulbucks Nachfolger werden, du wärst nur ein Altarbild, du wärst – wärst eine Art Ikonostase, hinter der sich Schreckliches abspielt und verbirgt. Nun sprechen Sie, Katharina...

KATHARINA RICHTER Ich will mich nicht wieder auf die Kellnerin herausreden, die indiskret werden müßte, um zu erzählen, auf welche Weise sie Sie alle gesehen und kennengelernt hat. Nun, als Kellnerin habe ich Sie, lieber Pseudoschwiegervater, immer nur still und ernst gesehen, auch traurig, und Sie gingen immer weg, bevor die große Sauferei anfing – immer mit gutem Trinkgeld. Aber als die andere, die ich bin, sage ich: Sie müssen's machen. Ich habe keine elende Kindheit gehabt, hatte es immer warm und wurde satt und wollte aufsteigen, bin aufgestiegen. Gesetz und Ordnung waren mir nicht fremd. Es war der Stolz meiner Mutter, sich nie was zuschulden kommen zu lassen, wie sie es nannte, und sie hat wahrlich genug Dreck und Korruption zu sehen bekommen. Nur einmal habe ich in die Kasse gegriffen und mir genommen, was mir zustand. Sie nannten es Diebstahl, und ich bleibe dabei: Es war mein Recht. Und mein Vater war nett, aber arm, ein armer Graf, der mich so gern adoptiert hätte, gern meine Mutter geheiratet hätte. Sie hätte ihn geheiratet, wenn er kein Graf gewesen wäre. Ich finde das ungerecht *Lacht,* auch Grafen sind Menschen, und doch will auch ich diesen Grafen *Zeigt auf Karl* nicht heiraten. Und das ist das einzige, was mich zögern lassen könnte; der Titel, den Sie haben. Der könnte gefährlich werden, weil es alle die decken könnte, die solche Vorstellungen erwecken, aber ihnen nicht entsprechen. Sie sind, der Sie sind – Sie sind ein Mann, der mir Gesetz und Ordnung noch näher bringen könnte, als sie mir jetzt sind.

KARL V. KREYL *löst sich vom Flügel und tritt vor, umarmt seinen Vater:* In beiden Eigenschaften, als Sohn und als Staatsbürger, sage ich also nein. Als Staatsbürger sage ich: du siehst zu gut aus, bist zu gut, und der Titel, den du hast, ist geradezu lebensgefährlich: ein demokratischer Graf! *Schüttelt den Kopf.* Nein. So gut kann kein Staat sein oder werden, daß du ihm als Aushängeschild dienen könntest. Als Sohn sage ich dir: du wirst es nicht aushalten, vergiß nicht, daß du siebzig bist und kein guter Redner, kein guter Schauspieler. Bei jeder Ansprache, die du halten mußt, wirst du dich quälen und lügen müssen.

HEINRICH V. KREYL *lächelt:* Du vergißt das Ding an meinem Auto, das du mühelos bekommen könntest.

KARL V. KREYL *lächelt:* Du weißt, daß ich verpflichtet wäre, es illegal in Besitz zu nehmen, ich bin vertraglich zur Illegalität in dieser Sache verpflichtet, und mein Pflichtbewußtsein kennst du. Nein, soll Dimpler es machen, er ist genau der Richtige: schlau und doch kein Lump. *Leiser.* Du müßtest Plonius empfangen, höflich, vergiß das nicht, und nicht nur ihn. Du würdest – ich weiß nicht, was du würdest.

HEINRICH V. KREYL *zu Erika:* Wohin soll ich gehen? Werden Sie in den Rhein gehen?

ERIKA WUBLER Nein, ich werde am Rhein sitzen. Er ist das einzige, was ich Heimat nennen könnte. *Leiser.* Haben Sie Geduld mit sich, *leiser,* auch mit ihm. Lassen Sie Dimpler es machen. *Steht auf, zieht ihren Morgenmantel an, geht zum Flügel, setzt sich, hebt die Hände, läßt sie wieder fallen.* Ich kann nicht. Wer bricht mir den Bann, der auf diesem Instrument liegt? *Blickt Karl an.* Sie?

KARL V. KREYL Nein, ich kann nicht, kann nicht mehr darauf spielen, halte es kaum noch aus, es zu hören.
ERIKA WUBLER *blickt sich um zu Heinrich v. Kreyl:* Können Sie spielen?
HEINRICH V. KREYL Nein, ich hab's nie gelernt.
ERIKA WUBLER Keiner da, der den Bann bricht, keiner? Eva... *Eva schüttelt den Kopf, auch Grobsch winkt ab.*
LORE SCHMITZ *tritt vor:* Welchen Bann? Ich kann ein bißchen klimpern, wenn Ihnen das genügt.
ERIKA WUBLER Sie haben's gelernt?
LORE SCHMITZ Nicht richtig. Ich hab' mal in einem Lokal gearbeitet, da war eine, die konnte spielen, und wir hatten dort ein altes Klavier. Sie hat mir was beigebracht – soll ich? Ich fürchte, es ist nicht die Musik, die Sie gewöhnt sind. Soll ich? *Erika nickt, Lore setzt sich an den Flügel und spielt irgendeinen sentimentalen Schlager. Sie bricht ab, als Bingerle auftritt. Bingerle ist etwa sechzig, mittelgroß, hat ein freundliches Gesicht, trägt einen kleinen Aktenkoffer in der Hand. Erika und Heinrich K. blicken ihn wie erstarrt an. Er setzt den Aktenkoffer auf dem Flügel ab, geht zu Erika, will ihr die Hand küssen, die sie ihm kopfschüttelnd entzieht.*
BINGERLE Ich wollte mich bei Ihnen bedanken, Erika, nicht nur für die Suppe, das Brot, die Spiegeleier und die Zigaretten – nach vierzig Jahren habe ich den Geschmack noch auf Zunge und Gaumen. Bedanken auch für das, was Sie bei Stützling für mich getan haben. Es ist nicht so ausgegangen, wie Sie es sich dachten: Die Freiheit hat sich als Unfreiheit erwiesen.

Ich war gefangener als gefangen in der kleinen Pension da an der Schweizer Grenze. Ich wurde ausgebombt von Presse, Funk und Fernsehen, und da habe ich, ich habe die Hände hochgenommen und mich ergeben. Ich habe Reue gezeigt, meine Fehler eingestanden. Ihr Fehler, liebe Erika, war: Ihre edlen Absichten entsprachen bei mir nicht edlen Motiven, die ich nie hatte. Trotzdem danke ich Ihnen.

ERIKA WUBLER Und jetzt kommen Sie in Chundts Auftrag?

BINGERLE Ja. *Er nimmt den Aktenkoffer vom Flügel und überreicht ihn Karl v. Kreyl.* Sie können sich wohl denken, was er enthält?

KARL V. KREYL Ja. Wohl die corpora delicti meiner legal-illegalen Aktivitäten. Auch die Quittungen?

BINGERLE Die Quittungen alle, die corpora delicti nicht alle – nur zehn. Die ersten waren wirklich für den Russen, er hat sie mitgenommen oder, deutlicher gesagt, sie sind mit ihm verschwunden. Die letzten zehn waren nur noch fiktiv für ihn. *Zu Heinrich K.* Damit ist alles aus dem Weg geräumt, was Ihres Sohnes wegen gegen Sie verwendet werden könnte. Sie wissen, welche Bitte Herr Chundt mit diesem Geschenk verbindet?

HEINRICH V. KREYL Sie können den Koffer wieder mitnehmen. Ich nehme von Chundt keine Geschenke an. Fühle mich nicht verantwortlich für das, was Karl gemacht hat. Es gibt da noch einige weitere Unklarheiten in Karls Vergangenheit *Schüttelt den Kopf* aber auch die sind es nicht, die mich hindern, den Antrag anzunehmen.

KARL V. KREYL *nimmt den Koffer:* Den nehme ich an,

und ich behalte ihn. Und was die anderen Unklarheiten betrifft – es gibt keine Anklage, keine Beweise, kein Geständnis. Ich werde übrigens Krengels Angebot annehmen. Damit ist alles zum Kunstwerk erklärt, und die Kunst ist frei, Vater.

HEINRICH V. KREYL Bevor ich vor Lachen sterbe, lieber Karl – die Kunst ist frei, wenn sie sich frei oder durch Mäzene ihr Material beschafft. Dein Material war kostbar und nicht freiwillig gegeben. Gut, daß es keine Beweise, keine Anklage gibt – aber lassen wir das. Nun möchte ich endlich lachen dürfen, am liebsten mit Ihnen gemeinsam, Erika, denn außer uns beiden weiß doch keiner, wer das Bingerle ist.

KARL V. KREYL Ich weiß es.

HEINRICH V. KREYL: Und wirst du mit uns gemeinsam nun endlich lachen?

KARL V. KREYL Nein, ich lache gern, aber diesmal nicht. Darüber kann ich nicht lachen.

HEINRICH V. KREYL Und Sie, Erika?

ERIKA WUBLER Nein, *Faßt sich ans Herz, seufzt* nein, auch mir will das Lachen nicht kommen, solange ich nicht weiß, ob Sie's nun machen oder nicht.

HEINRICH V. KREYL Ich mach' es nicht, ich dachte, das wäre klar, und wenn Sie wissen wollen, wer mich am meisten überzeugt hat, dann war es die junge Dame dort, *Zeigt auf Lore* die ich nicht mehr liebes Kind nennen will. *Sie* hat mich überzeugt. Dimpler wird's machen und im übrigen: der Schwamm erbarme sich Eurer, der Schwamm erhöre Euch. *Er bricht in ein irres Lachen aus, verläßt den Raum. Alle blicken ihm entsetzt nach, Karl nimmt den Koffer und folgt ihm schnell.*

Kapitel 12

KRENGEL *steht in einem leeren großen Raum, in dem nur sein Flügel steht; er hat ein Beil in der rechten, eine Zigarette in der linken Hand:* Das Konzert wird nicht stattfinden, die kreative Vorführung ist abgesagt, und es würde mir nichts ausmachen, das Ding zu zerschmettern. Aber wozu? *Legt das Beil aus der Hand.* Hilde ist abgeflogen, ich habe sie zum Flughafen gebracht, sie hat mich geküßt und umarmt und mir gesagt, wie sehr sie mich liebt – und bedauert. Was sie nicht wußte und wohl nie erfahren wird, ist das hier. *Er nimmt ein Flugbillet aus der Tasche und wirft es aufs Klavier neben das Beil* – ich hatte einen Platz für mich neben ihrem reserviert und mir's im letzten Augenblick anders überlegt. Was soll ich in Kuba oder Nicaragua, obwohl ich auch nicht weiß, was ich hier noch soll. Kapspeter hat's geschafft, ich habe kapituliert und er übernimmt die Bank, wie er schon so viele Banken übernommen hat, oft, als das Arisieren anfing, für ein Zehntel des Geschäftswerts. Legal. Eine alte Familienbank mit gutem Hintergrund und sauberer Vergangenheit hat ihm noch gefehlt. Unsere. Jetzt hat er sie. Damals, als die jüdischen Vermögen bei uns beschlagnahmt wurden, bin ich geflohen: in die Armee. Wir haben alles dem staatlichen Kommissar überlassen, ich wurde Zahlmeister. Enteignet haben sie uns nicht, nur zwangsverwaltet, und irgendwo, irgendwie – immer im Hintergrund – war er immer

dabei. Er war bei allem immer dabei: bei Kirche, Staat und Bankgeschäft. Ein frommer Mensch mit einem fast unwiderstehlichen Charme. Seinem Charme und seiner Unwiderstehlichkeit, in der Legalität des Illegalen immer sauber, verdanken sie wohl auch, daß die Schweiz ihr Gold annahm. Beute ist für den Sieger immer legal. Ich habe große Fehler gemacht: Ich wollte nie mehr mit Gold zu tun haben, seit Anna, meine Frau, die geliebte, sich weigerte, Goldschmuck von mir anzunehmen. Sie sagte: »Weißt du genau, daß es nicht aus dem Zahngold der Ermordeten stammt oder aus dem, was sie ihnen abnahmen, bevor sie sie ermordeten?« Seitdem ließ ich die Finger von Gold – und ich ließ die Finger von Heaven-Hint-Aktien, die der Schwamm sogar mir anbot.
Seitdem Heulbuck abgetreten und Dimpler sein Nachfolger ist, haben sie mich langsam, aber stetig bis kurz vor den Ruin getrieben. Gerüchte. Gerüchte machen eine Bank wie unsere kaputt; es wurde von Zahlungsunfähigkeit gemunkelt, und als immer mehr Kunden ihr Vermögen abzogen, waren wir bald kurz vor der Zahlungsunfähigkeit. Kapspeter half mir. Er half mir zweimal, dreimal, liebenswürdig, großzügig, bis – ich nehme an – der Schwamm es ihm verbot und ihm drohte. Schließlich mußte ich die Vermögen unserer Kunden retten, und bei Kapspeter sind sie sicher. Ich konnte ihre Sicherheit nicht mehr garantieren. Bei ihm ist alles garantiert sicher. Die Firma bleibt, ich bin nun sogar im Aufsichtsrat, bekomme ein Direktorengehalt. Der Spruch, den ein Amerikaner erfunden hat, ist: »Es ist sicherer, eine Bank zu kaufen als sie auszurauben.« Das ist die Methode, und ich bin ihr nicht gewachsen.

Die sicherste und völlig legale Art, eine Bank auszurauben, ist, sie zu kaufen, nachdem man sie in die Enge gedrängt hat. Es ist die neue Art der Arisierung. Ich bin froh, daß meine Kunden jetzt die Sicherheit haben, die ich ihnen nicht mehr bieten konnte. *Nimmt das Beil wieder in die Hand.* Nein. *Legt es wieder hin.* Nur – ich verstehe Karl: er wollte das Geld ins Herz treffen, aber – *schüttelt den Kopf* das Geld hat kein Herz, es ist unverwundbar. Unsere Bank wird aufblühen unter Kapspeters Leitung, er wird im Goldgeschäft spekulieren und Heaven-Hint-Aktien nehmen, soviel er kriegen kann. Er wird so viele Banken, die ihm zufallen – nicht arisieren, europäisieren und amerikanisieren. Er ist ein Genie. Ich, ich denke immer noch an das Zahngold. An welcher Börse wird es gehandelt? Mit solchen Gedanken war ich ein schlechter Bankier, war kein schlechter Vater und hatte eine gute Frau, die ich liebte, die Gesellschaften haßte, seitdem sie die Bilder von den Gaskammern gesehen hatte. Bis zum Ende ihres Lebens ist sie nie mehr unter eine Dusche gegangen, sagte immer: »Was weiß ich, was da oben herauskommt und wer's reingetan hat.« Nein, nicht verrückt, aber ich weiß bis heute nicht, ob's Selbstmord war, als sie sich eines Tages ins Bett legte und nie mehr aufstand. Organisch gesund, sogar psychisch. Kapspeter riet mir, sie nach Kuhlbollen zu schicken, da würden ihr das Zahngold und ihre Angst vor dem Duschen ausgetrieben. Aber ich wollte ihr nichts austreiben lassen. Die Austreibungen hätten anderswo stattfinden müssen: Schirrmacher, Richter, Hochlechner und auch Kapspeter hätten ausgetrieben werden müssen. Als die Wiedergutmachung anfing, die man auch Ent-Arisierung nennen könnte, entdeckte er, daß er ja auch Anwalt war – und wieder war er dabei und wieder legal. Und nun ist auch der wieder da, der sich jetzt Plonius nennt. Wir nannten ihn anders, kannten ihn anders, und das Fürchterliche ist: Er ist Demokrat geworden, verhält sich legal, und seine Konversion ist legitim. Sogar fromm soll er geworden sein. Wer möchte da nicht zum Beil greifen? »Lieber in Nicaragua sterben als hier leben«, hat meine Hilde gesagt. Sie hat tagelang am Bett ihrer Mutter gesessen, war nicht traurig, als sie starb, sagte nur: »Nun ist sie erlöst.« Erlöst? Ich habe mir nie was aus dem Christentum gemacht, bin natürlich zu all ihren Gottesdiensten und feierlichen Ämtern gegangen, habe nie was da gefunden, und ich werde weiter hingehen, schließlich gehört das zu meinen Pflichten als Frühstücksdirektor. Doch da war, da ist einer, dem ich's glaubte. Einer, der für mich der Christ war: mein alter Freund Heinrich Kreyl – sein Glaube war glaubwürdig, und er, er will nun keiner mehr sein. Wo finde ich einen neuen?

KARL und HEINRICH V. KREYL *treten gemeinsam auf, Karl trägt eine schwere Reisetasche, die er erleichtert neben den Flügel stellt.*

KARL Er hat tatsächlich vorgehabt, in den Rhein zu gehen, mit bleiernen Westen und Bleiklumpen in der Tasche. Wissen Sie, was ihn abgehalten hat?

HEINRICH V. KREYL *lachend* Zunächst die Aussicht auf ein Staatsbegräbnis, und wenn mir Karl auch versprochen hat, mich, wenn ich sterbe, rasch nach oben zu bringen, dort, wo ich herkomme, und mich vom Pfarrer in Gegenwart der Gemeinde beerdigen zu lassen – Chundt und Blaukrämer hätten doch noch ein feierliches Requiem mit Katafalk inszeniert, und manche hätten vielleicht geglaubt, ich läge sogar darin. Ich traue Blaukrämer zu, daß er sogar den leeren Katafalk hätte beerdigen und meine Leiche exhumieren lassen. Und das Schlimme wäre: Ihre Trauer wäre sogar echt. Nein, die Gefahr eines Staatsbegräbnisses war mir zu groß. Aber das andere, das Entscheidende war: ich dachte, leben ist besser als sterben, und vielleicht finde ich wieder, was ich verloren habe. Ich wollte würfeln, um die Himmelsrichtung festzustellen, in der ich mich bewegen würde, aber ein Würfel geht bis sechs und der Himmelsrichtungen sind vier. Da bin ich aufs Dach gestiegen und habe in einer windstillen Stunde die Wetterfahne gedreht, mehrmals, habe sie in Schwung gebracht und gehofft: Süden oder Osten – aber sie blieb auf Nord stehen, und da werde ich also hingehen, zu den Heiden. Das Blei schenk ich dir – Blei am Anfang, Blei am Ende. Und Karl hier, der wird keine symbolischen Scherze mehr machen. Und nun laßt mich ohne Tränen ziehen, ihr werdet von mir hören, wir werden uns wiedersehen. *Umarmt beide und geht aus dem Raum, kommt kurz darauf zurück.* Karl, spielst du mir zum Abschied ein paar Takte Beethoven?

Karl setzt sich an den Flügel und spielt den Anfang einer Beethoven-Sonate, Heinrich v. Kreyl unterbricht ihn durch eine Handbewegung, nimmt das Beil vom Flügel. Das nehme ich doch besser mit und werfe es in den Rhein. *Verläßt den Raum.*

KRENGEL Wir werden ihn wiedersehen. *Lacht.* Daß einer nicht Selbstmord begeht, damit er kein Staatsbegräbnis bekommt – es paßt zu ihm, ich kenne ihn schon lange. *Schweigt ein paar Augenblicke.* Es tut mir sehr leid, daß ich Kapspeter nicht überreden konnte, Ihre Katharina zu übernehmen; ihr Dossier ist wirklich für einen wie ihn schwer akzeptabel. Was werden Sie tun?

KARL Ich habe eine Stelle. Grobsch hat mich zu seinem Assistenten gemacht. Nebenbei arbeite ich ein wenig für Wubler. Wir kommen durch. Katharina hat bei Wubler freiwillig aufgehört. Der Schwamm wurde zu gemein.

KRENGEL Sie will also nicht mehr weg?

KARL Nein. Sie sagt, ihr Kuba ist hier und auch ihr Nicaragua. Lore und deren Familie. Außerdem ist ihre Promotionsarbeit angenommen. Der Schwamm hat jetzt ein zusätzliches Image, das eines romantischen Liebhabers. Er genießt die Krücken, mit denen er jetzt umherhumpelt. Ein wahrer Herzensbrecher. Und Bingerle wird Staatssekretär bei Blaukrämer. Es ist alles geregelt.

KRENGEL Jetzt humpelt er wie ein Märtyrer der wahren Liebe durch die Flure der Ministerien. Seine Krücken haben ihm als Ausrüstungsgegenstand noch gefehlt. Er reist nach New York, er reist nach Moskau. Wahrscheinlich hat er für die Kreml-Herren in der Schweiz einen Packen Heaven-Hint deponiert. Ihrem Vater, Karl, hat das Gleichnis vom reichen Jüngling immer auf der Brust, auf Leib und Seele gelegen. Für einen Bankier gilt nur das andere Gleichnis: quinque alia quinque, und nicht einmal dafür war ich zu gebrauchen. Ich freu' mich, daß Sie und Katharina hier bleiben. Mit Dimpler werden Sie zurechtkommen. Er hält Sie für verrückt und mag Sie als Dekoration inmitten der Langeweile.

KARL Ich werde keine Dekoration und kein Dekorateur mehr sein. Ich werde ihn langweilen, falls ich ihn je zu Gesicht bekomme. Blaukrämer und Bingerle werden gemeinsam Chundt absägen, und es wird noch langweiliger. Sollen sie dran ersticken. Ich werde mich hüten, noch jemals von so etwas wie dem Herzen des Geldes zu sprechen, das ich mit dummen Scherzen brechen wollte. Für Dimpler ist Geld etwas Rationales, etwas Unorganisches – und wie könnte Geld ein Organ haben? Nein. Ich werde ein ganz trockener Jurist sein, den Grobsch gebrauchen kann. Und unser Nicaragua ist Lore und ihr ganzer Clan, der dauernd einen Anwalt braucht. Ich hoffe, Sie machen sich keine Sorgen um Ihre Tochter: Sie wird dort leben und nicht sterben.
KRENGEL Werden Sie mich hin und wieder besuchen und mir ein wenig Musik machen, vielleicht mit Eva und Erika? Natürlich darf Ihre Lore mitkommen. Ja?
KARL Ja. Was ich für meinen Vater getan habe, könnte ich auch für Sie tun. *Greift zur Reisetasche.* Soll ich das Blei wieder mitnehmen?
KRENGEL Nein, lassen Sie's hier. Am Anfang, schon im Johanneshaus, war viel Blei, am Ende soll Blei sein. Das entspricht meinem bleiernen Dasein.

Heinrich Böll
Ein- und Zusprüche

Schriften, Reden und Prosa
1981–1984.
416 Seiten.
Gebunden

Bölls Schriften und Reden, inzwischen eine Art Institution bundesdeutscher »Geschichtsschreibung«, begleiten diesmal die Aktualitäten und Zeitstimmungen der Jahre 1981–1984. Vielleicht liegt es an der Stagnation dieser Jahre: Bölls satirischer Ton schlägt wieder überall durch.
Von der kritischen Glosse zur Flick-Affäre bis zur Satire »Kain oder Kabel« ist nur ein kleiner phantastischer Schritt. Die Absurditäten sind schärfer geworden, die Korruptionen und Manipulationen massiver – die Grenzen zwischen Realität und Fiktion verschwimmen. Die Kritik der Tagesereignisse vermischt sich mit der »lyrischen Bitterkeit«, die die Böllsche Satire immer ausgezeichnet hat.